刺蝟的優雅

L'élégance du hérisson

妙莉葉・芭貝里 Muriel Barbery | 著
陳春琴 | 譯

本作品係由法國文化部
法國國家圖書中心贊助出版
Ouvrage publié avec le concours du Ministère français chargé de la Culture-Centre National du Livre

謹以此書獻給我的寫作伴侶史蒂芬

目次

文法

夏雨

芭洛瑪

〈十週年紀念版作者序〉

致臺灣讀者朋友：

承在《刺蝟的優雅》面世十年後，再次為這本書寫序，內心實在不無激動。十年光陰催人老，而我筆下的人物卻永遠停留在被創作出來時的年歲。重讀書中文字的感覺很奇妙，彷彿是在似近又遠的、屬於我的過去中考古挖掘，同時看見自己作家生涯萌芽初期，另一方面更忖度著這本小說對我日常生活帶來的影響，以及因為它而踏上的生命道路。

事實上，《刺蝟的優雅》贈予我兩項極其珍貴的禮物。

一方面，它讓我能夠塑造並具體呈現我作品的幾個核心主題。這些主題都已經在第一本小說《終極美味》中出現過，但是芭洛瑪和荷妮為童年以及它的美好與苦惱，此外還有無論自然或人造，各種形式美的渴求等主題，都帶來前所未有的深度。我也透過這本小說明白這些主題就是往後作品的核心精神，並一路依循此基石生活、寫作至今。

另一方面，本書的成功也為我打開許多機會之門享受另一件令人樂此不疲的事——旅行。受邀到不同國家談論自己的作品始終是無與倫比的樂事。旅途中盡是美好相聚、驚奇發現與騷動目光！然而，在幾個遙遠國度中，唯一一個我造訪了三次的，就是你們的國家！臺灣一再吸引著我，彷彿在她深邃的文化底蘊中藏著一塊隱形磁鐵，隱身在種種美好相遇、在城市中的珍貴時光、在車站、火車上、在書局或當地小餐館……的縫隙中。為什麼我會深受這塊島嶼吸引呢？我不確定是否明白這股無可抗拒的魅力，因而應允自己一再回到這片土地，直到神秘魔力化作靈光乍現的喜悅。

最後，《刺蝟的優雅》對我而言是奠下基礎的一本作品，然而它並不因此帶來壓力或侷限。相反地，它要傳達的訊息是，創作必須絕對自由。每一本作品都各不相同，我喜愛不斷探索新的文學視野，並透過這樣的探索為相同核心主題注入嶄新觀點。因此，當我試著想像長大了十歲，一如既往沉著、帶著滿腔熱情的芭洛瑪，假設在某個異鄉與她相遇，或許是在高雄港，抑是臺北某家茶館中，我相信她只會這麼說：「我持續追尋世上的美。」而且肯定是一場非凡且奇異的冒險開端，旅程將如薄霧般縹緲、如海風般難以捉摸。

芭貝里

二〇一八年三月三十日

〈作者序〉

致親愛的臺灣讀者：

承蒙商周出版將我的書譯成中文，我感到非常高興，也備感光榮。自己的作品有機會在另一個國度發行，是十分榮耀的事；而且我對亞洲有份深厚的情感，能夠擁有中文讀者，內心更是感動。

這奇特的書名《刺蝟的優雅》，影射書中兩位主角的性格。她們因所處社會地位及心中忍受的痛苦，被迫與孤獨為伍，但她們以瀟灑的行徑，蔑視僵化的信仰與階級隔閡，讓心靈獲得解脫。荷妮，她是學識淵博的門房，不僅精通語言，而且愛好文化藝術。但她深信，社會地位卑微的人永遠被拒於文藝殿堂之外。年僅十二歲的天才少女芭洛瑪，和荷妮同住一棟大樓，聰明才智非常人可比。她們都是優雅的刺蝟：內在溫柔，外表尖銳……

此外，對美的狂熱追求是荷妮和芭洛瑪的另一項共同點，永不間斷地尋找人世間的和諧，在生命的坎坷起伏中尋覓圓滿純淨的時刻。在藝術作品的啟示下，在日常生活的閒暇中所獲得的藝術靈感，兩人帶著激情，有時是絕望的心境，探討人生的真諦。她們談論自己在文學、哲學、繪畫、電影、音樂方面的鑑賞品味，以及對某些作品的特殊嗜好。

在我們之間雖有文化差距，但是在追求美與心靈陶冶的共同心理下，我很希望你們能夠產生共鳴。許多法國讀者認為我是巴黎人，因為小說情節發生在巴黎高級住宅區葛內樂街的一棟公寓大樓裡。其實我本人居住於外省，當我寫這本小說時，我甚至連這條街都不認識呢！我認為，這個故事不單單與巴黎人有關，也不會只發生在法國人身上。孤獨，是世界共通的問題，不論身處哪一種文化，總有一天都會體會到它的……

我非常希望這本小說能帶給讀者們美好的享受。但願這本書能超越地理條件的限制，傾訴出您的心聲，能讓您產生共鳴，或許也能讓您開懷暢笑。就跟亞洲一樣，特殊，令人嚮往，讓我能傾訴心聲……亞洲將是我第三本小說的主題。

芭貝里

二〇〇八年四月四日，寫於京都

〈導讀〉

優雅的刺蝟，還是美麗而短暫的茶花？

王恩南／臺大精神科醫生

誰是這篇小說說話的主體？

明顯地，這篇小說有兩位女主角，一位只有小學畢業的五十四歲寡居女門房，和一位生在富有上層社會家庭的十二歲女孩。在她們身處的環境中，都屬於聲音微弱、不被聆聽的一群。然而在各自的心靈世界裡，對法國「現代菁英」的文化、思想乃至生活禮儀，都不停地從不同角度加以質疑與批判。一個從兒童世界的觀點，另一個則從混雜著外來移民的中下階層觀點（法國巴黎公寓大樓的門房多為葡萄牙移民，如女主角米榭太太的朋友曼奴菈），小說從頭至尾都是由兩位女主角以第一人稱代名詞單數：「我……」，交替敘述發生的一切。

表面上，兩者的交集只在於共處於同一棟大樓，然而小說的重心卻放在兩人共享的秘密：對「深刻思想」的嗜好——馬克思、現象學等等，以及對異國文化——日本——的憧憬。一開始，氣氛是令人絕望的，小女主角計畫在她十三歲生日那一天（六月十六日）在家縱火並服藥自殺。她對周遭世界的所有想法「似乎」都支持她這麼做，直到大樓的某一位住戶亞爾登先生死亡，並遷入新的住戶，情節才開始出現轉折。

門房扮演了法國的日常生活中一個既卑微又關鍵的角色。所有人的資訊（外來的或內部的，甚至八卦消息）都要透過她們才有辦法傳遞。相對地，透過門房的耳目，這些法國「現代菁英」的另一面：虛榮、浮誇、崇尚所謂「深刻思想」卻又一知半解，更能浮現出來。門房荷妮的觀察，令人想起法國社會學家布希亞（Jean Baudrillard）在作品《美國》（*Amérique*）中，對法美兩國文化的比較。布希亞在書中提及法國的「文化重量」，並稱法國在內的歐洲文明乃是下注在「普遍性的概念」的文明。作者對這種可憎性的描述發揮到了極致。對作者來說，法國現代菁英的深刻思想是沒有出路的。

小說的轉折來自於新住戶的出現。兩位女主角對原有生活方式的絕望以及自殺的計畫，因為日本住戶小津先生的闖入而打亂了。小津先生是個十足的文化意義上的「他者」。異國文化對作者來說，有著近乎救贖的味道。女主角們想像中的日本，突然在眼前出現了化身。生命意義的追求，又重新點燃了。日本文化的種種，成了主人翁之間的某種溝通密碼。文化的他性（altérité）才能挽救舊有文化。標準的後現代思維。

然而生命的意義（以作者的話來說：「在『永不』中追求『永遠』」），只有在死亡的震撼中，而不是抽象的思辯中，才能顯現出來。因此荷妮最後的命運，也就不那麼令人感到意外了。

優雅的刺蝟，蛻變而成美麗而短暫的茶花了。

只是，書末追求「在『永不』中追求『永遠』」的「我」，是荷妮？是芭洛瑪？還是所有文化中追求認同的你我？

〈導讀〉

生命中的偶然與巧合

阮若缺／政治大學歐洲語文學系法語組教授

這部小說是以獨白或日記體方式娓娓道出人生的一些偶然與巧合。

一開始，便是一向令人認為不應有自我的豪華公寓門房荷妮的自我介紹，她一面勾勒人們對門房的刻板印象，一面盡量去符合大家的「共識」，寡居的她只有貓狗為伴，電視是她的障眼工具，其實她喜歡的是一些經典老片子、古典音樂和荷蘭畫，藝術本是有錢有閒者的奢侈品，這對一個門房來說是多麼突兀不搭調。

接著，凡在本書的深刻思想章節（共十六章）開端，總有一個略帶哲理的小謎題，頗能引起讀者的好奇心，那是富家小女孩芭洛瑪的內心世界；此外，世界動態日記則總共七章，是芭洛瑪對外在社會產生不滿，發洩情緒的工具，而她的名字直到深刻思想第十三章後，換言之本書已進行四分之三處才提起。再者，一個生活優渥的小女孩，哪來那麼多叛逆乖張、憤世嫉俗的傻念頭？無非是得了自閉症的「怪小孩」？

這兩個年齡、身分、階級毫無交集的人，她們之間竟奇妙地產生了相知相惜的情愫，也是始料未及的。全文中的每一小節不超過三頁，就如浮光掠影，稍縱即逝，場景也是在過去、現在、未來間跳躍，背景襯托往往是音樂（爵士、古典）與繪畫（荷蘭、義大利、法國），其人生宛如是隨時切換的影片，不斷更迭的旋律。然而亞爾登先生的驟然過世，卻是這幢位於葛內樂街七號的轉捩點：一位日本新屋主小津先生的進駐，故事的關鍵人物，是他吹皺了一池秋水……。

芭洛瑪：

她是個生長在富裕家庭的么女，自知在外人眼中她是多麼幸運和富有，但那種處於金魚缸內的感覺，只有自己才明瞭。她嫌惡母親與姊姊布爾喬亞式的愚蠢、市儈，對自己的聰慧卻又感到厭煩。她是個早熟的少女，冷眼批判布爾喬亞階級青少年為了要裝成大人樣而嗑藥、做愛，而他們的父母則把女兒當高級妓女，盡往有錢人身上推；兒子便學老子，為了要證明自己的本事，和不同的女人私通，欺騙老婆……。芭洛瑪還認為，人類生存、飲食、生育的本能無異於動物，充滿殘忍或暴力，只是人類企圖以假文明（狂妄自大）去掩飾自己的獸性。總之，她與家庭其他成員的想法格格不入，小腦袋長期想的就是自殺和縱火，因為芭洛瑪怨恨自己無力改變現狀，才決定採取激烈手段表達自己長期的無奈與憤怒，而自我封閉是她苟活時的生存手段，離開這個世界則是她的最終目的。是荷妮重新燃起她對生命的希望，認為命運似乎並非無可逆轉。

荷妮：

在一般人眼裡，門房負責的，就是每天觀察有誰進出，跟誰進出，何時進出的撈什子事，她該是個公寓屋主視而不見的裝飾，需要她時必須立刻派上用場，不需要她時就得消失不見。個子矮小，身材臃腫，行事低調的荷妮，外表是符合眾人期待的，但她背後所隱藏的慧黠與敏感，愛好古典樂、荷蘭畫、經典老片和俄國小說的她，卻似乎與其身分格格不入，她身處平庸環境卻不為庸俗所染、與她具非典型氣質的葡傭曼奴菈是她唯一的朋友。

我們發覺美醜、愚智、貧富、階級的問題一直困擾著荷妮，她似乎經常思考這些問題，就連貓、狗也成了象徵圖騰：譬如「鬈毛狗的主人不是退休的小老闆，就是需要感情寄託的孤獨老婦，要不然就是整天呆在陰暗門房裡看守大門的人」，牠的特性為「醜陋、愚蠢、服從，還有愛誇張」，而且主人如狗，他們甚至喪失對愛和慾望的渴求！至於富貴人家則飼養長腿賽犬或長毛垂耳狗，光是狗兒脫俗的名字就能明白其主人絕非等閒之輩。而貓在芭洛瑪的眼裡，是項行動的裝飾品，一般人認為，貓具備現代圖騰的功能，牠「類似家庭象徵與保護者的化身」，巧合的是她和荷妮不約而同地將寵物與主人類比，芭洛瑪將爸爸媽媽和姊姊比喻成自尊心強又感性的貓，他們懦弱、麻木不仁，且毫無情感。然而，以唯心論的立場來看，人們只能認知到自己所見的面向，對貓、狗亦是如此。

作者對文字的掌握令人激賞，尤其在形容荷妮面對小津時，將其有如情竇初開少女的情懷用幾個簡樸的語句，就足以令讀者感受到她的小鹿亂撞。當小津首次邀荷妮上樓作客時，荷妮閃過腦際的六種拒絕語，竟一個也派不上用場，而且有身心完全赤裸的感覺，不知所措。

六種拒絕語：

1.「不了，謝謝您，我已經有事。」（合理的說詞）
2.「您真是客氣，不過我的時間表排得跟部長一樣滿。」（可信度不高）
3.「真可惜，我明天就要去梅介夫滑雪。」（異想天開）
4.「很遺憾，因為我有家人。」（睜眼說瞎話）
5.「我的貓病了，我不能留牠獨自在家。」（感情太豐富）
6.「我病了，我想留在家裡休息。」（恬不知恥）（p.204）

此外，在小津家由於喝太多茶，荷妮不得不請問洗手間的位置，光這簡單的一句話，她就靦腆地字斟句酌想了六種問法：

1.「廁所在哪兒？」（不很得體）
2.「您可不可以告訴我那地方在哪兒？」（怕別人聽不懂）
3.「我想尿尿。」（不能對陌生人開口）
4.「化妝室在哪兒？」（聽起來很冷漠）
5.「衛生間在哪兒？」（讓人聯想到一股臭味）
6.「請問方便的地方在哪兒？」（唯一找到的回答）（p.246-247）

當小津邀荷妮單獨上餐館慶生，心意已很明顯，可能因身旁還有芭洛瑪在場，她立刻像刺蝟似的，築起心防，斬釘截鐵地說不：

1.「說真的，我很抱歉，我覺得您這個主意不適合。」

2.「您人很好，我很感謝您，不過我不想接受，謝謝您。我相信您有很多朋友可以在一起慶祝生日的。」

3.「這樣比較好，事實就是如此。」

4.「我們會有很多機會在一起聊天的，這是肯定的。」（p.321）

外表冰冷絕情的她，在小女孩芭洛瑪面前竟然淚決堤的一幕十分感人，後者比心理分析大師更有用，將荷妮的陳年陰影發掘出來；她擔心門戶不當的悲慘命運，寧可守本分過著屬於普羅階級的平淡日子，就算她好不容易跨出受邀赴宴那一步，仍在想自己是否能看清自己。

小說名為《刺蝟的優雅》充滿喻意：所描寫的就是荷妮，她像那種外表看來防衛心超重，內心卻極為善良的小動物，喜歡故作懶散狀，愛好孤獨，不過舉止十分優雅。她也像塊璞玉，待有緣人去發現她，珍惜她。然而荷妮的刺蝟性格其來有自，是芭洛瑪將那個祕密告訴小津，因此他才會找時機重複安慰她：「您不是令姊，我們可以做朋友，甚至是所有我們想做的。」這些甜言蜜語著實融化了荷妮對社會與階級的憎恨。

然而造化弄人，垂手可得的遲暮幸福，竟因一場突如其來的意外畫下休止符。結局留下遺憾，發人深省。難道冥冥中註定會樂極生悲、狠遭天妒？人生的渴望與慾求，到底是生存動力還是死亡的加速器？

〈導讀〉

膨脹的刺蝟，優雅的法國人

齊嵩齡／淡江大學英美語言文化學系副教授

以馬克思「謬論」揭開序曲——「散播欲望者必遭迫害」。這本暢銷小說一開始就令人玩味。根據法國《解放報》，《刺蝟的優雅》是二〇〇六年文壇的一匹黑馬，當時就已賣出三十四萬六千本，在市場緊縮亦然的法國書市，不可謂小數目。不禁教人要問，一本法國哲學老師所寫的小說，何以暢銷？何德何能創造出如此文學「現象」？是作者繕寫功力？是媒體抬捧？還是法國社會也有哈日風？

作者在二〇〇二年出了第一本小說《終極美味》之後，第二本小說《刺蝟的優雅》延續其獨特「品味」，以一本非常「巴黎」的小說與讀者分享她對日本的狂熱。

刺蝟是指巴黎七區葛內樂街七號高級住宅大樓的五十四歲女門房，荷妮．米榭（我們在這裡姑且叫她「法國刺蝟」）：寡婦，貌不驚人，既無美色又無動人之處，明顯不適才適所，每天陪伴她的是一隻過胖的貓與從沒關過的電視（好像每個社會都存在的某種典型）。把荷妮稱作刺蝟的是六樓奢華公寓裡一位左派國會議員的女兒芭洛瑪，一個不快樂的天才少女，才十二歲即參透生命荒唐，包括她荒唐的親人：就讀高等師範自以為是的姊姊，長年服用抗憂鬱藥的媽媽與懦弱的爸爸；只有在日本漫畫裡，才有她要的真相。在記錄一篇篇「深刻思想」的同時，她年輕生命的唯一野心就是：滿十三歲的那天燒了公寓再殺了自己。

故事由這兩個聲音娓娓道來，她們的「聲音」平行地在小說裡此起彼落，猶如琴鍵上左右手交替著旋律，直到一名退休的日本富豪到來，開始有了交錯。當她們相遇，我們這也才發現她們彼此相像，是彼此意外的心靈契合者。

職業是一種掩護

出乎意料的，法國刺蝟喜歡閱讀康德與胡塞爾，也喜歡那些她認為荒謬的心理學家；她聽莫札特，看日本導演小津安二郎的電影與荷蘭靜物畫；她信手拈來引用了不少如普魯斯特那些赫赫有名的作家，更因為托爾斯泰，而把她的胖貓取名為列夫；她喜歡完美的法文，也喜歡流行樂、嘻哈音樂與《銀翼殺手》，堅持不從中做選擇，慶幸自己可以知道這一切！總之，也許除了尼采，她什麼都看、都讀、都知道。因此法國刺蝟不是我們單純想像中的門房，她聰明好奇有教養；整整二十七年，假裝粗俗愚昧，為了要過寧靜日子，為了能維持她博學的嗜好，不想因自己的博學擾亂了鄰居對門房認定的一些刻板印象與偏見。直到新住進四樓公寓的日本富豪邀請她共進晚餐，一切舊習為之逆轉，開啟了一條充滿可能性的路……。

她空有門房的外表，卻有某種門房的情結，必須努力掩飾自修而來的文化素養，盡量符合門房給人的刻板印象，但也同時冷眼旁觀，進而批判公寓裡中產階級小宇宙中，充塞著社會裡揮之不去的偏見。作者透過荷妮與芭洛瑪的「聲音」，翻轉法國社會裡現存的刻板印象：門房就是要傻又沒禮貌，有錢小孩一定既蠢又傲慢，有教養的日本智者，自詡為菁英的法國中產階級，煮了一手好菜、但法文肯定錯誤連連的葡萄牙女傭，經常醉醺醺的乞丐不可能有尊嚴的活著……。書裡法國刺蝟說著：「但我也讀過許多世界文學作品，我為此甚感驕傲。想想看，我只不過是個農家女，前途黯淡，最後只落得在葛內樂街七號看守大門，在這種命運下，按理，一般人只會看芭芭拉．卡德蘭的通俗小說。」

芭洛瑪說：「她有著刺蝟的優雅，外表看來全身都是刺，防守嚴密，可是我直覺她的內在也跟刺蝟一樣細緻。刺蝟這個小動物喜歡偽裝成懶散的模樣，特別愛好孤獨，而且非常非常的高雅。」兩個主角都喜歡孤獨，都喜歡逃避他人或逃避自己。芭洛瑪也是一隻刺蝟，她們亦步亦趨形成對比，在一個僵化的社會裡游移、生存或倖存著。

刺蝟的天性

在善意與不滿不斷地交錯累積中，其實法國刺蝟是一隻翻過來的刺蝟，外軟內硬。一個敏感的靈魂冒充門房，批判只重表象的巴黎上流階級。他們媚俗、殘忍、愚蠢、神經質且自以為是，不知眼前這個門房言談舉止比他們優雅好幾倍。懂得沉默，可能是可悲的可憐人（les pauvres pauvres）最卓越的軟實力。一如刺蝟擅長無戰鬥的自衛，不攻擊卻傷人的藝術；自然賦予牠一副多刺的盔甲，動輒全身豎髮，縮成一球，不用太多力量與矯健的身手，即令敵人悻悻然棄甲而逃；敵人越折磨刺蝟，牠越捲成一團，一陣劍拔弩張的虛張聲勢。刺蝟的優雅是暗著來的。

從刺蝟的的生理現象可看出整本小說的肌理。利用如此低調卻令人訝異的動物，玩弄一種矛盾反差的風格，好笑中有深度，既哲學又感性。在門房法國刺蝟身上我們看到許多作者的影子，一個貨真價實的家庭主婦與哲學老師，要教時髦的哲學命題，還要提供有效且有趣的遐思與謬思。

小說一開始，讀者即墜入強烈做作的風格迷霧彈中，狐疑著作者要做什麼？一隻刺蝟如何能與優雅的法國文化掛上鉤？作者自命不凡地混雜各類知識文化：哲學、托爾斯泰、法文文法與日本等，其中最突兀的莫過於日本文化的大量介入。書裡法國刺蝟將自己比做廟堂青苔上的茶花，就是她從日本導演小津安二郎的電影《宗方姊妹》得來的靈感；而將在書裡改變一切的人，是五樓的新屋主，也是日本人小津，尤其當法國刺蝟進入他家時，那一陣目瞪口呆的描寫。這本書寫得最為細膩的幾幕就在寫日本，好像細膩與尊重皆來自他鄉異國，好像在這個中產階級的巴黎裡，唯一值得尊重的竟是日本文化，堪稱比古老的法蘭西更為文風磅礡？

我們知道作者芭貝里是個日本通，也知道法國近幾年來哈日風頗盛，但在這麼一段紙上迅速消費的平凡生命中，作者到底想幹什麼？不僅利用一個在眾人眼中幾乎隱形的人物，高調地暢談各種文哲思想，還在法蘭西這個文化大國裡對日本文化歌功頌德！

法國人跟自己的文化有什麼問題？

是哲學老師職業病，將某些困難典型的哲學概念應用於實際生活？是為了練習風格，企圖發現時屆二十一世紀的今日，當小說徵文比賽紛紛採用手機短訊，用正確法文還能寫出什麼（文學）？

抑或批評蔑視文化大國裡的普羅大眾？

只消隨便抓書裡幾個樣版人物（如門房與天才少女）：他們踐文，賣弄學問，好為人師，為批評而批評。在閱讀中不斷挑起的義憤填膺之情，是單純的想賣弄學問嗎？是哲學背景的作者嘗試菁英反菁英的諷刺之作嗎？抑或是利用這本溫馨小品，深切刻畫出蘊含於市井小民中，法國人天生的反骨，以及那點自命不凡呢？都有可能，這本書對於瞭解法國人（或台灣人）所不知道的法國人，如何一副天生傲骨，是本不錯的選擇。

對哲學老師芭貝里而言，《刺蝟的優雅》也許是一部卓越的教學機器，質疑何謂好書，質疑那些制訂「好書」（正典）的菁英分子，為有些求知若渴又低調的讀者發聲，讓他不必一定要選擇讀「好」書，讓他相信在一個不再奇妙的世界裡，生命可以奇妙，以一種有「教養」的單純，生活在一個做作、自以為是的社會裡。這本《刺蝟的優雅》或可稱為法式優雅，一本談論「生存品味」的書，在我們生存的這個人造世界裡，如何看待文學、藝術、哲學和美，如何還能保有這個「生存品味」？

這本書成功的提出了問題，無論是對它揭發的中產階級與其力捧的小人物，都是一種慢性治療。如果傳言不假的話，某些巴黎的心理治療師把此書當成藥方開給病人，一本隨個人挖掘、無所不包的工具書，隨個人需求來解決問題。

這本書就這樣：斜著眼睛觀看自法國六〇年代社會文化變遷後的種種不滿，一點點夫子自道，一點點小東西裡見永恆，以一種普魯斯特式、超越時間的懷舊情懷去抓住這些時刻，抓住小人物的孤獨命運與內在詩意。在執拗且不懷好意的語調中，以一種音樂性的語言訴說一個個深具哲思的故事。整本書既迷人又令人困惑，不時地營造出某種矛盾，感動人心又令人會心一笑，恰如其分地混合漫畫式的誇張詼諧與某種嚴肅性，還帶有某種日式風格。

而台灣讀者處於一個舒服的閱讀位置。譯者陳春琴將原作語言所具有之音樂性，翻得很順、很快，給文本一種如「絲」般滑順的閱讀樂趣。當一頭栽入小說溫暖舒適的世界裡，或者全神貫注地傾聽法國刺蝟訴說著康德與現象學，或者曼奴菈令人垂涎三尺的甜點，臉上始終帶著微笑，那是一種對普世共同語言文學的熱愛，娛樂性強且深具溝通性，雖說有時過於博學。

最後順帶一提的是，作者選擇展示這段美好生命的巴黎場景，葛內樂街七號，深具小說所應有的傳奇與象徵色彩；現實生活中，這棟樓沒有任何住戶，是裝扮魔鬼的Prada慾望城國。

◆讀者佳評

• 這是一本可以一看再看的書。第一次看沉迷它的靈魂與感動，第二次看領略文字的巧思與語言的奇妙。……這一切交織形成的眾生百態，迷人、有趣、令我無法自拔。——**【無聲墜落】**

• 共同大標題「馬克思」、「茶花」、「文法」、「夏雨」、「芭洛瑪」，充滿了濃濃的詩意。從情節、從敘述，細膩的情感書寫，對於哲學之於日常位置的思索。或許真正融入生活的哲學，是要像這樣巧妙的融入小說作品中，可愛得平易近人——**【非．推理小說研究社】**

• 當撥開了一開始生硬的棘刺之後，顯露的是書本身的柔軟身軀。到最後，則感動於這作品溫暖的心跳。——**【nidhoggs 's Blog】**

• 結局是如此令人意外，始料未及。好像到了一個新環境，花了很長時間去適應，已經開始喜歡這個地方，你卻得離去，胸口悶悶的，哭不出來，卻很難過。——**【就是愛寫東西】**

• 對自我省思的剖析之過癮，直讓人感覺有如性愛之後那種淋漓盡致的暢快感。——**【黑海中的璀璨】**

●這本書給了我很多啟發，而這滿滿的啟發卻成了我甜蜜的負荷，欲罷不能的感覺使我有點喘不過氣來……——【徜徉於書海中】

●忍不住一再複習結局。……法國小說調和淡淡日本文學的感覺，竟然還滿美妙的。——【hsuwenhui】

●這是一本充滿哲思，句句珠璣的小說。作者透過犀利細膩的視角與幽默風趣的筆觸，於平凡無奇的生活瑣事中，演繹出值得深思的命題。——【多年前，仰望藍天的女孩】

●翻開第一頁，我就知道我會愛上這本書！——【傲慢與偏見相對】

●你相信一株茶花可以改變一個人的生命嗎？你相信一本書裡的幾句話能令你激動、哭泣，並且一輩子難忘？即使你終究會遺忘，但某個當下，一朵廟堂前的茶花就這樣浮上腦際，聞得到芬芳；又或許是一杯茶的滋味，讓你覺得這一切又有了意義。——【孩隱居】

●這是本好看得過份的書呢！——【捕夢人】

●這本書是一本很精采的書，它給了我很多的驚喜！——【書林中的自然書屋】

• 如果你覺得自己裡面有一絲絲刺蝟般潛在的可能，那麼此書應該可以讓你練習更為優雅地當一隻刺蝟，優雅地品味這個和蟑螂並存的世界，優雅地看穿那一件一件淺薄的偏見。——**【無記可詩】**

• 我去年看過最美的書是《頭朝下》，今年的話，如果沒意外可能就是這本《刺蝟的優雅》。……這位作者應該可以列入每出必買的名單了。——**【毛毛牙】**

• 一個人，能有幾番面貌？一棟大樓，能藏有多少秘密？……裝笨的人往往最聰明，不然就是極盡慧黠之能事。凡間煩間，他們用最省力的方法避開了凡間一切「煩人」的事物，笑看資產階級的大愚若智。——**【La Ciudad Solitaria】**

• 這本書在幽默中引人深思。成功的以一種看似輕鬆莞爾又帶點艱澀哲學的方式，讓我們在笑著的同時更加深刻明白普羅大眾裡的芸芸眾生，其實皆為平等。——**【三個人的蟹居】**

• 這本書真的很特別……一本充滿了生命描寫的書籍，幽默風趣又帶點對階級的諷刺，讓我們對生命有了更進一步的認識，生命本身有時或許荒謬，或許無奈，但是如同芭洛瑪所看到的一樣，人生不只如此，別忘了人生也有美好光明面啊。——**【苦悶中年男】**

• 在閱讀的當下，我輕而易舉感受到作者的博學多聞，她在行文中帶入不少哲學思想，像是亟欲提供讀者思辯的空

間似的……引頸期盼作者的下一本新作。——【揉雜之外】

• 很久沒看小說看得這麼過癮！讀這部充滿著幽默，甚至是有點刻薄的小說真是一大享受。作者文筆優美，耐人尋味。這本書非讀不可，非送給親友不可，非介紹給人不可！我送人送了三次，而每一次都令人欣喜無比。——Créange Evelyne

• 書中有許多耐人尋味的句子，充滿著詩意、思考和智慧。但最令人驚奇的是，當讀到最後一頁時，才猛然醒悟，自己原來如此眷戀書中人物。鐵石心腸的人也會掉淚……。我過去幾乎只看驚悚小說，但這本書卻帶來令人陶醉的幸福時光。不管你的閱讀品味是什麼，都得看看這本小說。——G. Virginie

• 讀這本小說心中會微笑，會忘記一切，會捧腹大笑，有時還會落淚。不管贊不贊成作者的觀點，書中精闢的言論很令人讚賞。我太愛這本書了。——Michelini Marie-Aimée

• 我對文學獎一向很失望的，因為這些獎通常只是反映出商業上的利害關係，而不是真正的文學價值。但這一次，我每個神經細胞都被迷住了，芭貝里的小說能讓人不斷微笑，引發共鳴。此外，這本書還有點像偵探小說，充滿懸疑。——Daphnée Aumont

• 這本卓越的小說字字珠璣，令人回味無窮。書中人物的世界觀也是令人讚賞稱奇。這本書讓我從頭笑到尾，整個

故事也有蕩氣迴腸的氣勢。我一腳踏入了那棟豪華宅邸，認識了許多人物……——France Boué

• 芭貝里這部小說充滿詩意，體裁細膩，文筆動人，故事溫馨感人，讓人不忍釋手，非一口氣看完不可，閱讀此書帶來的樂趣是那麼地美好、雋永、獨特，而且是獨一無二，無法取代！這本書帶來令人震撼的感動，此書非讀不可！——Clarabel

• 這本書一拿起來就放不下去。讀者會急切地想知道下一步是什麼。這部小說讓我哭泣良久。我永遠難忘這本情節動人，描述手法異常出色的絕妙好書。——Aurelie Thireau

• 沒有一個句子是多餘的，許多章節意境深遠，令人難忘！一定要讀，而且要一讀再讀！——Damien

馬克思（序言）

Marx(Préambule)

散播欲望者

「馬克思完全改變了我的世界觀。」小帕列何今早這麼對我宣佈。平常，他是不跟我說話的。安段．帕列何是工業老王朝的富有繼承人，也是我八位僱主中某位的兒子。他是企業大資產階級最新產物——他的呱呱墜地可是一清二楚，合理合儀，就跟打個嗝一樣，簡短俐落，不帶情感——然而此刻，他正為了他的大發現得意洋洋，在反射作用的驅使下，想都沒想我是否能懂他的話，就跟我闡述大道理。像我這樣的勞動者對馬克思的著作能懂些什麼呢？馬克思的文章讀起來很辛苦，用詞很典雅，文筆很微妙，他宣揚的理論更是龐大複雜。

而我一時糊塗，差點暴露我的真面目。

「您應該讀《德意志意識型態》[1]。」我對這個身穿墨綠色連帽呢大衣的蠢蛋說。

要了解馬克思理論，同時明白他的理論為何錯誤，就必須讀《德意志意識型態》這本書。這是人類學的基石。所有建設新世界的號召都是以這本書為理論依據，而且這本書也闡述一個很重要的信念：老被欲望糾纏的人類，最好只滿足最基本的需求就行了。在一個欲望受到極端鉗制的世界中，將會誕生一個沒有鬥爭，沒有壓迫，沒有萬惡階級之分的嶄新社會。

「散播欲望者必遭迫害。」我正要細聲細語地，就跟對我那隻孤伶伶的小貓說話一般，對他說出這句話。可是呢，安段．帕列何嘴唇上那道看來不甚雅觀、剛長出來的鬍髭卻毫無貓兒的慧黠。

他看著我，不太肯定我剛說的怪言怪語。凡是打破自己思維習慣的事，一般人是無能去相信的。像往常一樣，這個無能保護了我。一個大樓門房是不會讀《德意志意識型態》的，因此，她也沒有能力引述批判費爾巴哈[2]的第十一條論點。再說，閱讀馬克思作品的門房一定擁有反社會的思想傾向，靈魂早賣給了叫法國總工會[3]的魔鬼。門房為了要提高思想境界而閱讀馬克思著作，這種不合情理之事不是任何資產階級能想像得到的。

「代我向令堂問個好。」我嘟嘟囔囔的說，砰的一聲將門關上，心中希望這兩句前後不一的話，能夠被千百年來的偏見隱蓋住。

1 《德意志意識型態》（*Idéologie allemande*），馬克思作品，此書批判了德國許多哲學家。
2 費爾巴哈（Ludwig Feuerbach, 1804-1872），德國哲學家。
3 法國總工會（CGT），是法國勢力最大的工會。

藝術之神奇

我名叫荷妮。今年五十四歲。二十七年來，我一直都是一棟高級公寓大樓裡的門房。這棟大樓位在巴黎葛內樂街七號[1]，是一幢美侖美奐，有庭院，有花園的舊時王公府邸。裡面分割成八戶豪奢無比的公寓，間間都住有人家，間間都非常寬敞。我是個寡婦，個子矮小，相貌醜陋，身材肥胖臃腫，一雙腳丫滿是老繭；此外，我口中肯定有跟長毛象一樣的臭味，因為有些早晨起床後，我會被自己身上的氣息弄得不舒服。我沒上過學，從小至今都是貧窮如洗，是個不起眼、微不足道的小人物。我獨自一人生活，與我為伴的是一隻肥胖的懶貓。這隻貓只有一個特點，就是當牠心情不爽時，爪子會發出臭味。在和同類族群融容共處上，我和牠都沒有做太多的努力。在待人接物上，我雖算得上是彬彬有禮，但並不和藹可親，因此大家雖不喜歡我，卻能容納我，因為我完全符合世人心中的門房形象，我也因此成為讓世人的大幻想能夠繼續運轉的其中一個齒輪。

在世人的幻想中，生命是擁有意義的。但這意義很容易破解，既然在芸芸眾生的想法裡，門房都是年老、醜陋、脾氣暴躁，那麼這些愚昧的芸芸眾生自然也根深柢固地認為，門房都有隻成天躺在套著針織枕套的坐墊上打瞌睡的大懶貓！

還有，門房給人的印象是成天看電視，與此同時，她們的肥貓必定在旁呼呼大睡。不僅如此，一樓大廳總是飄蕩著她們做的清燉牛肉、包心菜湯，或者是扁豆鵝肉砂鍋這些家常菜的氣味。我何其有幸，能夠在高級公寓大樓看守大門。為了符合形象而做那些油膩葷羶的菜餚，對我而言簡直是活受罪。因此當住在二樓，貴族出身，擔任政府參事的戴博格利先生出面干涉，表示不希望再在大廳聞到平民大鍋菜的味道時，我真是如釋重負。他還不得不對他的夫人解釋，說他的干涉很有禮貌，只是很堅定而已。為了掩飾我心中的正中下懷，我得儘量裝出被迫服從的姿態。

那是二十七年前的事。從那時開始，我每天都到肉店去買一片火腿肉，或是一片小牛肝，然後放在用網線織成的購物袋裡，把它們夾在一包麵條與一把胡蘿蔔之間。我刻意讓人看到這些寒酸但是擁有一大特點的食糧，也就是它們都沒有味道，因為我是住在有錢人家的窮人啊！這是一箭雙鵰之計，一方面讓人認為我跟一般窮門房毫無不同，一方面可以拿它們來餵我的貓咪列夫。我的貓兒就只能吃那些原本該是給我吃的食糧了。當牠大咬大嚼地吃牠的火腿肉和奶油通心粉時，我在無濃葷菜味的干擾下，在沒有人懷疑我對飲食口味另有偏好的情況下，享受我的美餐。

電視的問題倒是比較棘手。我先生在世時，我不需要為電視的問題煩惱，因為他經常看電視，所以免去我這項苦差事。只要人們在一樓大廳聽到電視機的聲音，就會繼續保有對門房的偏見。呂西安過世後，我就得絞盡腦汁、虛應故事了。他活著的時候，電視有他看，我不需要盡這項不公道的職責；他死了以後，我就失去他這個無文化素養，能避免別人起疑的擋箭牌。

後來，藉著無鈕系統，我找到解決辦法。

我將紅外線裝置和小電鈴接在一起。這樣一來，需要伸手按下去好讓我知道有人進出的大門按鈕便完全失去作用。我只要依靠紅外線裝置就可以了解大廳過客的動態，哪怕我總是待在最裡面的房間，距離他們甚遠。

這房間是我打發大部份休閒時間的地方，也是我能夠舒展心靈生活的地方。這房間很清靜，門房內常會聽到的吵雜聲和聞到的怪異氣味都傳不到這裡。在這房間內，靠著小電鈴，我還能隨時隨地獲知身為門房必須知道的消息：有誰進來，有誰出去，跟誰進出，還有在什麼時刻進出。

當住在大樓的人穿過大廳，耳中聽到低微的電視機聲音時，他們在缺少想像力而不是發揮想像力的情況下，便認為我這個門房準是躺在沙發椅上看電視。而我呢，我躲在隱密的房間內，耳中雖然聽不到外面的任何聲音，卻能知道是否有人經過。當小電鈴響時，我才起身走到隔壁房間，將眼睛擱在被白紗簾布遮住，正對樓梯的窺視孔上，神不知鬼不覺地察看過者是誰。

錄影帶的出現，及稍後的蓋世大發明DVD，讓我的心靈世界更加充實。可是，哪有守門的會為了《魂斷威尼斯》這部電影而感動莫名的呢！哪有門房會傳出馬勒[2]的音樂呢！於是為了避人耳目，我在先夫和我辛苦攢下的積蓄中抽出一筆錢，購買另一套電視光碟機，安置在我的密室內。當擺在門房內，保護我祕密的電視機在播放不需要動大腦的低級娛樂節目時，我卻在密室內，在聽不到電視的吵聲下，雙眼含淚，為藝術之神奇如痴如狂。

1　葛內樂街（Rue de Grenelle），位在巴黎塞納河左岸第六區與第七區，此街是法國許多政府機關所在地。
2　馬勒（Gustav Mahler, 1860-1911），奧地利作曲家，他的第五交響曲是電影《魂斷威尼斯》的主題曲之一。

深刻思想第一章

追求辰星
在金魚缸中
了殘生

有時候，成人們好像會花一些時間坐在椅子上，默想沉思自己一生的慘敗。那時，他們會很哀傷，可是不明白是為了什麼；而且，就像老是撞在同一扇玻璃窗的蒼蠅一樣，坐立不安，心靈受苦，身形憔悴，意志消沉，捫心自問為何他們會走上自己不願意走的那條道路。最聰明的人把這當成一種宗教看待：啊，資產階級生命中可恥的空虛！和爸爸同桌吃晚飯的也有像這樣的犬儒主義者：「我們青年時代的夢想變成何樣？」他們帶著看破紅塵，志得意滿的神態問這句話。「夢想消逝，生命艱難如狗命。」我憎厭成人們這種虛假的成熟睿智。其實，真正的原因是，他們跟其他人一樣，是個小孩子，不了解發生在自己身上的事，總是扮演著硬漢角色，可是心中卻想哭得要命。

箇中道理很容易明白。小孩子都相信成人的話，而自己一旦長大成人後，為了報復，也跟著欺騙自己的孩子。「生命具有意義，而這意義掌握在大人手中。」這是普遍一致，所有人都不能不相信的謊言。當自己進入成人階段，明白那句話錯誤時，已經太晚了。謊言的神秘性雖然完整如初，可是一生的精力老早就浪費在一些愚蠢的行為上。因此所能做的就是盡可能地麻痺自己，在找不到生命意義的這件事上蒙蔽自己，然後欺騙自己的小孩，好更進一步地說服自己。

和我家交往的人中，每個人都走上同樣的路：年輕時代時，設法讓才智發揮最大的效益，像榨檸檬一樣儘量從學業中獲得知識，好奠定菁英分子的地位。之後，一生一世都愕然自問，為何所有的期望只帶來空虛的生命。芸芸眾生以為自己是在追求天上星辰，而最後的命運卻跟魚缸裡的金魚一樣。我在想，如果一開始就告訴小孩子生命是荒謬的，這可能更乾脆點。這也許會讓童年時代失去一些快樂的時光，但是可以替成年時代節省許多光陰——更何況，我們最起碼還能避免一個大傷痛，也就是金魚缸的傷痛。

我，今年十二歲，住在葛內樂街七號一間豪奢的公寓裡。我的雙親很富有，我的家很富有，因此我姊姊和我也可以說很富有。我父親曾任部長，現在是國會議員。有一天，他可能會當上國會議長，住進拉塞府[1]，痛喝地窖裡的美酒。我的母親……唉，我的母親不是個出類拔萃之人，不過受過良好教育。她擁有文學博士文憑，能夠把晚宴邀請卡寫得正確無誤。此外，她成天到晚就是對我們引經據典，疲勞轟炸（「鴿蘭白，別擺出蓋爾芒特[2]的樣子」、「小寶貝，妳真是道地的桑絲維麗娜[3]」）。

儘管如此，儘管我是這麼幸運和富有，長久以來，我知道何處是我的終點站，那就是金魚缸。我怎麼會知道呢？因為我很聰明，甚至可說是特別聰明。只要看看和我同年齡的孩子，就知道我的聰明是深不可測的。可是，我不想引人注意，而且，在一個把才智認為是最有價值的家庭中，天才兒童永遠沒有寧日，所以我在學校裡總是設法降低成績表現，儘管如此，我總是名列前茅。一般人也許會認為，跟我一樣十二歲就擁有高等師範學校預備班程度的人，要扮演普通才智角色是輕而易舉的事。但事實並非如此。要把自己裝成很笨，那是很費心思的。

可是，從某方面來說，這讓我有得消遣，不會悶得發慌。所有不需要花在學習和理解的時間，我都用在模仿普通好學生的風格、回答方式、處世態度、思慮以及一些小錯誤上。我讀過班上第二名學生君思坦絲・芭黑的所有作業，包括數學、法文和歷史，就這樣我學到應該怎麼做：所謂法文，就是將協調連貫、書寫正確的字組合在一起；數學，是機械化的複製無意義的運算方程式；而歷史，那是一系列被合乎邏輯的連接器聯繫起來的事件。

就算和成人比較，我也比大部份的成人更機靈。事實就是如此。我不為此而特別感到驕傲，因為我沒有任何功勞。不過有件事是肯定的，那就是我決不會跳進金魚缸裡。這是深思熟慮後所做的決定。即使像我這樣聰明的人，功課奇佳，與眾不同，同時還比大部份的人優越，我的生命也已經被安排好了，而更令人難過得想哭的是：似乎沒有人思考過，如果生命是荒謬的，那麼成功的一生不會比失敗的一生更有價值，只是日子過得比較舒適罷了。恐怕也沒那麼舒適呢，因為我認為睿智會使成功的滋味變得苦澀，而平庸會讓人繼續抱持希望。

再不久我就要離開童年時代了，雖然我明白人生是一場胡鬧的舞台劇，我想我也無法活到老死。其實，我們接受的教育都是要讓我們去相信不存在的事，因為我們是不願意受苦的生物。因此之故，我們耗盡所有的心血來說服自己，認為有些事情是值得追尋的，認為生命就因為如此才具有意義。我儘管很聰明，也無法得知在對抗生理演化上，我能對抗多久。當我踏入成人階段後，我是否還有能力去面對生命的荒謬感呢？我不認為。

我就是為了這點下了一個決定：今年學期末，六月十六日，十三歲生日那天，我將要自殺。請注意，我不打算轟轟烈烈的進行這件事，好像自殺是件很勇敢或者是具有挑戰性的行為似的。再說，我不能讓任何人起疑。成人對死亡之事都是歇斯底里，把這事看得奇大無比、加油添醋、小題大作，其實那是世間最平凡的一件事。事實上，對我重要的不是事情本身，而是如何去做。

我的日本傾向當然是選擇切腹自殺。當我說我的日本傾向時，我的意思是指我對日本的愛好。我是四年級[4]學生，我當然選擇日文做我的第二外語。我的日文老師不怎麼樣，他的法語咬字不清，而且老是搔頭，一副茫然不知所措的樣子，可是有一本教材還不錯，因此，從開學以來，我的日文有很大的進步。再幾個月，我就有希望看得懂我最喜歡的mangas了。媽媽不明白為什麼「像妳這樣聰明的小女孩」會看mangas。我懶得跟她解釋「mangas」在日文的意思是「漫畫」。她認為我在吸收次文化，我沒有跟她辯解。

長話短說，再過幾個月，我也許能看得懂谷口的日文漫畫書了。這必須在六月十六日之前實現，因為六月十六日這一天我要自殺。不過不是切腹。那應該是充滿著意義和美感，可是……喔……我不想痛苦。說實在的，我憎厭痛苦。我的想法是既然決定要死，那正是因為我們認為死是合乎常理之事，所以必須輕輕巧巧地去進行。

死，必須是溫柔的過渡，安安逸逸的滑入安眠中。有些人從五樓跳窗自殺，有人吞消毒劑，也有人懸樑自盡！太荒謬了！我甚至覺得很下流。如果不是為了避免痛苦的話，那為什麼要去死呢？我呢，我已經想好我的解脫方法了：一年來，我每個月從母親床頭桌上的藥盒裡拿一顆安眠藥。她安眠藥吃得那麼多，我就算每天拿一顆，她也不會發現，不過呢，我決定採取謹慎的措施。當我們做了一個旁人很難了解的決定時，任何事都不能掉以輕心。您無法想像在破壞您最珍貴的計畫時，一般人的行動有多快，理由都是些冠冕堂皇的無聊話，如「生命的意義」或是「博愛世人」。啊，還有：「童年是最神聖的」。

所以我一步一步，慢慢地往六月十六日這天前進，而且毫無恐懼感。只是有一點遺憾，也許吧。不過目前的世界不值得眷戀。話雖如此，也不能因為想死，就得像腐爛的青菜一樣過著無所事事的生活。甚至應該完全相反。最重要的，不是死這件事，也不是在哪個年齡死，而是在死的那一時刻我們正在做什麼。

在谷口的漫畫中，主人翁攀登聖母峰時遇難。在六月十六日之前，我沒有任何機會攀登聖母峰的K2峰或者是大喬拉斯峰[5]，所以我心中的聖母峰便是精進智慧。我給自己定下的目標是盡可能的獲得深刻思想，並且把這些思想記在筆記本上。如果任何事均無意義，至少要剖析一下心靈，不是嗎？不過呢，既然我愛好日本，我給自己多加一道難題，深刻思想必須以日本短詩的形式寫下來：三句詩，或者是五句詩。

我最喜歡的三句詩是松尾芭蕉的一首詩。

漁翁茅屋

蝦子跳

蟋蟀叫！

這呀，這可不是金魚缸，絕不是，這是一首詩！

在我生存的世界裡，比漁翁的茅屋還缺少詩意。想想，四個人住在四百平方公尺的公寓，然而有很多人，也許還包括落拓詩人，卻沒有像樣的住所，十五個人擠在二十平方公尺的房間內，您覺得這是正常的嗎？今年夏天，新聞報導說，有許多非洲移民因為住的危樓樓梯起火而喪身火窟，這道新聞給我一個主意。非洲移民，金魚缸，他們整日都在金魚缸內，他們無法瞎編故事來掙脫自己的處境。可是我的父母親和鴿蘭白以為自己是在海洋中游泳，因為他們住的是四百平方公尺，充滿著家具和畫作的大房子。

所以六月十六日這天，我打算提醒他們一下，不要忘掉他們的生活空間也是跟沙丁魚一樣狹隘：我要放火燒房子（用烤肉用的火種）。請注意，我不是罪犯，當家中無人時，我才放火（六月十六日正好是星期六，每星期六下午，鴿蘭白都去迪貝爾家，媽媽去做瑜伽，爸爸去他的社交圈，而我呢，我留在家裡），我會先把貓從窗子放出去，提早通知消防隊，避免有人傷亡。然後，帶著安眠藥，從容不迫地到奶奶那兒去睡覺。

失去了房子和女兒，他們也許會想起死去的非洲移民，不是嗎？

1 拉塞府（Hôtel de Lassay），位在巴黎第七區，是國會議長官邸。

2 蓋爾芒特（Mme de Guermantes），侯爵夫人，美麗高貴，是普魯斯特《追憶似水年華》小說中的人物。

3 桑絲維麗娜（Sanseverina）公爵夫人，斯湯達爾小說《帕爾瑪修道院》（*La Chartreuse de Parme*）的人物。善權謀，重感情。

4 法國義務教育十二年，小學五年，初中四年，從十一年級倒算，四年級相當於初三。

5 大喬拉斯峰（les Grandes Jorasses），阿爾卑斯山脈的一座高峰。

茶花

Camélia

女貴族

每週二和週四，我唯一的女友曼奴菈會到我的門房來，和我一塊兒喝茶。曼奴菈是個很純樸的女人。二十年來替人打掃灰塵的工作並未奪去她的高雅。所謂打掃灰塵，那只是含蓄的簡稱。可是，在有錢人家裡，有些東西是不能直呼其名的。

「我把裝滿衛生棉的垃圾桶清掉，」她用溫柔和帶著濃重ㄕ音的口音對我說道，「我把狗的嘔吐物揀起來，我把鳥籠清洗乾淨，真不敢相信這麼小的動物也會拉出這麼多的屎，我還把廁所打光擦亮。那灰塵呢？煩死人！」

有件事必須知道，每當曼奴菈下午兩點鐘到我家時，週二是從亞爾登家出來，週四是從戴博格利家出來，在來到我家之前，她已經用棉布擦亮了鑲滿鍍金葉片的廁所。廁所雖然金光閃閃，但跟全世界所有的茅坑一樣髒，一樣臭。如果有一件事是富人不得不向窮人看齊的，那就是富人一樣得拉屎。

因此我們應該向曼奴菈致敬。在這個世界上，骯髒的工作歸某些女人做，而其他女人卻捏緊鼻子，啥事也不幹。曼奴菈雖是這不平等世界的犧牲品，她卻不因此而失去她細緻文雅的本性。而她的細緻文雅遠遠地超過所有的鍍金葉片，更不要說是廁所裡的了。

「要吃核桃啊，一定要擺桌布。」曼奴菈一邊說，一邊從她的舊手提袋裡拿出一只淺色小木盒。盒蓋口露出胭脂色襯紙的渦狀花邊。盒裡裝的是杏仁餅乾。我煮了一壺只為了聞香氣的咖啡，然後我們一邊啃餅乾，一邊靜靜地啜飲綠茶。

就跟老是背叛門房典型的我一樣，曼奴菈也不像一般葡萄牙女佣，只是她自己不知道。她是法羅[1]人，在無花果樹下出生，上有七個兄弟姊妹，下有六個兄弟姊妹，從小就在田裡幹活，年紀輕輕就嫁給泥水匠為妻。婚後不久，隨著丈夫來到法國，育有四個子女。孩子們根據法國的出生地法是法國人，但是根據社會眼光，是葡萄牙人。這位法羅之女，包括她腳上穿的黑色束襪，頭上戴的頭巾，是個徹頭徹腳的女貴族，是個真正的、偉大的、無從爭議的女貴族，她對名銜稱號和貴族姓氏一笑置之，貴族身分是銘刻在她的心中的。何謂女貴族？那是指身處庸俗環境而不為庸俗所染的女子。

夫家的庸俗，每週日，她夫家都是藉著低俗娛樂來壓抑出身貧賤、前途茫然的痛苦。左鄰右舍的庸俗，鄰居們的處境就跟工廠裡的霓虹燈一樣蒼白慘淡。工人們每天早上去工廠上班，就好像跟再度下地獄一般痛苦。女僱主的庸俗，金錢無法掩蓋她們內心的鄙陋，而且她們對待她就好像是對待一隻癩皮狗似的。但是，只要看曼奴菈把她精心製作的糕點像送給女王一樣送給我時，就可以體會出她內心的高貴。是的，就跟送給女王一樣。每當曼奴菈出現時，我的門房變成了皇宮，貧賤百姓的小吃變成了國王的盛宴。如同說書者把生命變化成一條逕行吞沒痛苦與煩惱的絢爛河流一樣，曼奴菈把我們的平凡生活蛻變成溫馨、活潑的史詩。

「小帕列何在樓梯上向我問好。」她突然打破沉默，對我說這句話。

我滿臉不屑，低聲叨咕。

「他在讀馬克思的書。」我一邊說，一邊聳聳肩膀。

「馬克思？」她問道。她把「思」念成「ㄕ」的音，略帶顎音的「ㄕ」，聽起來像晴天一樣迷人。

「是共產主義之父。」我這麼回她。

曼奴菈一聽，嘴巴迸出輕蔑的聲音。

「政治啊，」她對我說道，「那是小富翁不肯借給別人的玩具。」

她想了一會兒，皺起眉頭，然後說道：

「這跟他平常看的書不同類型。」

年輕人藏在床墊下的圖像書難逃曼奴菈的法眼。有一陣子，儘管有選擇性，小帕列何對這類書籍似乎看得很勤，從書頁的磨損程度就可明白一切，書頁的標題十分露骨：風流女侯爵。

我們盡情歡笑，談天說地好一陣子，沉浸在老交情的寧靜氣氛中。這美好時刻對我來說非常珍貴。一想到曼奴菈有天實現了夢想，回到祖國，留我一人在此，孤孤單單，年老衰弱，再也沒有朋友能夠每週兩次把我變成地下女王時，我就心痛不已。我也曾心懷恐懼，想過一個問題，如果我這輩子擁有的唯一女友，唯一了解我的一切、從來不做任何要求的女友，留下我這個默默無聞的女人，把我完全遺忘，讓我活在被拋棄的痛苦中，那時我的處境會是如何呢？

大廳裡傳來一陣腳步聲，接著，我們清楚地聽到一個很熟悉的聲音，那是一名男子正在按電梯按鈕的聲音。大樓的電梯很老舊，有黑色柵欄和雙扉門，裡面填充墊料，鑲細木板。如果空間夠大的話，在以前就會有一名侍者在裡面服務。我認得這腳步聲，是皮爾・亞爾登的腳步聲。他住在五樓，是美食評論家，是個惡劣透頂的人。當他站在我家門檻上時，他瞇眼睛的樣子，就好像我是住在黑暗的洞穴中似的，而事實上，他所看到的和他想像的完全相反。

唉，他那些有名的評論，我都讀過。

「我一點都不懂他在寫什麼。」曼奴菈對我說。對她而言，香噴噴的烤肉就是香噴噴的烤肉，如此而已。

他的評論其實沒什麼好懂的。看到他這樣的文筆因蒙昧而白白地被糟蹋，真令人感到可憐。用引人入勝的敘述筆法描寫番茄好幾頁，而自己卻從來沒「看」過，也沒「掌握」過番茄，這是讓人悲痛的勇敢行為。要說明白的是，亞爾登評論飲食就如同敘述一樁故事一樣，單這一點就可以讓他成為天才人物。面對事物的存在，我們能同時擁有天份，而同時又很盲目嗎？每次看到他和他那個狂傲的大鼻子從我前面經過時，我就會常常想到這個問題。結果好像是可以的。有些人無法從觀察的事物中去了解是何種原因能讓事物擁有內在生命和氣息，因此這些人一輩子都在討論人和物體，就好像人是機械人，物體沒有靈魂，然後按照主觀性靈感胡謅一頓。

好像是故意似的，腳步聲突然靠近，亞爾登在敲門。

我站起身，特意地拖著腳步。我的雙腳正好套著一雙合乎標準形象的軟拖鞋，只有長棍形麵包再加上貝雷帽才能跟它挑戰門房形象的權威。這麼慢吞吞，我知道我會激怒大師，這等於是在歌頌猛獸的急躁，也是多多少少為此原因，我故意慢條斯理地將門半開，一副提防戒備的樣子，然後把鼻子湊在門縫，此時我真希望我的鼻子是又紅又亮。

「我在等專差送來的包裹，」他瞇著雙眼，鼻孔繃得緊緊的對我說道，「包裹到時，可不可以立刻拿給我？」

這天下午，亞爾登先生脖子上繫的是一條圓點花紋的大花領巾。這條飄蕩在他尊貴脖子周圍的領巾很不適合他，因為他獅鬃似的茂盛頭髮，再加上輕薄蓬鬆的絲領巾，給人一種像芭蕾舞短裙一樣的輕飄朦朧感，失去了男士們引以為榮的陽剛之氣。喔，還有，這條領巾讓我想起一件事，想起來時我差點失笑。它讓我想起樂格宏丹[2]的領巾。在馬塞爾[3]所寫的小說《追憶似水年華》中，有一位人人皆知的門房樂格宏丹。他喜歡附庸風雅，因此夾在兩個不同的世界，他平日來往的世界，和他想踏入的世界。這位悲哀人物想混身名流，結果卻是希望變成苦澀，奴役變成傲慢。他的大領巾顯露出他內心深處的變化。因此，當他在貢布雷[4]廣場上，不願和書中主角的雙親打招呼，可是又必須和他們交錯而過時，便故意讓圍巾隨風飄揚，表示心情抑鬱，免去一般禮節。

亞爾登熟悉普魯斯特的作品，但相反的是，他對門房毫無惻隱之心。他很不耐煩地清清喉嚨。

我想起他剛剛的問題：

「可不可以立刻拿給我（專差送來的包裹——有錢人的包裹是不經過郵局的）？」

「行，」我回道。這可是打破了說話精簡的紀錄。我之所以如此，一者，是他說話很精簡，再者，是他沒有說拜託您。我認為單單「可不可以」這個問句法是不足以代表禮貌的。

「那東西很脆弱，」他繼續說，「要特別小心，請您留點神。」

命令句和「請您留點神」這兩句話加在一起也不能令我耳朵舒暢，更何況他認為我無法體會句法的微妙，只是依照自己的習慣說話，絲毫不考慮到我也許會覺得受辱。聽到一個有錢人嘴巴冒出來的話只是說給自己聽，而且那些話儘管是對你而發，他卻想不到你能明白，這簡直是跌入社會沼澤的最深處。

「怎麼個脆弱呀？」我用不太和善的口氣問他話。

他故意地嘆口氣，氣息中有股淡淡的薑味。

「那是一本中古世紀的風騷文獻。」他對我說，同時用大地主的得意眼神瞪著我的雙眼看，我儘量讓我的眼神變得很呆滯。

「喔，那好，希望這本書對您有莫大好處，」我一邊說，一邊擺出噁心的神態，「專差一到，我立刻給您送過去。」

話一說完，我砰地一聲把門關上。

想到今晚亞爾登在餐桌上高談闊論，說到用詞典雅時，向旁人描述門房的憤慨，因為他在她面前提到「風騷」一詞，她便誤以為那是一本和色情有關的書。我想到這情景，心中好笑不已。

只有上帝知道，我和他兩人中，是誰最受辱。

1 法羅（Faro），位在葡萄牙南部，盛產無花果。
2 樂格宏丹（Legrandin）《追憶似水年華》（*La recherche du temps perdu*）的人物之一。
3 法國作家馬塞爾・普魯斯特（Marcel Proust）的名字。
4 貢布雷（Combray）即Illier-Combray，位於法國中部的一個小鎮，是普魯斯特幼時度假之處。

世界動態日記第一章

要聚斂在自身，不要掉短褲

經常有深刻思想是很好的，可是我覺得還不夠。我的意思是：再過幾個月，我就要自殺，並且要放火燒屋，在此情況下，我當然不能認為我擁有很多時間，因此我必須在剩餘的些許日子內做點扎實的事。況且，我還給自己下了個挑戰：如果要自殺，那必須確定自己是在做什麼，而且也不能為一些芝麻小事去燒屋。假使在這世上有些事值得去親身體驗，那我絕不能錯過，因為一旦死去，想要後悔就太遲了，因為自己搞錯而死去，那就太蠢了。

當然囉，我有深刻思想。可是在我的深刻思想裡，我是和自己遊戲。哼，說來說去，我還是一個（取笑其他知識分子的）知識分子。這不是很光榮的事，不過很能排遣身心。因此，我覺得需要寫一本有關人體或物體的日記來彌補「頌揚心靈」的缺失。不談心靈的深刻思想，而是談物質的傑作。談一些具體、能觸摸的東西，可是也很美，或者是有美感。除了愛情、友誼和藝術之美外，我想不出還有其他東西能夠充實人生。愛情和友誼，我年紀還太輕，不能夠去追求。而藝術……假使我必須活下去，藝術將會是我生命的全部。不過，當我說到藝術時，必須明白我的意思，我不是指畫家們的傑作。就算是荷蘭大畫家維梅爾[1]的作品，我也不會看成跟生命一樣重。他的畫很偉大，可是是死的。我呢，我指的是在世界上所看到的美，也就是在生活的動態中能讓我們提高境界的事物。

《世界動態日記》將是以人，以及人體的動作做題材，如果沒有任何東西可寫的話，甚至是物體的動作也行。此外，還要在動作中找出一些相當有美感的東西，讓生命具有價值，譬如優雅，美，諧和，強烈感。要是找得到的話，我也許會重新考慮取捨：在缺少有關心靈的好題材下，如果我找到人體的動作美，我也許會認為生命也是值得去活的。

其實，會產生寫兩本日記的想法（一本有關心靈，另一本有關人體），是因為昨天爸爸在電視上看橄欖球賽。在這之前，每當有電視球賽時，我都是在觀察爸爸。我喜歡看著他捲起袖子，脫掉鞋子，拿著啤酒和臘腸舒舒服服地坐在沙發椅上，然後一邊看電視，一邊大喊：「瞧瞧我也是一個懂得生活的人。」他顯然沒想到，一個刻板形象（非常嚴謹的法蘭西共和國會部長先生）再加上另一個刻板形象（畢竟是個好好先生，而且喜歡冰啤酒），結果是刻板形象的二次方。長話短說，昨天週六，爸爸比平常早回家。他把公事包信手一放後，就脫掉鞋子，捲起袖子，在廚房裡拿一罐啤酒，然後在電視機前面坐下，對我說道：「親愛的，請妳幫我把臘腸拿過來，我不想錯過哈卡戰舞。」在我錯過哈卡戰舞的節目前，我有足夠的時間切臘腸，然後給他帶過去。

電視上仍在播放廣告。媽媽身子不很穩地坐在沙發把手上，表示她反對看這些東西（典型的反對派形象。在家家酒紙牌遊戲中，我要左派知識分子青蛙[2]這張牌來組合我的刻板形象家庭成員），然後對爸爸疲勞轟炸，談論一個很麻煩的晚餐，目的是要請兩對失和的夫婦吃飯，讓他們重歸和好。只要對媽媽細密的心思有所瞭解的話，就會知道這個計畫真讓人笑掉大牙。

長話短說，我把臘腸拿給爸爸。我知道鴿蘭白一定是在她的房間內聽巴黎拉丁區最流行的前衛音樂，於是我心中自忖：既然如此，為什麼不呢，咱們也來個哈卡舞吧。在我的印象中，哈卡舞是紐西蘭球隊在賽前表演的一種滑稽舞蹈，像猩猩一樣，是一種恐嚇敵方的動作。還有，我印象中，橄欖球賽有點沉悶，一大批人老是跌在草地上，爬起來，又跌倒，三步之後，大夥兒撞在一起，糾纏不清。

廣告終於結束了，節目片頭出現一群在草坪上打滾的彪形大漢，接著我們看到整個球場，同時聽到數位評論員的旁白，然後是腦滿腸肥的評論員（扁豆鵝肉砂鍋的奴隸）的特寫鏡頭，最後，鏡頭又回到球場。隊員紛紛進入場地，而就此時，我開始被吸引住了。起先我不明白為什麼，出現在眼前的影像跟平常一樣，可是卻給我一種新的感受，一種刺癢的感覺，一種期待，一種「屏住呼吸」的緊張感。坐在旁邊的爸爸已經喝光他的高盧啤酒，而且準備繼續遵循高盧人的癖好，叫身子剛剛離開沙發把手的媽媽給他拿另一罐啤酒來。「到底是怎麼回事？」我一邊看著電視，一邊心中自問。我無法了解我看到的一切，我不明白是什麼原因會讓我心中刺癢不已。

當紐西蘭隊員開始表演他們的哈卡舞時，我明白了。在他們當中，有一位很年輕，個子很高大的毛利球員。一開始就是他引起我的注意，也許是因為他的個子很高大，可是緊接下來，是因為他的動作姿態。他的動作很奇怪，很流動，然而很聚斂，我意思是指聚斂在他自己身上。

大部份的人，當他們在動時，總是根據周遭環境而動的。譬如說，就這個時候，我正在寫日記的時候，肚子拖在地上的憲法從旁邊經過。這隻母貓一生都沒有任何具體的計畫，可是這時候牠是往某個方向走，也許是往沙發椅走去。從牠的動作方式就可以判斷：牠「往」……走。媽媽剛剛往門口走去，她要上街購物，而事實上，她人已經在外面了，她的動作已經在做預告。我不知道應該怎麼解釋這一切，當我們在動的時候，我們的身體結構可以說是被「往」……的動作分解：我們在那兒，同時也不在那兒，因為我們正在往他處走，但願您明白我的意思。如果要避免身體結構被分解，那就不能動。要嘛，你在動，那你就失去整體性；要嘛，你是整體性，那你就不能動。可是這位球員，當我看到他進入球場時，我就體會到他有些地方和常人不同。他給人的感覺是他在動，同時他又立在當地不動。很荒謬，是不是？

哈卡舞開始時，我特別盯著他看。很明顯，他確實與眾不同。而此時，扁豆鵝肉砂鍋第一號在報導：「啊，叟木，這位人見人怕的紐西蘭後衛，他的巨碩身材總是令人驚嘆，二〇七公分，一一八公斤，百米短跑十一秒，是個漂亮男孩，是的，女士們！」每個人都被他迷住，但似乎沒有人知道為什麼。其實，從哈卡舞便可看出一切：當他在動時，他和隊友們做相同的姿勢（將手掌拍在大腿上，有節奏地雙腳跺地，摸自己的手肘，做這些動作的同時，雙眼還瞪著對手的眼睛看，並且帶著亢奮的戰士神情。）可是，當其他人的手勢「往」敵對球員發出，整個球場觀眾看著他們時，這位球員的手勢卻停留在他身上，聚斂在他自己身上，這給他帶來一種存在感，一種非比尋常的強烈感。因此，原先屬於戰士舞的哈卡突然具有無比的力量。

賦予這位戰士力量的，並不是他發出一大堆信號恐嚇對手時所發揮出來的精力，而是他能夠聚斂在自己身上的那股力量，同時心神集中在自我上。

毛利球員，他變成一棵大樹，一棵樹根扎得很深，不可動搖的大橡樹，變成一道燦爛四射的光芒，每個人都有此感受。然而，所有的人都確信這棵大橡樹，哪怕有深入地底的樹根，或者說歸功於，他也會飛，他也會跟空氣飛得一樣快。

之後，我非常專心地看球賽，同時在尋找同樣的事：密集緊縮的時刻。在這時刻中，球員本身變成了他自身的動作，不需要將自己分解，「往」某方向走。而我看到了！在整個球賽過程中我都看到了！並列爭球時，一名球員保住明顯的平衡點，找到他的根，變成屹立不動的小錨定，賦予團隊力量；球員們追跑時，一名球員不去思考球門，全副精神集中在自己的動作上，找到最適當的速度，將球貼著身，如天降神力似的往前奔跑；有令人緊張的射球時，射球員心神與世隔離，尋找最佳的腳部動作。但沒有一個人能達到毛利球員的境界。當他替紐西蘭隊爭得第一個觸底射門權時，爸爸整個人都看傻了，嘴巴張得大大的，連啤酒都忘了喝。按理，他應該生氣，因為他是支持法國隊的，可是不但沒有，他還一邊拍額頭，一邊說道：「真了不起的球員！」評論員的臉色有點不太好看，但是無法遮瞞我們的確是欣賞到一幕很美的畫面：一名球員將所有人扔在腦後，自己往前跑，但是身子未動。其他球員的動作好像非常激烈、笨拙，可是就是追不上他。

當時，我想，行了，我終於能夠在世間發現到靜止的動作。這是不是，這是不是值得繼續活下去呢？就此時此刻，一名法國球員在爭球時，短褲掉了。突然，我完全洩氣，因為所有人都笑得眼淚直流，連爸爸也不例外，他又開始喝起啤酒來，把兩百年來的新教徒家庭教育拋諸腦後。而我，我有一種褻瀆神聖的感覺。

啊，不行，這還不夠。必須有其他的動作來說服我。不過，這最起碼給了我有關動作的觀念。

1 維梅爾（Jan Vermeer de Delft, 1632-1675），荷蘭畫家，代表作有〈戴珍珠耳環的女孩〉。
2 指法國已逝總統密特朗，八〇年代時，法國電視政治諷刺木偶節目將他比喻成青蛙。共治時期，他總是在旁反對右派措施。

戰爭與殖民

我沒上過學，我在開場白裡已經說過。其實這不完全正確。只不過我的教育階段停頓在小學畢業文憑而已。在完成學業之前，我刻意不讓人注意到我，因為自從小學老師塞爾文先生發現我貪婪地閱讀他只談論戰爭與殖民的文章後，我知道他對我抱著懷疑態度，我為此恐懼不已，而我那時還不到十歲。

為什麼？我不知道。您真的認為我應該繼續學業嗎？這是古代預言家才能回答的問題。像我這麼一個一無是處的女子，既無美色又無動人之處，沒有過去也沒有抱負，不擅應酬又無才華，想要在有錢人的社會中奮鬥，在還沒嘗試之前，我就覺得很累。我只渴望一件事，希望別人能讓我安安靜靜的過日子，不要對我太過苛求，此外，我能夠每天抽出一些時間，盡情地滿足我的飢渴就行了。

對不知何謂欲望的人而言，第一次飢渴帶來的傷痕既是一種痛苦，也是一種啟示。我是一個毫無反應，幾乎可說是殘廢的小孩，我的背彎得看起來像個駝子。我之所以能繼續生存，是因為我不知道有另外一個世界的存在。我沒有任何嗜好，可說是處於真空狀態；沒有一件事能引起我的興趣，沒有一件事能喚醒我的注意。渺小、低能的我隨著謎樣般的浪潮搖晃，我甚至連了結一切的念頭都沒有。

我們家人彼此之間很少說話。孩子們總是吼吼叫叫，大人們總是無所事事。我們的飯食雖然粗糙，但也能填飽肚子。我們沒受虐待，身上的貧寒衣著不僅乾淨，而且縫補得很結實，因此，我們就算會覺得丟臉，也不曾挨餓受凍過。

我的啟示是發生在五歲那年第一次上學時。那一天我很驚奇也很驚恐地聽到有個聲音在對我說話，並且在叫我的名字。

「荷妮？」我聽到這個聲音在問，同時感覺到有一隻友善的手擱在我手上。

那是開學第一天，外面下著雨，所有的小學生都集合在走廊上。

「荷妮？」從上面傳下來的聲音繼續在問，那隻友善的手不停地在我手臂上輕輕地，柔和地壓著——這是難以了解的語言。

我抬頭往上看。我使出的動作大得我差點暈倒。我和一個人的眼光交視。

荷妮。那是我啊。這是第一次有人在對我說話時，稱呼我的名字。我的父母都是用手勢或是吼叫的方式跟我溝通，而一名女子，我現在仍然看到她的淡藍色眼睛和充滿笑意的嘴唇，這名女子闖進了我的心田，她在稱呼我的名字時，和我一起踏入我從未體驗過的親近關係。我看看周圍突然披上色彩的世界。在那痛苦的一剎那，我看到外面滴著的雨，被雨水洗刷的窗戶，我聞到了濕衣服的味道，我感覺到走廊的狹窄；這細長的走道上擠滿了一大群鬧哄哄的小孩。我也看到了有銅球的衣架亮光；衣架上堆滿著許多劣質呢絨的披風。還有其高無比的天花板——在小孩子的眼光裡，那天花板有如天一般的高。

我黯然無光的眼睛直盯著她的雙眼，緊緊抓住這個讓我新生的女子。

「荷妮，」這聲音又繼續說道，「妳把雨衣脫下來好嗎？」

接著，她把我扶得穩穩的避免我跌倒，同時用經驗老到的快速手法，將我的雨衣脫下。

一般人誤以為意識的啟蒙是和第一次誕生的時刻同時發生，這也許是因為除了誕生外，我們無法想像出另一種生命狀態。我們好像是從一生下來便一直在看，在感覺，因此在這信念下，便把意識起源的關鍵性時刻和降生人世的時刻視同為一。五年來，一個叫作荷妮的小女孩，擁有視覺、聽覺、嗅覺、味覺和觸覺的感官機能，居然能生活著而不知道有自己和宇宙的存在，這是對上述草率理論的一種否認。道理在於，如果要有自我意識，必須要有個名字。

只不過，在許多不幸條件的組合下，似乎沒有人想到要給我一個名字。

「好漂亮的一雙眼睛啊。」女老師又對我說話。我直覺她沒有撒謊，我覺得我的雙眼在那時的確是美麗燦然，而且將我的誕生奇蹟反照出來，灼灼有神，如同千光萬火。

我的身子顫抖起來，我於是看著她的眼睛，想要尋找共同分享喜悅下所產生的那股默契。

在她充滿溫柔與善意的眼神中，我看到的只是憐憫。

就在我終於誕生的那一時刻，人家只是在可憐我。

我的心靈完全被佔據。

我的處境無法令我在社會的互動遊戲下扮演一個角色。我後來才明白，我的女救星雙眼中那種憐憫的眼神是何意，曾經看過窮女孩識破語言之美妙嗎？有窮女孩和其他小孩一起應用語言之奧妙嗎？既然我的飢渴不能在這種遊戲中獲得滿足，我便在書中得到解脫。那是我生平第一次碰到一本書。我見過班上的高年級學生在看書上神秘難解的字跡時，整個人好像被同樣的神秘力量所驅使，沉入寧靜中，在沒有生命的紙張上，吸取一些似乎是有生命的東西。

我背著所有人學習閱讀。當女老師還在慢吞吞地替其他孩子講解字母時，我老早就明白將字母編織在一起的相互關係，明白無窮盡的字母組合，還有美麗動人的語音。我上學的第一天，當女老師叫我的名字時，那動人的語音讓我提昇了境界。沒有人知道我像瘋子一樣貪婪地閱讀。我起先是躲躲藏藏，後來我覺得正常的學習時間已過時，我開始當著眾人面前看書，不過我還是將從書中獲得的快樂和興趣小心翼翼地隱藏起來。

低能兒童變成了一個求知慾強烈的女孩。

十二歲那年，我離開學校，開始幫忙家務，並且和父母、兄姊們一起做田事。十七歲時，我嫁人為妻。

鬈毛狗圖騰

在一般人的想像中，門房夫婦，一對平凡得只有他們的結合才顯示出他們存在的雙人檔，幾乎都擁有一隻鬈毛狗。眾所周知，鬈毛狗是一種毛特別捲的狗，飼養牠的主人不是退休的小老闆，就是需要感情寄託的孤獨老婦，要不然就是整天待在陰暗門房裡看守大門的人。鬈毛狗有的是黑色，有的是杏黃色。杏黃色的比黑色的容易長癬，而黑色的氣味較重。所有的鬈毛狗只要碰到任何小事就會狂吼狂叫，尤其是當沒有任何事發生的時候。牠們總跟在主人後面跑，四隻硬邦邦的爪子一小步一小步的往前蹬，而像熱狗似的整個身子卻動也不動。更特別的是，牠們嵌在小小眼眶內的眼睛都是黑色，看起來很惡毒。鬈毛狗都很醜陋，愚蠢，服從，而且愛誇張。這就是鬈毛狗。

因此，被比喻成鬈毛狗的門房夫婦似乎也失去了對愛和欲望的熱求，而且就跟自己的圖騰一樣，註定是醜陋，愚蠢，服從，並且愛誇張。有些小說中，王子會愛上女工人，或者是公主愛上苦役工，但是門房與門房之間，即使是異性之間，也從未有過像發生在他人身上、而且值得記錄下來的羅曼史。

我們不但從未養過鬈毛狗，我們的婚姻甚至能說是很成功的。我和丈夫在一起，我可以做我自己。只要回憶起每週日早上，那些不需工作的早上，我們在寂靜的廚房內，他喝他的咖啡，我看我的書時，我心中便傷感不已。

我十七歲時，他以快速、禮貌的方式追求我後，我便嫁給他為妻。他和我的哥哥們在同一個工廠工作，有些晚上會和他們一起到我家喝杯咖啡，或是喝杯酒。唉，我是那麼的醜陋。如果我和一般醜人一樣，那我的醜容不會具有決定性的影響。可是殘酷的是，我的醜陋是獨我有，無他偶。而且，在我尚未長大成人時，我的醜陋便剝奪了我少女應有的清新感，使我在十五歲時看起來就像五十歲的老太婆。我的背很駝，身材矮胖，兩腿粗壯，雙腳外八，毛髮濃密，五官輪廓不明朗，總而言之，沒有線條，沒有美感。如果我擁有青少年的青春迷人氣息，就算是醜陋不堪，我的缺點都可以彌補。但二十歲時，我不僅沒有青春感，看起來反而像個庸俗老婦。

因此，當我未來丈夫的意圖開始明顯化，而且我也不可能裝傻時，我對他推心置腹，第一次坦誠地對除了自己之外的另一個人說話，向他承認心中的驚訝，因為他居然想娶我為妻。

我非常誠懇。長久以來，我已經抱著將來要過單身生活的想法。我是那麼的貧窮，醜陋，而不幸的是，人又聰明，在我們的社會中，這種人註定是要走上一條艱難、絕望的道路。對這條道路最好是早一點適應的好。對美貌，我們可以原諒一切，哪怕是庸俗。才智是大自然贈給貧窮小孩的平衡物，但是對醜陋的人而言，它似乎不再是適合的補償品；然而，才智卻是個能讓珠寶更提高價值的附加玩具。醜陋，這已經是個罪過，我必須接受這種悲慘命運，而更痛苦的是，我不是一個愚蠢的女子。

「荷妮，」他用他能表現出的最認真態度回答我，並且大動他的三寸不爛之舌，長篇大論，之後他這口才再也沒發揮過。他繼續說道：「荷妮，我不要娶一個生活放蕩的少女，她們外表看起來很漂亮，可是腦袋跟小麻雀一樣笨。我要的是一個忠實的太太，一個好妻子，好母親，而且是個很好的家庭主婦。我要一個平和可靠的友伴在我身邊，同時能夠支持我。就我來說，妳可以期待妳會有個工作認真的丈夫，家庭會很安詳，在需要時，會得到溫情。我不是一個惡人，我會盡可能地做個好丈夫。」

他做到了。

他個子很小，跟榆樹的老根一樣乾瘦，但是他的臉孔看起來很和藹，經常笑容滿面。他不酗酒，不抽菸，不嚼菸草，也不賭博。打完工後，他在家看電視，翻翻有關釣魚的雜誌，要不然，就和工廠裡的同事們打打牌。他很隨和，喜歡邀請朋友到家裡。每週日都出去釣魚，而我呢，我料理家事，因為他反對我當個清潔工。

他不是個沒有才智的人，儘管他的才智並不屬於社會上天才人物所發揮的那一型。他的才幹雖然限於手工類的工作，但是他卻能夠在手工上表現出超乎手巧之外的天份。而且，雖然沒有什麼文化教養，但是他能用創意手法處理所有的事情。在裝修工作上，這個創意便是勞工與藝術家的分界線。此外，在日常談話中，他讓人了解知識不是一切。對年紀輕輕就準備將來要過單身生活的我而言，上天對我似乎很仁慈，給我一個擁有這麼多優點的伴侶，而且就算他不是個知識分子，他也是個聰明人士。

按理，我可能會嫁給像葛利列這樣的人。

貝爾納．葛利列是住在葛內樂街七號的少數人口之一。在他面前，我不擔心暴露我的另一面。不管我對他說：「《戰爭與和平》是將歷史的決定論觀點劇情化的一部小說。」或者是：「把垃圾間的鉸鏈用潤滑油塗一塗。」他都不會動腦筋去做任何推敲。我甚至在想，是什麼樣難以解釋的奇蹟，會讓他聽了第二句的督促語後產生行動。我們怎麼能夠去做我們不懂的事呢？也許是這一類的句型不需要經過理性的處理，就跟在脊髓裡打圈子，不需經過大腦就會引起反應的刺激體一樣。命令塗抹潤滑油這句話，也許只是讓四肢總動員，而不需動用心智的機械性挑動。

貝爾納・葛利列的太太維萊特・葛利列是亞爾登的女管家。三十年前，她便在亞爾登家當大小閒雜都得幹的女佣。隨著亞爾登家逐漸富有，她的地位也逐漸升高，目前她已升級為女管家，在小小的王國內稱后。聽她號令的有女清潔工（曼奴菈），臨時管家（英國人）以及總幹事先生（她的丈夫）。她對小人物的歧視態度就跟她有錢的老闆一樣。從早到晚，她就像啄木鳥一樣呱噪個不停，忙來忙去，自高自大，責備佣僕就好像她是在舊王朝時代的凡爾賽宮一樣，並且總是拿大道理向曼奴菈說教，闡述要有盡職的美德，還向她解剖文雅的舉止動作。

「她呀，她沒有讀過馬克思。」有一天曼奴菈這麼對我說。

這種精闢入微的觀察令我感到驚訝，更何況這是出自一個對哲學沒有任何研究的葡萄牙女佣。當然沒有，維萊特絕對沒有讀過馬克思，原因是馬克思的名字沒有列在擦洗有錢人的銀器需要用到的清潔劑目錄上。缺少馬克思的代價是，她的日子被長無止境，專門談論澱粉漿和抹布的目錄所佔滿。

我可以說是嫁了個好丈夫。

而且，沒多久，我向他坦承了我的大過錯。

深刻思想第二章

世間貓
現代圖騰
間接性裝飾

不管怎麼說，這是我們家的情況。如果你們想要了解我家的話，只要看看貓就行了。我們家的兩隻貓是又大又圓、肚子裡裝滿高級肉丸的皮袋。牠們和人之間沒有任何值得一提的相互關係，整天就是懶洋洋地從一張沙發椅爬到另一張沙發椅，並且把身上的毛掉得滿屋子都是。然而，好像沒有人明白過，牠們對任何人一絲感情也沒有。行動裝飾品是貓唯一的作用。我覺得這個觀點在智性上來說很有趣。可是我們家兩隻貓的肚子垂得太厲害，我的觀點不適合牠們。

我母親讀遍巴爾札克的所有作品，每晚吃飯都要引用福婁拜的名句。她每天的表現都證明出教育是多麼地騙人。只要看看她對貓的態度就行了。她隱隱約約地意識到貓是潛在性的裝飾品，但她還是執迷不悟地對牠們說話，就跟對人說話一樣。如果是一盞燈，或者是伊特魯立亞[1]的古董雕像，那她完全不會有此念頭。小孩子一直到某個年齡之前，似乎都認為凡是會動的東西都擁有靈魂和願望。我母親不再是個小孩子了，可是很明顯地，她無法認為憲法和國會這兩隻貓跟吸塵器一樣沒有知性。我承認貓和吸塵器的不同點是，貓能感受到快樂與痛苦。但這能表示在和人的「溝通」上，牠們會有較多的能力嗎？一點都不。這只是促使我們要特別留神，對待牠們時就跟對待脆弱的物品一樣。當我聽到母親說「憲法是一隻很有自尊又很有感性的母貓」時，這隻貓卻因為吃太飽而躺在沙發椅上。我覺得很好笑。不過我們要是考慮到另一種假設，也就是貓具有現代圖騰的功能，類似家庭象徵與保護者的化身，友善地反映出家庭成員的面貌，那麼那句話就很正確了。我母親把貓教養成她心中對我們抱著的希望，可是我們又完全不是她所希望的樣子。再也沒有比我們喬斯家的下述三名成員更有自尊和更有感性的了：爸爸，媽媽和姊姊鴿蘭白。他們是十足的弱者，麻木不仁，毫無情感。

長話短說，我呢，我認為貓是現代圖騰。儘管我們做了很多討論，發表許多演講，闡述演化、文化，以及一大堆帶有「化」的詞，人自古以來就沒有太多的進化：人們總是認為人不是在偶然的情況下來到世間的，也認為大半時候都很友善的上帝總是在關照著人的命運。

1 伊特魯立亞（Etrurie），是義大利最古老的文化起源地，位於義大利西北部。

拒絕戰鬥

我讀了這麼多的書……

然而，就跟所有的自學者一樣，我從來就無法確定我的理解是否正確。有時候，我似乎一眼涵蓋所有的知識，就好像忽然間長出許多無形無影的樹枝，將我紛雜的讀物全部交織在一起。正當我像一個仔細地讀過菜單就以為肚子很飽的老瘋婆時，接著，非常突兀地，我抓不住意義，失去基本概念，我就是反覆閱讀同樣的字句，然而我越是讀，越是不了解。這種大悟和蒙昧的聯結似乎是自學者的特色。這種聯結雖然令自學者失去一般正規教育都會賦予的可靠指南，但是在思想領域內也擺脫了官方理論會造成的障礙和限制，也替自學者提供了自由思考和統籌的空間。

正巧就是今天早上，我心情困惑地坐在廚房內，前面放著一本書。我像有些時候發生的情況一樣，獨自一人沉浸在閱讀中，而且就在準備放棄之前，以為終於找到了精神導師。

他叫做胡塞爾[1]。很少有寵物或是巧克力產品被取成這個名字，理由是這名字讓人聯想到一些嚴肅、艱澀，有點普魯士風味的事。但這不能解決我的疑惑。我認為在命運的洗煉下，我比任何人都更能抗拒世界思潮的反面性啟發。讓我解釋清楚些：直到目前，像我這麼一個又醜又老，又是寡婦又是門房，如果您認為我變成了一個屈服於悲慘命運的可憐蟲，那您就是個缺少想像力的人了。沒錯，我是逃避，拒絕戰鬥。但是在思維的安全領域內，沒有一個挑戰是我不能接受的。在名字、地位和外表上，我是窮人，但是在我的知性領域內，我是永勝不敗的女神。

因此，胡塞爾，這個被我判定是吸塵器品牌名字的人，威脅到我內心神殿的永恆性。

「行，行，行，」我深深地吸一口氣，「每個問題都有它的解決辦法，不是嗎？」然後，我看著我的貓，希望得到牠的鼓舞。

無情貓不作聲。牠剛吃了一大片肉醬，正心滿意足地躺在沙發上。

「行，行，行，行，」我像個傻瓜似地重複這句話，滿心狐疑地再度看眼前這本荒謬的小書。

《笛卡兒沉思錄——現象學導論》。單看書名和開頭幾頁就立刻明白，如果沒讀過笛卡兒和康德的書的話，是無法了解現象學哲學家胡塞爾的。但很快又會發現，就算是對笛卡兒和康德的理論有很深入的研究，對先驗現象學也未必能登堂入室。

真可惜。因為我非常崇拜康德，原因很多，一者是他的思想是集合了天才、嚴謹和瘋狂的偉大結晶，再者是他的文筆雖然很剛強，我卻可以毫無困難地體會其意。康德的書是偉大的作品，我能證明他的書可以成功的通過「黃香李測驗」。

黃香李測驗的驚人之處，在於它是個無法令人抗拒的明確事實。它的力量來自於普遍共通的觀察結果：咬一口水果，人就明白了。明白了什麼呢？全部。明白人類的成熟過程是非常緩慢的；人類剛開始只是設法求生，接著，突然有天晚上才體會到享樂的美好。他明白追求榮華富貴很虛榮；這個虛榮心使人對既純樸又崇高的事物不再抱著憧憬。他明白高談闊論是很無意義的。他明白萬物是在緩慢的、劇烈的過程中敗壞，任何人都無法避免。儘管如此，當人透過感官體會到享樂與驚世駭俗的藝術之美時，他明白感官能帶來許多美妙的享受。

我在廚房內進行黃香李測驗。我把水果和書放在三合板桌上，然後開始一邊吃水果，一邊看書。如果這兩者都能對抗彼此的強烈攻擊，如果黃香李不會讓我對文字分心，如果文字不會讓水果變得無味，那我就知道我面對的是一本非常重要，應該說是非常特別的著作，因為很少有作品在香甜甜，金金亮亮的黃香李下，不會被化解，不會顯得荒謬、浮誇。

「我是窮途末路了。」我又對小貓列夫說話，因為和現象學的深奧理論相比，我的康德哲學造詣可說是微不足道。

我幾乎沒有其他選擇的餘地。我必須跑到圖書館去找一本有關這方面的導論書籍。通常，把讀者箝制在經院哲學思想的註解或者是概要，我都抱持懷疑態度。但是現在的情況嚴重得我不能躊躇不定。我抓不住何謂現象學，而我無法忍受這一點。

1 胡塞爾（Edmund Husserl, 1859-1938），德國哲學家，現象學創始人。

深刻思想第三章

強者
在人間
無事忙
在說話
老是在說話

這是我的深刻思想，不過這是來自於另一個深刻思想。這是昨晚晚餐時，爸爸的一位客人說的：「懂得做事的人做事，不懂得做事的人教書，不懂得教書的人教老師教書，不懂得教老師教書的人搞政治。」每個人都一副這句話很有深度的樣子，但動機都不正當。

鴿蘭白說「真是太對了」，她是個假裝懂得自我批評的專家。她屬於把知識當作權力與寬恕的人。如果我是屬於傲慢自大，蔑視公德，自滿自得的菁英分子，那我不但可以逃避指責，我還可以獲得兩倍以上的聲譽。爸爸雖然沒有姊姊那麼蠢，但是他也有這種想法的傾向。他仍然深信這世界上存在著一個叫做義務的東西，依我之見，這是夢幻，不過這避免他染上犬儒主義的幼稚。我再解釋清楚些：沒有比犬儒主義者更幼稚的了。這種人只是因為一心一意的繼續相信人生擁有意義，原因是他無法拋棄在童年時期被灌輸的廢話，所以他就採取相反的人生態度。「人生跟妓女一樣，我對任何事都不再有信念，我要享受人生直到厭煩為止。」這是受挫的無知者所說的話。我的姊姊就是這種典型。她是高等師範學校的學生，但是她仍然相信耶誕老人是存在的，那不是因為她擁有一顆善良的心，而是因為她十足的幼稚。當爸爸的同事說出那句如珠妙語時，她傻里傻氣地笑，意思是她完全明白那句話的「話中話」。而這更加深我長久以來的觀點：鴿蘭白是個百分百的失敗者。

可是我呢，我認為那句話具有深刻的思想，就是因為那句話不正確，最起碼不是完全正確。這意思不是說我們最早所相信的事不正確。如果在社會階級上，我們以無能的程度作晉升標準，那我向你們保證，地球絕對不會像現在轉的方式一樣在轉。可是這不是問題所在。那句話不是要說無能者能擁有光明燦爛的好位子，而是要說沒有一件事比現實人生更殘酷，更不公平：因為在人活著的世界裡，擁有權力的不是行動，而是語言；在這個世界中，最高等的才智是對語言的掌握能力。

這太可怕了，靈長動物註定就是要果腹、睡眠、生育，征服和保障領土的，而在這方面最有能力的人，也就是最像野獸的人，卻被其他人，被一些只會妙語生花的人欺騙，而後者恐怕連捍衛花園，獵隻野兔作晚餐，規規矩矩的生育都做不到。人，活在由弱者掌權的世界中。這對我們與生俱來的動物本性來說是一種侮辱，一種倒錯，一種深刻的矛盾。

可悲狀況

經過一個月的勤勉讀書後，我大大地鬆了一口氣，判定現象學是欺世盜名。就跟面對大教堂一樣，人類為了敬仰一個不存在的東西，居然能興建出不可思議的宏偉建築，我心中都會產生一種近乎昏厥的情感。想到有這麼多的才智之士會投入如此無意義的研究，我對現象學的懷疑態度發生動搖。可惜的是，現在是十一月，我手邊沒有黃香李。說實話，一年中就有十一個月是如此。在這種情況下，我都是拿黑巧克力取代（百分之七十的可可）。但是我已經事先知道測驗的結果。我要是有閒暇啃巧克力，一邊吃得興高采烈，一邊看書的話，一篇如〈把科學當作思考現象去「體驗」所做的努力下，科學最終意義的啟示〉或者是〈構成先驗自我的問題〉的文章，準會讓我笑得斷氣，心臟像被雷劈中似的，癱在溫馨柔軟的安樂椅上，嘴角還流下一絲黃香李果汁，或者是巧克力渣。

如果要接觸現象學，必須先明白這門學問可以用兩個問題作總結：人類意識的本質是什麼？我們對世界有何認識？

先說第一個問題吧。幾千年來，從「認識你自己」到「我思故我在」，人類總是不斷地討論屬於人類專有的與生俱來的意識，還有這意識能把本身當作客體的問題。如果某個地方發癢，人就會搔癢，同時意識到自己正在搔癢。如果問他：你在做什麼？他會回答：我在搔癢。把這問題推得更遠（你是否有意識到你有意識到你自己在搔癢呢？）他的回答仍然是有，以此類推，所有能加上

「意識到」的問句，他的回答總是一樣。

人是否因為知道自己在搔癢，同時意識到自己在搔癢而會變得比較不癢嗎？自省意識在發癢過程上是否能產生良好的作用呢？一點都沒有。知道發癢，同時意識到自己意識到自己知道發癢，這對發癢這件事沒有任何改變。相反的還多了一個障礙，那就是必須忍受這個可悲狀況連帶產生的清醒意識。我拿五公斤的黃香李打賭，這會讓人癢得更難受，而我的貓只要用前爪抓一下就解決問題了。可是，因為沒有一個動物能像人一樣擁有自我意識，因為我們是藉著有意識才擺脫獸性的，所以人便覺得能夠知道自己知道自己在搔癢是一件非常了不起的事，也因此，至高無上的人類意識就非常像是神靈的啟示，在我們內心的神靈啟示是不受冷酷無情，萬物都得服從的決定論所支配的。

整個現象學的基礎便是奠定在這個信念上：自省意識是本體論哲學的尊嚴標誌，我們的自省意識是我們本身自有的實體中，唯一值得研究的現象，因為它讓我們脫離生理決定論。

似乎沒有人意識到，既然「我們是」被冷酷無情的萬物決定論所支配的動物，先前所提到的一切便不存在。

教士僧袍

現在談第二個問題：我們對世界有何認識？

像康德一類的唯心論者對這個問題做出回答。

他們回答了些什麼？

他們回答：沒什麼認識。

唯心論的立場是認為，我們只能認識到顯現在我們意識上的事物，而意識是讓人類擺脫獸性的半神化實體。我們認識的世界只限於我們的意識所能談論的東西，因為這東西顯現在意識上——然後就沒其他的了。

舉個例子吧，就拿一隻討人喜歡，名叫列夫的小貓為例子。為什麼？因為我覺得拿貓當例子比較容易些。讓我來問你：你如何肯定那是一隻貓，甚至於知道貓是什麼？正常的回答會這麼說，那是因為你對貓的視覺感知，再加上概念上和語言上的結構，讓你產生這種認知。但是唯心論者會先提出難題，也就是說，我們完全無法得知我們對貓的視覺感知和概念，以及顯現在我們意識上的貓體，是否和真真正正的貓互相吻合。現在被我認知成有細長鬍鬚，肥肥胖胖的四足動物，並且在我的腦海中被列入「貓」的我的那隻貓，也許在實際上，以及在牠的本質上，是個不會喵喵叫的綠色黏膠。可是我的感官告訴我不是那麼一回事，不僅如此，那綠色黏膠不但不會讓我憎厭，而且還欺騙了我純真的信心，以貪吃、柔軟的寵物外貌出現在我的意識上。

這就是康德哲學的唯心論。我們對世界的認識只是來自於我們的意識所構成的「概念」。可是還有一種理論要比這個更令人沮喪。康德哲學的唯心論是自己在摸一團綠色唾沫而不自知，或者是吃早餐時，把麵包片塞進滿是膿皰的洞穴裡，而你以為你是放在烤麵包機裡。但是另一種理論提出的觀點要比這個更可怕。

那就是胡塞爾的唯心論。自此以後，胡塞爾這名字總讓我聯想到某些天主教士穿的嚴肅僧袍，這些教士還跟清教徒一樣，盡想搞宗教分離的事。

在胡塞爾的理論中，真正存在的是對貓的感知。那麼貓呢？喔，貓呀，我們可以省去。根本就不需要貓。幹啥用呢？什麼貓啊？現象學只是在純心靈的墮落領域上打滾。世界是一個無法接近的實在體，想企圖認識這實在體是白費精力的。我們對世界有何認識？一無所知。所有的知識只不過是自省意識對自省意識的自我研究罷了，因此，我們可以把世界一腳踢開。

這就是現象學：「研究顯現在意識上的科學。」一個現象學家的日子是怎麼過的呢？他起床後，意識到自己在蓮蓬頭下沖洗一個理論上不存在的身軀，吃幾片被虛空化的麵包，套上跟內在空空的圓括號一樣的衣服，然後去辦公室，然後抓住一隻貓。

對他來說，貓的存在與否，以及貓的本質為何無足輕重。無法判定的事不能令他感興趣。但是不可否認的，一隻貓顯現在他的意識上，而這個顯現佔據我們現象學家的所有心神。

這個顯現還是很複雜的呢。一個人能夠非常詳盡地分解意識對物體的感知功能，而同時這物體的本身存在對他無關緊要，這實在是非常了不起的一件事。你知道嗎？我們的意識不是直截了當地會有感官感受，而是先進行一系列複雜的綜合，這些綜合再藉著接二連三的剖析，將不同的事物，譬如一隻貓，一根掃帚，或者是一個蒼蠅拍顯現在我們的感官上。天知道這些分析有沒有用。你可以做個練習，你拿你家的貓來看，然後你會自問，怎麼會這麼巧，你能夠知道你的貓前面、後面、上面、下面是怎麼個形狀，然而你只是看到貓的正面而已。你的意識在你完全沒注意的情況下，必須把對貓的各種不同角度的多重感官感受全部綜合起來，最後創造出貓的完整形象，可是你的視野卻沒辦法讓你看到貓的全貌。蒼蠅拍也是同理。儘管在你的心靈中你可以看到蒼蠅拍的全貌，但是你眼睛所能看到的總是蒼蠅拍的一面而已，神奇的是，你不需要把它翻過來就知道它另外一面的樣子如何。

這項知識也許會很有用。我們無法想像曼奴菈在使用蒼蠅拍時，沒有立刻動用她在感知上需要的剖析知識。話說回來，我們也無法想像曼奴菈會用蒼蠅拍，原因是有錢人家的屋子裡永遠沒有蒼蠅。沒有蒼蠅，沒有天花，沒有臭味，沒有家庭祕密。有錢人的家裡，一切都很乾淨，整潔，衛生，因此可以避免蒼蠅拍的稱霸和家醜外揚。

這就是現象學：意識與自己做孤獨的、無止境的獨白，是個典型的自閉症患者，沒有任何一隻真正的貓會去打擾它。

美國南部聯邦

「妳在看什麼書？」曼奴菈問我。她剛從戴博格利太太的家裡做完工，上氣接不著下氣的來到我家。戴博格利太太即將在今晚舉辦的晚宴把她累得像是有氣喘病似的。她從送貨員手裡接收七盒貝多香[1]牌的魚子醬，因此氣喘得像是《星際大戰》裡的黑武士。

「一本民間詩歌精選。」我這麼回她，然後把胡塞爾的書給永遠的闔上。

看得出來曼奴菈今天心情很好。她興致勃勃地打開裝滿金融家小蛋糕[2]的小木盒。每個蛋糕都還鑲在白色的花冠烤模裡。接著，她坐下來，用手掌小心翼翼的把桌布拉平，這是她準備慷慨激昂地發佈大消息之前的序曲。

我擺完茶杯後，也跟著坐下來，等她開口。

「戴博格利太太對她的松露[3]很不滿意。」她開始說道。

「啊，是嗎？」我禮貌地回應。

「松露都沒有香味。」她帶著不愉快的神情說這句話，就好像那個缺失對她而言，是個很嚴重的人身攻擊。

我們兩人對這項消息以它應有的價值角度慢慢地咀嚼。我很高興地想像，戴博格利太太一定在廚房內驚惶失措，蓬頭亂髮，帶著渺小又瘋狂的希望，死命的將厚柄傘菇和扇子蕈熬成的汁澆在沒有香味的松露上，好讓它們能散發出一些讓人聯想到森林的香氣。

「還有啊，涅普頓[4]把尿撒在聖尼斯先生的腿上，」曼奴菈繼續說道：「這隻可憐狗一定是憋了好幾個鐘頭的尿，所以當先生拿出皮帶時，牠等不及，就在大門口上把尿撒在他的褲管下。」

涅普頓是四樓右手邊住家的長毛垂耳狗。三樓和四樓是唯一分隔成兩戶住家（每間兩百平方公尺）的樓層。住在二樓的是戴博格利家人，五樓是亞爾登家人，六樓是喬斯家，七樓是帕列何家。三樓住的是摩里斯和羅森，四樓是聖尼斯以及巴多瓦茲。涅普頓是巴多瓦茲家的狗，更準確一點，是巴多瓦茲小姐的狗。這位小姐在亞薩斯學院[5]念法律系，經常和擁有長毛垂耳狗的同校法律系學生辦賽狗會。

我對涅普頓很有好感。是的，我們都很喜歡對方，也許是因為我們彼此之間有一股默契，這默契是來自於我們能夠立刻了解對方的情感。涅普頓感覺到我喜歡牠；牠的願望我也瞭若指掌。饒有趣味的事情是，涅普頓堅持要做一隻狗，而牠的女主人卻希望把牠變成一名紳士。每當牠來到院子時，被褐色皮帶遠遠地牽著的牠，雙眼總是貪婪地看著地上的泥水灘。只要牠的女主人用力拉皮帶，牠就立刻屁股著地，毫不客氣地舔起牠的雄性象徵物。雅典娜[6]是摩里斯家滑稽可笑的母狗。牠一看到這隻母狗就會像淫徒一樣大伸舌頭，同時滿腦子充滿著幻想，呼吸變得很急促。長毛垂耳狗最特別的地方是，當牠們情緒好、想逗樂時，走路搖擺的樣子很有趣；四個爪子好像各有個小彈簧釘著，將牠們的身子輕輕地往上抛，沒有任何顛簸。這動作也會使牠們的爪子和耳朵像船一樣左右搖擺，不斷的搖晃著，像隻在硬地上奔跑的可愛小船，給都市環境帶來一股我心愛的海洋氣息。

最後一點，涅普頓是個貪吃鬼，什麼爛蘿蔔，或者是發霉的麵包頭，牠都要全力以赴，吃之為快。每當牠的女主人帶著牠經過垃圾間時，牠便伸長舌頭，猛搖尾巴，像瘋了似的，拚命往垃圾間跑去。對戴安娜．巴多瓦茲而言，這是項大絕望。這位高貴的女士似乎認為，她的狗應該跟美國南北戰爭前，南部聯邦薩瓦納[7]市良好家庭出身的年輕女子一樣，必須假裝食量很小，才能找到丈夫。

涅普頓不是如此，牠的表現倒像個南北戰爭前，貪婪的美國北佬。

1 貝多香（Petrossian），是法國最著名的魚子醬品牌。
2 金融家小蛋糕（financier），是跟布丁一樣大小，呈圓錐狀的小蛋糕。
3 松露（truffe），長在土裡，通常是利用豬去挖掘，是最昂貴的食品，法國人稱之為黑金。
4 涅普頓（Neptune），希臘神話裡的海神。
5 亞薩斯學院（Assas），位於巴黎市內，是著名的法學院。
6 雅典娜（Athèna），希臘神話裡的女戰神，也是雅典的守護神。
7 薩瓦納（Savannah），美國喬治亞州的海港城市。

世界動態日記第二章

培根[1]風格的長毛垂耳狗

這棟大樓有兩隻狗：一隻是摩里斯家的長腿賽犬，看起來很像是披著淺褐色皮革的骨架子，另一隻是紅棕色的長毛垂耳狗，主人是戴安娜．巴多瓦茲，她的父親是一名喜歡追求時尚的律師。這位小姐金髮，骨瘦如柴，身上穿的是英國名牌Burberry的風衣。長腿賽犬名叫雅典娜，長毛垂耳狗叫做涅普頓。萬一您不明白我住的是什麼樣子的大樓，狗的名字可以讓您了解一二。我們這裡可沒有叫做琪琪或者是雷克斯這類小人物名字的狗。行了，昨天這兩隻狗在一樓大廳內碰面，讓我有機會看到一場有趣的景象。這兩隻狗互相嗅對方屁股之事，我姑且一筆帶過。我不知道海神的屁股是否很臭，總之，女神雅典娜一聞之後立刻往後跳，可是涅普頓啊，牠好像聞到一束玫瑰花，裡面還有一塊半生不熟的大牛排。

不談這個，真正有趣的，是被皮帶遠遠地牽著的兩個人，在大都市裡，是狗牽著牠的主人走。好像沒有人明白，心甘情願的養隻狗，不管下雨、颳風，還是下雪，每天都要帶牠散步兩次，這等於是拿皮帶套在自己脖子上。長話短說，各自被狗皮帶牽著的戴安娜．巴多瓦茲和摩里斯太太（一個模子，只是年齡相差二十五歲）在大廳相遇。在這種情況下，那是滿堂錯！這兩人笨手笨腳，就好像她們手腳都套著橡皮蹼似的，她們不懂得在這種情況下需要採取的唯一有效辦法，就是認清實況，避免事情發生。可是呀，她們總以為她們牽著的是一隻沒有任何衝動情慾的高貴玩具，她們自然不會對她們的狗大聲喊叫，要牠們停止嗅屁股，或者是舔雞雞。

事情發展經過如下：戴安娜·巴多瓦茲帶著涅普頓從電梯間出來，而摩里斯太太帶著雅典娜正在電梯間前面等著。正等於是把自己的狗扔到對方的狗身上去，結果就是如此。涅普頓簡直是發瘋。在電梯間乖乖的出來，結果鼻子撞在雅典娜的屁股上，這可不是每天都能遇著的事。長久以來，鴿蘭白總愛跟我們大談kairos，這是希臘字，大略的意思是「適當時機」，根據她的解釋，拿破崙很懂得掌握住這東西，當然囉，因為我姊姊是個戰略學專家。行了，所謂kairos，就是對時機的預感。喔，我可以對您說，涅普頓的鼻子嗅到牠的時機預感，牠毫不猶豫地，像古時候的騎兵一樣：立刻上馬。「喔，我的天啊！」摩里斯太太叫著，就好像是她本人受辱一樣。「喔，不可以這樣！」戴安娜大聲驚叫，就好像所有的恥辱都降落在她身上，可是我可以拿一包巧克力糖打賭，她絕不會想到用自己的身體擋在雅典娜屁股上。之後，這兩人同時拉著皮帶，想把狗分開。可是有個問題出現，也就是這造成一個有趣的動作。

其實，戴安娜只要把皮帶往上拉，另一個將皮帶往下扯，就可以把兩隻狗給分開。可是她們不是這麼做，她們兩人都往旁邊退。電梯間前面的空間非常狹窄，因此兩人立刻碰到障礙，無法後退：一個碰到電梯間的柵欄，另一個碰到左手邊的牆壁，所以呀，在第一次的皮帶牽扯下而失去平衡的涅普頓立刻重整旗鼓，將嚇得眼睛不斷打轉，嘴裡不斷哀號的雅典娜貼得更緊。就這時候，兩個人換了個策略，企圖把狗先拉到較寬敞的地方去，然後在活動較自由的情況下，再設法將狗分開。可是事情迫在眉睫：每個人都知道，某個時刻到了之後，兩條狗就是要分也分不開的。這兩位女士於是更加使勁，一邊齊聲大叫：「喔，我的天啊！喔，我的天啊！」一邊拚命地扯皮帶，就好像她們的貞節完全看在皮帶上似的。可是就在急急忙忙中，戴安娜身子一滑，扭歪了腳踝。就是這個動作很有趣：她的腳踝往外偏時，整個身子也往同一個方向傾斜，只有馬尾往反方向飛揚。

我跟您擔保，那個景象很美：可說是一幅培根的畫。好久以來，我父母親的廁所裡就框了一幅培根的畫，畫中還有個人坐在馬桶上，沒錯，而且很有培根的風格，也就是一副飽受痛苦折磨，不討人喜歡的樣子。我總是在想，這也許會影響到方便時候的安寧，不過，這裡每個人都有自己的馬桶，因此我從來沒抱怨過。當戴安娜滑跤時，腳踝扭歪，全身好像完全脫臼，膝蓋、手臂，和頭形成很奇怪的角度，而最奇特的是，她的馬尾卻呈水平線。這一景象立刻讓我想起培根的畫。就在那一小小段的時間內，她活像四肢分離的木偶，身體肢解得奇形怪狀，就在那千分之一秒的剎那（事情發生得很快，可是我現在對人體的動作非常留心，因此在我眼裡就變成了慢動作），戴安娜活像培根畫中的人物。這景象讓我明白，原來多年來掛在廁所裡的畫就是為了要讓我能欣賞這個怪異動作。最後，戴安娜跌在兩條狗身上，解決了一切問題，雅典娜被壓在地上，逃脫了涅普頓的騷擾。摩里斯太太手忙腳亂，一方面想幫戴安娜，一方面又得把她的狗拉開，遠離荒淫的涅普頓。而涅普頓對女主人的哀號和痛苦無動於衷，繼續往牠的玫瑰牛排靠近。就這時候，米榭太太從門房出來，我也抓住了涅普頓的皮帶，把牠拉到遠一點的地方去。

可憐的狗，牠真的很失望。最後，牠坐在地上，舔起牠的雞雞來，還弄出許多「ㄙㄌㄨ，ㄙㄌㄨ」的聲音，這使得戴安娜更加絕望。米榭太太打電話給緊急救護中心，因為戴安娜的腳踝腫得像顆大西瓜。接著，米榭太太把涅普頓帶回家去，摩里斯太太陪著戴安娜。我呢，我一邊回家，一邊心中在想：好呀，一幅活生生的培根畫像，這是否值得活下去呢？

我判定不值得。因為涅普頓不但沒有得到牠的甜點，而且連散步的機會都失去了。

1 弗蘭西斯・培根（Francis Bacon, 1909-1992），愛爾蘭畫家，畫中人物多半呈痛苦狀。

現代菁英的先知

今早我聽法國網電臺廣播時，很驚奇地發現我並不是我所認為的我。直到目前，我一直把我對文化的廣泛嗜好歸之於我無產階級自學者的環境。我已經說過，只要是工作之外的閒暇時間，我都拿來看書，看電影，和聽音樂。可是我對文化產物的積極涉獵似乎在品味上犯了一個錯誤，也就是將經典名著和較不為人所看重的作品照單全收。

儘管我在閱讀書籍方面的選擇是最雜，但在閱讀的範圍上也許是最不廣泛。我看書的種類有歷史、哲學、經濟、政治、社會、心理學、教育、心理分析，當然還有，而且是我最喜歡的文學。前者令我感興趣，最後一項是我生命的全部。我的貓叫列夫，因為那是托爾斯泰的名字。在牠之前的那隻貓叫做東果[1]，因為那是法畢斯・戴爾的姓。第一隻貓叫卡列尼娜，那是安娜[2]的姓，不過我只叫牠卡列，怕被人識破我的真面目。除了斯湯達爾的小說外，我對文學的愛好偏向於一九一〇年之前的俄國文學，但是我也讀過許多世界文學作品，我為此甚感驕傲。想想看，我只不過是個農家女，前途黯淡，最後只落得在葛內樂街七號看守大門，在這種命運下，按理，一般人只會看芭芭菈・卡德蘭[3]的通俗小說。我對警探小說有無法抗拒的特別偏好——但是我把我愛好的警探小說當做高級文學看待。有些時候，要把正看得入迷的康納利[4]或者是曼凱爾[5]的小說擱下來，去替按門鈴的葛利列或者是薩賓娜・帕列何開門，那真是一件痛苦的事。他們所關心的事和愛好爵士樂的洛杉磯警探哈瑞．鮑許[6]的沉思完全不等線，尤其是當他們問我：

「垃圾味道幹嘛會傳到院子裡去？」

葛利列和銀行世家的女繼承人為同樣的瑣事煩惱，而且兩人都不懂得在問句中使用較文雅的「為什麼」，這點可以讓我們對人性有新的評價。

說到電影，我的觀賞範圍其廣無比。我喜歡所謂的美國強檔片，也喜歡所謂的作家派電影。事實上，長久以來，我看的都是美國或是英國的娛樂電影，當然也有例外。嚴肅的電影，我是以藝術的眼光欣賞，而情感的眼光只能觀賞娛樂性電影。格林那威[7]的電影讓我佩服，讓我喜歡，但是也讓我直打呵欠。每次看到《亂世佳人》裡，小女孩波妮過世後，梅蘭妮和嬤嬤爬上白瑞德家樓梯的鏡頭時，我總是涕淚縱橫。而我認為《銀翼殺手》是娛樂性電影中的翹楚。對我而言，無法避免的事實是，第七藝術很美，具有震撼力，但是也很枯燥，而娛樂性電影膚淺，好看，感人。

哦，對了，一想到今天買給自己的一件禮物時我就興奮不已。那是長期等待的結果，滿足了我一擱再擱的願望，也就是我一直想重看一九八九年耶誕節時看的一部電影。

---

1 法畢斯．戴爾．東果（Fabrice del Dongo），斯湯達爾《帕爾瑪修道院》主人翁的名字。
2 托爾斯泰的名著《安娜．卡列尼娜》（*Anna Karénine*）的女主角名字。
3 芭芭菈．卡德蘭（Barbara Cartland, 1901-2000），英國言情小說家，一共寫了七百二十三本小說。
4 康納利（Michael Connelly），美國警探小說家，作品暢銷全球。
5 曼凱爾（Henning Mankell），瑞典警探小說家，曾獲許多獎。
6 哈瑞．鮑許（Harry Bosch），康納利小說裡的警探名字，年老、醜陋、失意。
7 格林那威（Peter Greenaway），英國名導演，代表作有《八又二分之一女人》、《英國花園謀殺案》。

紅色十月

一九八九年的耶誕節，呂西安病得很重。我們雖然還不知道死神什麼時候會降臨，但是我們無法擺脫死亡即將來臨的陰影，我們內心隱藏著憂慮，兩人被這無形的韁鎖縛綁在一起。當疾病侵入一個人的家庭後，它奪走的不僅是身軀，還會在所有家人心中交織成一道陰暗的黑網，將希望埋藏在裡面。疾病，就像蜘蛛絲一樣，把我們的計畫和呼吸給纏繞住，一天又一天地吞噬我們的生命。從外面回到家後，就像是踏入墓穴，我總是覺得冷，一種無法暖化的冷，最後那幾天，每當我睡在呂西安旁邊時，我似乎覺得我身上散發出的熱氣全被他的身子吸收過去。

他的病是在一九八八年時被診斷出來的。這病整整折磨了他十七個月，最後在耶誕節前夕奪走了他的生命。老摩里斯太太向住在大樓的所有住戶募捐，買了一束漂亮的花圈放在我門房裡，花圈上綁著一條絲帶，但是沒有任何署名。只有她一個人來參加葬禮。她是個虔誠、冷淡、矜持的女子，但是在她的嚴肅和有點暴躁的待人處世中帶著誠懇的態度。在呂西安過世一年後，她也去世了。我當時想來想去，覺得她是個好人，我以後或許會想念她，儘管十五年來，我和她之間沒有說過幾句話。

「她一直到死都讓她的兒媳婦沒好日子過，但願她死得安寧，她生前是個好人。」對小摩里斯太太恨之入骨的曼奴菈在老摩里斯太太過世後這麼說。

除了老摩里斯太太、她的面紗和念珠之外，呂西安生病之事，沒有一個人當作一回事。有錢人似乎覺得窮人家可能會因為生命單薄，缺少氧氣、金錢、交際，所以對感情的體會較差、較冷漠。既然我們是個守門的，那麼死亡對我們而言就是天經地義之事，可是對富人來說，死亡可是不公道，而且是個悲劇。一個門房的去世，那只是日常生活中的一個小小凹洞，是生命必經之路，不帶任何悲劇色彩。對每天在樓梯上，或者是在門房口和他碰面的房主人而言，呂西安是個最後回歸到虛空，而從未從虛空出來的不存在體；是個也許因為只擁有次等生命，平凡無奇，因此在死時也應該只感覺到次等痛苦的動物。

我和呂西安兩人跟每個人一樣，忍受痛苦的煎熬，隨著生活被苦痛一步步腐蝕，我們的心靈也被狂怒壓制住，我們活在死亡的陰影下，整日感到害怕和恐懼，最後完全瓦解，大樓的住戶對這一切都無動於衷。

一天早上，那是耶誕節前的三個禮拜，我上完街，提著裝滿蘿蔔和給貓吃的牛肺的菜籃回家，我發現呂西安穿著整齊，準備好要出門。他還在脖子上繫了一條圍巾，站著等我。我看到丈夫因為從臥室走到廚房而體力不支，臉色蒼白；我看到這幾個禮拜來一直穿著像喪服的睡衣的他，現在卻眼神明亮，表情淘氣，並且將身上的大衣領子翻到看起來紅得有點反常的臉頰上，我差點暈倒過去。

「呂西安！」我大聲驚叫，並且準備跑過去撐住他，扶他坐下，替他換衣服，還有什麼呢，還有凡是照顧病人讓我學到的一些舉動，這些以前我覺得很陌生，而最後一段時間卻變成我唯一會做的舉動。我正準備放下菜籃，好將他摟住，將他緊緊地靠在我身上，將他抱著，還有做那些溫馨的動作時，我氣喘不過來，心中有一種奇怪的喜悅感，我立在當地不動。

「時間剛好夠，」呂西安對我說，「電影是一點鐘上演。」

在電影院的高溫下，我差點落淚，我從來沒覺得這麼幸福過。我握著他暖和和的手，這是好幾個月來第一次握他的手。我知道他是匯集了一股非比尋常的精力才有能力起床，有力氣穿衣服，想出門，渴望再享受一次夫妻共處之樂。而我也知道那是他不久人世的信號，那是迴光返照。但是這對我不重要，我只是要享受這個時刻，這個擺脫疾病枷鎖的短暫時刻，享受兩隻手相握的溫馨感，享受令兩人同時感到快樂的震撼感，因為，謝天謝地，那是一部我們兩人都能夠喜歡的電影。

我想，他是在電影一演完之後就死了。雖然他的身軀還繼續撐了三個禮拜，可是他的心神在電影終結後就揚長而去，因為他知道這樣比較好，因為在電影院裡跟我告別，就沒有太令人傷感的悔恨，因為如此一來，他找到平安，在兩人一起看描述故事的電影時，他沉浸於我倆的盡在不言中。

我接受。

《獵殺紅色十月》是我倆一起看的最後一部電影。凡是想了解敘事體技巧的人只要看這部電影就行了；真不明白在大學裡，為什麼老是要教普洛普[1]，格雷馬斯[2]的敘事體原則，或者是其他一些令人厭煩的理論，而不是帶領學生看電影。什麼楔子、情節、行動元、突變、追尋，主角以及其他一些附帶因素，只需要一個身穿俄國海軍制服的史恩康納萊，和幾艘位置擺得正確的航空母艦就足以說明一切。

話說從頭，今早，從法國網電臺得到的消息是，我的合法文化嚮往心被非法文化愛好心所感染之事，並不是出身低賤、獨自吸收知識的我的醜陋標記，而是處於優勢地位的知識分子的現代特徵。我是如何得知的呢？從一名社會學家口中知道的。我倒是非常好奇，他本人是否很想知道，有一個腳穿舒樂牌軟鞋的女門房剛把他當作神明似地崇拜。他研究的是知識分子對文化涉獵的演變。在以前，知識分子從早到晚都浸溺在高等學養中，而現在是俗雅全盤接收，使得真假文化的界限無可挽回地被抹滅。他敘述一名擁有古典文學教師頭銜的老師的情況，在以前，這樣的老師也許只聽巴哈，讀莫里亞克[3]的書，看藝術電影和實驗電影，而現在，這位老師聽的是韓德爾[4]和索拉何[5]的音樂，讀的是福婁拜和勒卡雷[6]的小說，看的是維斯康提的電影以及最新的《龍膽虎威》，還有，中午吃漢堡，晚上吃生魚片。

以為屬於自己專有的標記，卻原來是一個社會形態體的共通現象，這種發現總是很令人感到困惑的。不僅是困惑，甚至可說是懊惱。我，荷妮，五十四歲，是個門房和自學者，儘管獨自幽居在平平凡凡的門房裡，儘管孤獨能讓我避免受到廣大群體的不良影響，還有，儘管完全與世隔絕，不了解世界的演變，而我，荷妮，卻是現代菁英轉型的見證人。這類菁英甚至包括讀馬克思作品，又和朋友們一起看《魔鬼終結者》的高材生小帕列何等人，或者是在亞薩斯學院念法律，然後看《新娘百分百》看得哭哭啼啼的巴多瓦茲小姐等人。這對我而言是個無法接受的衝擊。因為很明顯地，凡是對年代表特別注意的人就會知道，我不但沒有向年輕小伙子效顰，而且在文化涉獵的廣泛上，我還領先他們。

荷妮，原來我是現代菁英的先知。

「行，行，為什麼不行呢，」我一邊心中自忖，一邊從菜籃把給貓吃的小牛肝拿出來，然後取出放在最底下、包在塑膠袋裡的兩片緋鯉。我打算先醃漬緋鯉，然後加上香菜，放在檸檬汁裡煮熟。

就在這時候發生了一件事。

1 普洛普（Vladimir Propp, 1895-1970），俄國敘事體理論學家，是形式主義的先鋒。
2 格雷馬斯（Algirdas Julien Greimas, 1917-1992），立陶宛裔的法國語言學家，敘事體結構主義大師。
3 莫里亞克（François Mauriac, 1885-1970），法國作家，一九五二年獲諾貝爾文學獎，作品以探討性靈為主。
4 韓德爾（Georg Friedrich Haendel, 1685-1759），德國作曲家。
5 索拉何（MC Solarr），法國當代黑人饒舌名歌星。
6 勒卡雷（John Le Carré），英國冷戰間諜小說名作家，代表作有《冷戰諜魂》。

深刻思想第四章

照顧
花草
小孩

每天都會有個清潔婦到我們家做三個小時的打掃工作，但是花草，那是媽媽親自照顧。說來真不敢讓人相信，她有一大堆玩意兒。她一共有兩個噴水壺，一個專門盛含有肥料的水，另一個盛不含石灰的清水。此外，她還有一個多功能噴霧器，可以「瞄準式」噴射，也可以「下雨式」噴射，還可以「薄霧式」噴射。每天早上，她都要一一檢查過屋裡的二十盆花草，並且對症下藥，採取適當的照護方式。這時，她嘴裡總是嘀嘀喃喃，對周遭的世界完全不聞不問。當媽媽在照顧花草的時候，您可以對她亂說話，她絕對是心不在焉。比方說：「我今天打算吸毒，並且要吸毒過量。」得到的回答是：「小椰樹的葉尖發黃，水太多了，啊，這很不好。」

從這一點可以推理出範例的開頭：如果您想浪費生命，對別人說的話不聞不問，那麼您就照顧花草。不過還有後話。每當媽媽把水噴灑在花草的葉子上時，我看到她心中充滿著希望。她認為水是一種香脂，會滲透到花草內部，帶給花草成長所需要的元素。對肥料也是如此。她把做成桿子形的肥料插在土裡（其實是泥土、腐植土、泥沙、泥炭的混合物，這是她請奧黛門[1]的一家花店替每一盆花草專門配製的）。所以，媽媽照顧她的花草就跟照顧她的孩子一樣：給小椰樹的是水和肥料，給我們的是四季豆和維他命C。這呀，這就是範例的重點：對撫養目標要專心一致，給它營養元素，讓營養元素從外面滲入裡面，最後進入身體內部，讓它成長，讓它健全。只要在葉子上噴一下，花草就全副武裝，能為生存而奮鬥下去。我們總是帶著憂慮和希望的心情照護花草，我們了解到生命是很脆弱的，我們擔心發生意外，但同時也為了該做而做到，為了能盡到撫養者的角色而感到滿足。我們覺得很放心，至少在一段時間內，我們是很安全的。媽媽就是以這種方式看待人生，一系列的驅邪措施，就跟噴水一樣無效，只能給人短暫的安全感。

如果我們能夠一起分擔我們的不安全感，如果我們能夠一起探討我們的內心，能告訴自己，就算四季豆和維他命C能夠養活動物，它們也照樣不能解救人生，更不能培養性靈，這樣可能會更好些。

1 奧黛門（Porte d'Auteuil），位在巴黎西南邊，是高級住宅區。

小貓格維斯[1]

沙布羅在按我的門鈴。

沙布羅是亞爾登的個人醫生。他是個看起來很體面，臉孔總是曬得紅紅的老頭子。他在大師面前就像蚯蚓一樣哈腰曲膝。二十年來，他從來沒跟我打過招呼，而且也從來沒表示過有我的存在。如果想進行一項有趣的現象學實驗的話，那就是研究為什麼有些事物能顯現在某些人的意識上，但是在另一批人的意識上卻顯現不出。我的影像能夠映在涅普頓的腦海中，可是在沙布羅眼前卻臨陣脫逃，這的確是很耐人尋味。

可是今天早上，沙布羅看起來好像是做過漂膚手術，臉色十分蒼白。他雙頰垂陷，雙手顫抖，還有鼻子……濕濕的。沒錯，濕濕的。沙布羅，這個專門替大人物效勞的醫生居然流鼻涕。不僅如此，他還稱呼我的名字。

「米榭太太。」

站在我前面的也許不是沙布羅，而是情報系統不良的變形外星人，真正的沙布羅是不會把下流社會的人的資訊放在心上的。

「米榭太太，」偽裝沙布羅失敗的外星人繼續說道，「米榭太太。」

嗯，好，所有人都知道我是誰了。我叫做米榭太太。

「發生了一件很不幸的事，」流鼻涕先生繼續說話。他呀，真是要命，他不擤鼻涕，反而把鼻涕給吸回去。

天啊，居然會有這種事。他大聲地吸鼻子，把鼻子裡的髒東西送到它從未打從那裡來的地方去。這動作極快，我無法不看到他的喉嚨為了讓上述東西經過而急速伸縮的樣子。看了令人作嘔，特別是令人感到困惑。

我看看右手邊，看看左手邊。大廳沒有其他人。我的外星人要是心懷叵測，那我就完了。

他又開始說話，說一樣的話。

「很不幸的事，沒錯，很不幸的事。亞爾登先生不久人世。」

「不久人世，」我說道，「真的不久人世？」

「真的不久人世，米榭太太，真的不久人世。他只剩下四十八小時的時間了。」

我很是吃驚：

「可是我昨天早上還看到他，他看起來可是壯得不得了！」

「唉，太太，唉。心臟萬一衰竭，那就是頭上一把刀了。早上，人還像山羊一樣蹦蹦跳，到了晚上，人就躺在棺材裡。」

「他準備死在家裡，不去醫院嗎？」

「喔，米榭太太，」沙布羅看著我，神態就跟涅普頓被皮帶牽著的時候一樣，「誰願意死在醫院呢？」

二十年來，這是我第一次對沙布羅有些許好感。我心中自忖，不管怎麼說，他也是個人，而且終歸到底，我們都很相像。

「米榭太太，」沙布羅又開口說話。我被他滿口的米榭太太弄得飄飄然。二十年來他是從來沒跟我說過半句話的。「有很多人可能會想在大師……之前，之前見他最後一面。可是他不想見任何人。他只想見保羅。可不可以勞您駕請這些不速之客打道回府？」

我很矛盾。跟往常一樣，我注意到，一般人只有在需要我幫忙的時候，才會假裝發現到我的存在。不管怎麼說，這是我的工作。我也注意到，沙布羅用我很喜歡的語調說話——可不可以勞您駕請這些不速之客打道回府？——這句文謅謅的話令我心思不定，這種過時的禮貌口氣令我聽了舒服。我心想，我是遵照文法規則的人，我應該把我的貓叫做格維斯的。這傢伙雖然令我討厭，但是他說話的語調很討人喜歡。還有，這老頭子問，誰願意死在醫院呢？沒人。亞爾登也好，沙布羅也好，我也好，呂西安也好，沒人願意。沙布羅反問這個無關緊要的問題時，把我們大家都變成了同等人。

「我會竭盡所能，」我說道，「話說回來，我總不能擋駕擋到樓梯上去啊？」

「當然不是，」他對我說道，「不過您可以打消他們的念頭，對他們說大師不見客。」

他說這話後，用奇怪的眼光看著我，似乎是奇怪我為什麼會懂他那句文謅謅的話。

我要小心，我必須非常地小心。最近這段時間，我有點疏忽大意。跟小帕列何說話時就出現了一點意外。我荒唐得居然在他面前提到《德意志意識型態》這本書。他要是有牡蠣一半聰明的話，聽到這本書會產生許多懷疑的。而現在只是為了個臉孔總是古銅色，用過時語調說話的老頭子，我就在他面前忘神，完全忽略了我在措辭上應該要有的嚴謹。

我把剛剛雙眼綻放出的光芒收斂起來，換上無神的眼光，裝出一個會竭盡所能，但是不會擋駕擋到樓梯上的門房的樣子。

沙布羅的奇怪表情消失了。

為了彌補我的罪過，我故意在言辭上犯了一個錯誤。我問他：

「是不是心肌梗塞症的一『個』啊？」

「是的，」沙布羅對我說道：「是心肌梗塞症。」

接下來悄然無聲。

「多謝，」他對我說。

「沒什麼，」我回答他，然後就把門關上。

1 格維斯（Maurice Grèvisse, 1895-1980），比利時人，法文文法學家。

深刻思想第五章

眾人
之生命
如服兵役

這個深刻思想很令我感到驕傲。是鴿蘭白讓我想到的，她至少能在我的生命中扮演一次有用的角色。真沒想到我在死前能說出這句話。

從一開始，我和鴿蘭白之間的關係就像打仗一樣。對鴿蘭白來說，生命就是永遠的戰爭，一定要擊倒別人，獲取勝利。她如果不能擊垮對手，把敵方的領土縮減到最小的話，她就沒有安全感。按照她女鬥士的謬論，在一個世界中，要是別人也同樣擁有生存空間，那就是一個危險的世界。可是另一方面，她又需要別人來做一件不可缺少的小事：必須有人來肯定她的強權。所以，她不僅僅是想盡辦法，時時刻刻要壓倒我，此外，她還要拿著一把劍對著我的脖子，要我對她說，她是最強的，而且很愛她。

因此，我的日子是苦不堪言。雪上加霜的是，不知道什麼原因，毫無判斷能力的鴿蘭白居然明白，我在日常生活中最怕的一件事就是吵聲。我想，她是在偶然的情況下發現的。她永遠不會自動自發地想到，有些人會有需要寧靜的時候。寧靜能讓人進入「內心世界」。對一個不僅是對外向生活感興趣的人而言，寧靜是必需品，我不認為鴿蘭白能了解這一切，因為她的內心世界跟外面的街道一樣混亂、吵雜。但不管怎樣，她明白我需要寧靜，不幸的是，我的房間就在她房間的隔壁。所以呢，她一天到晚就是在製造吵雜聲。她打電話時高聲吼叫，她聽音樂時，音響放得很大（這啊，這實在是要我的命），她開門關門都是砰來砰去，對自己所做的任何事都要高聲評論，包括梳頭髮啦，在抽屜找鉛筆啦，這些無聊小事。

長話短說，她既然沒有其他地盤可以侵略，因為她完全無法接近我的內心，於是她就佔領我的聽覺領域，從早到晚吵得我不得安寧。想想看，一個狹隘的領土觀念就能把事情搞成這樣。我呢，只要我有時間，能夠不受干擾地進入我的內心世界，我不在乎身處何地。可是鴿蘭白，她不僅不了解事實，還把事實變成她的人生觀：「我那個討厭的妹妹是個小氣巴拉、神經衰弱的小孩子，她厭惡別人，只喜歡住在所有人都死光光的墳場裡——而我呢，我個性開朗、活潑，充滿朝氣。」假如真有一件事情令我討厭的話，那就是把自己的無能與變態轉變成信條。鴿蘭白抹煞了我的一切。

可是最近幾個月，鴿蘭白不單是全世界最可怕的姊姊，她還養成怪癖，舉止行為令人不安。我實在是受夠了，我這個做妹妹的不但被她趕盡殺絕，而且，整天就是要聽她的那些小煩惱。最近幾個月，鴿蘭白心中只有兩件事：整齊與清潔。我從以前的活死人變成了骯髒鬼；她時時刻刻都對我吼吼叫叫，要嘛，是因為我在廚房裡留下糕餅屑，要嘛，就是今天早上在浴室裡發現一根頭髮。話說回來，她不是只拿我一人發飆而已，每個人從早到晚都要受她的迫害。以前，她的房間像市場一樣亂得無法想像，而現在就像診所一般，一切井井有條，連一粒灰塵都沒有，所有的東西都要擺在規定的位置。格雷蒙太太打掃完後，要是沒把東西放回原位，那她就有罪受了。她的房間簡直像個醫院。整體說來，我倒不介意鴿蘭白變成一個有潔癖的人。但是我無法忍受，她還是繼續裝成很酷的樣子。這之間有個問題，可是大家都假裝沒看到。鴿蘭白繼續認為她是我們兩人中唯一過著「享樂主義」生活的人。我跟您擔保，每天洗三次澡，看到床頭燈的位置差了三公分就像瘋子一樣大吼大叫，這一點都不是享樂主義。

鴿蘭白的問題在哪裡？這個嘛，我一點都不知道。也許是一直為了要壓垮所有的人，她就把自己變成了一個道地的士兵。因此之故，她就跟在軍隊裡一樣，任何事都要方方正正，要擦光打亮，要打掃清潔。眾所周知，士兵就是整天關心整齊和清潔這兩件事。必須要有這些才能對抗戰場上的混亂、戰爭的齷齪，還有被戰爭擊垮的人。其實我在想，以揭露社會規範而言，鴿蘭白並不是一個極端的例子。我們當中有不用服兵役的態度看待人生的嗎？有不跟士兵一樣，在等待逃亡或是戰鬥的時候做自己能做的事嗎？有些人打掃寢室，而其他人逃避勤務，打牌消磨時間，非法買賣，搞陰謀。軍官下令指揮，小兵聽令服從，但是沒有一個人不知道那是自欺欺人，禁止別人觀賞的劇碼。總有一個早上，不管是軍官還是士兵，蠢蛋還是搞香菸或衛生紙地下買賣的小滑頭，大家都必須到戰場赴死。

說到這裡，順便給您做個最基本的心理分析假設：鴿蘭白的內心世界是這麼的混亂、空虛又擁擠，因此她藉著整理和打掃房間來試圖整頓她的內在。好玩吧，嗯？我老早就明白心理分析家只是個小丑，他們認為拿具體事物來比喻抽象事物的隱喻法，是只有頭等聰明的人才會的玩意兒。其實，隨便哪個六年級的學生都能了解。可是不能不聽媽媽話的心理學家朋友們在為一個小小的文字遊戲而大談特談，更不能不聽媽媽轉述的一些蠢話，因為她把她跟心理醫生的談話講給所有人聽，就好像她是去迪士尼樂園似的：「我的家庭生活」節目，「吾與吾母」鏡殿，「和母親分開的日子」飛天大八字，「我的性生活」恐怖博物館（聲音壓得很低，避免被我聽到），最後一項是，死亡隧道，「更年期前的女性生活」。

鴿蘭白經常讓我感到害怕的是，我覺得她沒有任何感覺。鴿蘭白所表現出來的一切，比如感情，總是很造作，很虛假，因此我在想，她對七情六慾是否有所體會。有些時候我真的很怕。她也許真的有病，她也許想盡辦法要體會出一些真正的感情，她也許會做下一件瘋狂之舉。我在想像報紙的標題：「葛內樂街的暴君尼祿：一名年輕女子縱火焚燒家宅。警方訊問原因時，她答道：我想體會激動的感受。」

行，我承認，我是誇張了些。再說，我沒資格揭發這個縱火狂。可是，今早又聽到她為了她的綠色大衣上有幾根貓毛而叫罵。可憐的東西，決鬥尚未開始就註定失敗了。妳要是知道這點，可能對妳好些。

哀嘆蒙古暴亂

有人輕輕地在敲我的門。是曼奴菈，她的僱主剛剛放她一天假。

「大師不久人世，」她對我說。在她重複沙布羅的哀歌中，我無法確定她的諷刺意味何在。

「妳不在忙，我們喝茶？」

她說話完全不顧時態的配合，在問句中使用條件式動詞變化，卻沒有跟主詞對調。她的句法不受文法拘束，因為她只不過是個被迫使用移民語言的葡萄牙窮女子。但她的自由語法和沙布羅的嚴謹語法一樣，都給人一種過時的感覺。

「我在樓梯上碰到羅菈，」她皺著眉頭，一邊坐下，一邊說：「她扶著欄杆，就好像她想尿尿的樣子。她看到我後，就走了。」

羅菈是亞爾登的第二個女兒，是個很少和人來往的善良女孩。克萊蒙絲是亞爾登的長女，是挫折感的痛苦化身。她是個很虔誠的教徒，整日在家盯著丈夫和孩子，生活單調無聊，一輩子就是彌撒、宗教活動以及繡十字繡。說到亞爾登最小的孩子尚恩，他幾乎是個無可救藥的吸毒者。小時候，他是個雙眼明亮，人很聰慧的漂亮小孩，整日跟在父親後面跑，就好像他的一生完全得依靠父親一樣。可是自從他開始吸毒後，變化非常驚人，他不再動了。整個童年期白白地跟在上帝後面跑後，現在他的身體動作反而變得很笨拙，行動斷斷續續，在樓梯上，在電梯前，在院子裡都要停下來，而且停的時間越來越長，有時候竟然在我門口的擦鞋墊上，或者是在垃圾間前面睡著。有一天，他停留在種有玫瑰花和矮茶花的花圃前面，呆呆地站著不動，我上前問他是否需要協助。看到他垂在顴骨上橫七豎八的捲髮，一雙淚汪汪的眼睛，還有抽搐不定的濕鼻子，那時候我心中的念頭是他看起來越來越像涅普頓。

「哦，哦，不用，」他回答我的話時，就跟他走路停停頓頓一樣，一字一頓。

「最起碼您坐一下，要不要啊？」我向他提出建議。

「您坐一下？」他很吃驚，重複我的話，然後又說道：「哦，哦，不用，為什麼？」

我說道：「您可以休息一會兒。」

他回答道：「啊，對ㄟㄟㄟㄟㄟ，那，哦，哦，不用。」

我只好讓茶花跟他作伴，站在窗口監視著他。經過好長一段時間後，他突然不再盯著花看，快步跑到我的門房來。他還沒按門鈴我就先開門。

「我要活動活動一下，」他對我說話，可是他看不到我，因為他的雙眼被有點雜亂的頭髮遮住了。接著，他竭盡所能地問道：那些花……叫什麼名字？

「您是說茶花呀？」我問他，心中感到很驚訝。

「茶花……」他慢慢地繼續說道，「茶花……哦，謝謝，米榭太太。」他最後是用非常穩定的嗓音把話說完。

然後，他一溜煙就跑了。一直到今天早上之前，我整整有好幾個禮拜沒有再看到他。今早他經過我們房前面時，他衰弱的樣子使我認不出是他。沒錯，衰弱……每個人都註定要走上這條路的。

可是一個年紀輕輕的人在時候未到之前就已經到了他永遠無法再站起來的地步，而且，他身體的衰弱是如此的明顯，如此的露骨，看了真令人悲憫。尚恩只不過是個飽受折磨的軀殼，在拖著一條風中殘燭的生命。我當時非常害怕，心想，他如何能夠執行使用電梯時需要的最簡單動作呢？正巧葛利列突然出現，一把抓住他，將他抬起來，就好像拿起一根羽毛一樣，因此我就不需要出手幫忙了。我迅速的看了一眼那個既成熟又愚蠢的男子。他將一個飽受殘害的孩子軀殼抱在手上，然後消失在樓梯上。

「克萊蒙絲馬上就會來，」曼奴菈說道。真不可思議，她總是跟著我的內心思路。

「沙布羅要我請她離開，」我一邊說話，一邊沉思默想，接著又說道：「他只要見保羅。」

「男爵夫人很傷心，她用抹布擦鼻涕哪。」曼奴菈又說了這麼一句話，她說的是維萊特・葛利列。

我一點都不吃驚。在一切都將結束的時刻，真相總是會公開的。維萊特好比一條抹布，就跟亞爾登好比一條絲巾一樣，每個人都必須面對如同監獄的命運，沒有其他的解脫之道，同時在大結局來臨的時候，也必定會暴露出真正的自己，哪怕是曾經抱著某些幻想。病人並不因為整天吃藥就能擁有健康，同理，一個整天接觸精緻服飾的人未必就能擁有高級服飾。

我斟了茶，然後兩人靜靜地品嚐。我們從來沒有早上一起喝茶過，這個違反習慣之事倒是帶著一股奇怪的美妙滋味。

「真愜意，」曼奴菈喃喃地說道。

是的，真愜意，因為我們同時享受到雙重禮物，也就是我們一成不變的喝茶儀式，以及這儀式因為被打破而顯出它的神聖感。我們兩人一起聚會喝茶，一個下午又一個下午，使得這個儀式跟胞囊一樣緊緊地嵌在現實生活中，變得很堅固，甚至於擁有特殊意義。而今天早上，這個儀式的規矩卻被打破，使它突然間擁有一股出奇的力量——不過，就跟我們享受瓊漿玉液一樣，我們也迷醉在這不尋常的早晨，每個刻板的動作變得蓬勃有勁，啜茶，喝茶，放下茶杯，再倒茶，飲茶，每個動作都重新再生。在這難得的時刻中，我們藉著喝茶儀式領會到我們的生活脈絡，又因為打破規矩而覺得更美好。我們陶醉在這個跳脫出日常生活的美好時刻裡，因為永恆突然在剎那間，同時也很強烈地把時間變得很豐富。外面的世界在呼嘯，或許在沉眠，戰火塗炭，人生人死，有些國家破亡，有些國家誕生，而不久之後又被吞食。世人在這吵聲，狂烈，爆發，衝擊中掙扎，而世界永遠不息，在燃燒，在撕裂，在重生。

《茶之書》的作者岡倉覺山感嘆十三世紀時蒙古人的暴亂，為的不是暴亂帶來的死亡和破敗，而是暴亂摧毀了宋朝文化最珍貴的成果：茶藝。和他一樣，我知道茶並非次等飲料。當飲茶變成一種儀式時，飲茶本身就能讓人從最小的事物中體會出偉大。美在何處？是否就在偉大的事物中？而這偉大的事物跟其他事物一樣，註定會消逝；還是在看起來很平凡，卻能將短暫變成永恆的渺小事物中？

茶道是絲毫不差地重演相同的動作，和重複相同的品嚐，茶道能讓人體會到既簡單又真實且文雅的感受，茶道以最微小的消費，讓每個人獲得解放，變成品味上的貴族，因為茶是富人的飲料，但也是窮人的飲料。茶道的特殊優點，就是替我們荒謬的生命帶來一股寧靜的和諧。是的，萬物皆空，執迷者為美而哭泣，眾生為瑣事而執著。且讓我們喝杯茶吧。

周圍靜悄悄地，只聽到外面有風聲，秋葉簌簌作響，隨風飛揚，小貓在溫馨的陽光下熟睡。在每一口茶中，光陰都變得非常美好。

深刻思想第六章

早餐時間
你看啥
你讀啥
我就知道
你是啥

每天吃早餐的時候，爸爸總是一邊喝咖啡，一邊看報紙。他看的報紙其實有好幾種：《世界報》、《費加洛報》、《解放報》，還有他每週都要閱讀《快訊》、《回聲》、《時代雜誌》以及《國際通信》這些週刊。不過我知道的是，他最大的滿足是一杯咖啡在手，前面擺著一份《世界報》，然後全神貫注的看新聞，前後整整半個鐘頭。為了享受這半個鐘頭，他必須起得非常早，因為他的行程表排得很滿。就算前一天晚上只睡了兩個鐘頭，每天早晨他都是六點鐘起床，然後一邊看報，一邊喝濃濃的咖啡。

爸爸就是這樣每天打造自己。我說「打造」，那是因為我認為每天都是一種新的建設，就好像所有的一切在晚上都化為灰燼，而白天必須從零開始。我們的人生就是這樣地過。在我們的世界中，我們必須不斷重新建設自己的成人人格。這個不穩定，曇花一現，脆弱無比，掩飾絕望的蹩腳組合體站在自己的鏡子前面，訴說一些自己需要相信的謊言。對爸爸來說，報紙和咖啡就是能把他變成重要人物的魔杖，就跟把灰姑娘的大南瓜變成華麗的馬車一樣。您請注意，喝咖啡和看報紙可以為他帶來很大的滿足感，我從來沒有看過他跟在六點鐘的咖啡前面一樣的寧靜和輕鬆。可是付出的代價如何！當過的生活很虛假時，付出的代價是不可思議的！危機出現時——危機總是會降臨人間的——面具就掉落了，可怕的真相就被揭露！

看看命在旦夕的亞爾登先生，我們第六區的飲食評論家吧！今天中午，媽媽上街購物完後，像龍捲風似地跑回家。她腳一踏進門廳，就立刻向所有的聽眾發佈新聞：「亞爾登快過世了！」所有的聽眾是指憲法和我，也就是完全沒有效果。頭髮有點散亂的媽媽一副很失望的樣子。晚上爸爸進屋時，媽媽立刻衝過去，跟他報告大新聞。爸爸似乎很吃驚：「心臟病？就這樣子，這麼快？」

我必須說的是，亞爾登是個真正的壞人。爸爸他呢，他只是一個小孩子在扮演正經八百的大人而已。可是亞爾登……是個頭等壞人。當我說壞人時，我的意思不是指心腸惡毒、殘忍，或者是專橫，雖然他是有點如此。不是的，當我說「他是個真正的壞人」時，我的意思是，他是一個極端否認自己身上所有好處的人，以至於他還活著的時候，給人活像個屍體的感覺。所謂的真正壞人，他們不僅憎厭所有的人，他們更憎厭自己。當一個人憎厭自己時，您啊，您不覺得就是如此嗎？這使得他活著的時候就變成跟死人一樣，把壞情感還有好情感都麻痺住，不讓自己體驗到厭惡自己的噁心感。

亞爾登，沒錯，他是真正的壞人。聽人說，他是飲食評論家的教宗，是法國烹飪界的冠軍。說到這點，我一點也不感到驚訝。您要是想知道我的看法，我跟您說，法國菜很可悲。這麼多的天才，這麼多的財力，這麼多的資源，做出來的菜是這麼的膩……老是一些醬汁、肉餡，和糕點，讓人吃得脹破肚皮！毫無品味……菜不是很油膩、難消化，就是盡可能的裝模作樣：三顆跟拇指一般大小的紫蘿蔔做點綴，兩個新鮮干貝海藻凍，模仿禪意的碟子，跟殮屍員臉色一樣難看的跑堂，簡直是把人給活活餓死。這個禮拜六，為了慶祝鴿蘭白的生日，我們全家就是到一家像這樣的餐館，拿破崙酒吧。

鴿蘭白跟往常的高雅作風一樣，她點了一道大菜，有栗子、羊排骨配上叫不出名字的香料，以及一個蛋黃奶油糕配上「大馬尼」桔子酒（最可怕的東西）。蛋黃奶油糕，這是法國料理的象徵：名義上是一道清淡的點心，可是隨便哪個人吃了都會被撐死。我呢，我沒有點前菜（鴿蘭白指責我有厭食症，我對她的評語不予置評），我直接點了一道六十三歐元的咖哩鯡魚（墊在魚下面的是小方塊脆瓜和胡蘿蔔），再來，我在菜單裡找到一道三十四歐元，看起來最不難吃的甜點：苦巧克力鬆滑蛋糕。像這樣的價格，我寧可在麥當勞包一年的漢堡。同樣都是沒品味，但至少不會號稱是名菜。

我連餐館和桌子的裝潢都沒大肆批評呢。當法國人想拋棄有朱紅色帷帳，和一大堆鍍金裝飾的「帝國」傳統格調時，他們就採用醫院風格。我們坐的是柯比意[1]格調的椅子（媽媽說是「柯比的」），我們用餐的盤子是白色的，呈幾何形狀，很有蘇維埃官僚的風格，我們在洗手間擦手的紙巾薄得根本就不會吸水。

所謂的清純簡單並非就是如此。「妳到底想吃什麼呢？」鴿蘭白生氣地問我，因為我沒辦法吃完第一片鯡魚。我沒回話，因為我不知道要吃什麼。我畢竟只是個小女孩。可是在日本漫畫裡，書中人物好像吃的不一樣。他們吃的好像很簡單，很精緻，很適中，很可口。他們吃飯就好像在欣賞一幅美麗的圖畫，或者像在優秀的合唱團裡唱歌一樣。既不太多，也不會不夠，就是適中，恰到好處。或許是我完全弄錯；可是我真的覺得法國菜老掉牙，缺少變化，很誇張，而日本菜看起來……嗯，既不年輕也不老。永恆而且神奇。

長話短說，亞爾登不久人世。我在想，他在早上為了進入真正的壞人角色時，到底做了些什麼。也許是一邊喝杯濃咖啡，一邊看對手的文章，或者是吃一頓有熱狗和炸薯條的美式早餐。我們在早上都做了些什麼呢？爸爸一邊看報紙一邊喝咖啡；媽媽一邊喝咖啡一邊翻目錄；鴿蘭白一邊喝咖啡一邊聽法國網電臺；我呢，我一邊喝巧克力一邊看日本漫畫。現在，我正在看谷口的漫畫，這位天才教了我許多跟人有關的事。

昨天，我問媽媽我是否可以喝茶。奶奶早餐的時候喝紅茶，是摻有檸檬的香茶。我雖然覺得這不會好喝，不過看起來也比咖啡好多了。咖啡是壞人的飲料。昨天晚上在餐館吃飯的時候，媽媽叫了一杯茉莉花茶，她還讓我嚐了一口。我覺得非常好喝，非常的「我」，所以今天早上，我對媽說，那就是我今後早餐時要喝的飲料。媽媽用奇怪的神情看著我（睡意尚未消退的神情），接著說，好好，親愛的，妳現在長大了。

茶與漫畫對抗咖啡與報紙：高雅與神奇對抗成人搞權謀的侵略性本質。

1 柯比意（Le Corbusier, 1787-1965），瑞士人，現代建築創始人，強調功能與幾何圖形。

人生舞台如幻夢

曼奴菈走了之後，我忙著各種不同的無聊工作：打掃房間，用拖把清洗一樓大廳，把垃圾桶拉到街上，清除廣告傳單，澆花，準備貓食（包括一塊帶厚皮的火腿肉），準備我自己的飯食——配上番茄、九層塔還有巴馬乳酪[1]的中國涼麵，看報紙，躲到房間內看一本寫得很好的丹麥小說，在大廳內解決一項情緒事件：亞爾登的孫女，也就是克萊蒙絲的長女洛特為了爺爺不要見她，在我門房前面哭泣。

晚上九點鐘，我的工作結束，我突然覺得自己很老，很萎靡。我不畏懼死亡，更不在乎亞爾登的死，但是等待是件令人難以忍受的事，就像懸在空中的凹洞一樣，讓人有奮鬥無益的無奈感。我在廚房裡坐著，四周一片寧靜，沒有燈光，這時我體驗到荒謬的苦澀感。我的思緒慢慢地漂流。亞爾登，這個蠻橫的暴君，一心一意嚮往榮耀與名譽，一生使用文字追求無法抓住的幻夢，在追求藝術和渴求權力之間掙扎……追根究柢，真實在何處？還有夢幻在何處？在權力中，還是在藝術中？我們不就是藉著良好的語言掌握，大肆吹捧人類的創造，而另一方面，卻指控讓所有人奮鬥激勵的征服慾是空幻的虛榮嗎？沒錯，所有人，包括一個待在狹小門房裡的窮門房，她雖然放棄對實際權力的追求，可是在她的腦海裡不也一樣幻想有權有勢嗎？

這麼說來，生命是怎麼過的呢？我們堅強地，一天又一天地盡心盡力，在如幻夢般的人生舞台裡演好我們的角色。我們屬於靈長動物，主要活動是保持和維護疆土，讓我們得到保護和稱讚；我們設法在部落的階級上往上爬，或是避免跌落；還有，在享樂和創造下一代方面，我們用所有能做到的方式私通——哪怕只是幻想而已。因此之故，我們有一大部份的精力是用在恐嚇或誘惑上，單靠這兩項策略就能征服疆土、階級地位，以及異性。所有的奮鬥就是為了征服。可是我們的意識完全不這麼認為。我們談愛情，討論善與惡，研究哲學與文明，不僅如此，我們還緊緊地抓住這些令人尊仰的神聖理論不放，就好像飢渴的虱子緊緊叮住身軀溫暖的大狗一樣。

然而，人生有時候讓人覺得像是一齣空幻的舞台劇。如同從夢中醒來一樣，我們在冷眼旁觀自己的所作所為；我們會心寒地發現，我們付出的畢生精力原來只是為了保持原始需求，而這時，才驚訝地自問何為藝術。我們對勾心鬥角、趨炎附勢的狂熱，似乎在突然之間變得毫無意義；負債二十年所獲得的溫暖小屋，其實只是個徒勞無益的野蠻習俗；費盡心血爭取到卻又永遠無法保有的社會地位，這只是屬於粗俗的虛榮心。說到下一代，我們用嶄新和恐懼的眼光觀察他們，因為如果脫去利他主義的衣服，延續生命的行為會顯得非常不得體。現在只剩下兩性之間的享樂了。可是，在七情六慾的河流內激盪的兩性享樂也一樣搖曳不定，因為沒有真愛的性行為是不能納入人生課程裡的。

永恆離我們遠去。

持續多年的教育企圖把浪漫主義、政治、學識、形上學和道德等這些信仰牢牢地烙在我們的心中。當這些信仰在我們人性的神壇上動搖時，由階級層次架構成的社會就會陷入「無意義」中。那時候，富人與窮人都要退場，還有思想家、研究員、決策者、奴隸、好人與壞人、有創意的人與有責任感的人、主張工會者與個人主義者、改革派與保守派。這些人和原始人一樣，所有的造作與笑容、行動與偽裝、語言與代號，這些屬於普通靈長動物的基因只代表一個意義：保持自己的位置，否則就是死亡。

當這樣的日子來臨，您就會感到非常需要藝術。您會急切地渴望再度追求精神生活，您會熱烈地希望有些東西能讓您解脫生理命運的枷鎖，好讓所有的詩與偉大的事物不會被排除於世間之外。

那麼您就喝杯茶吧，或是看看小津安二郎[2]的電影，遠離屬於統治階級人類專有的決鬥與戰爭，讓悲哀的人生舞台充滿藝術及偉大的藝術結晶。

1 巴馬乳酪（parmesan），義大利巴馬區所產的乾乳酪。
2 小津安二郎（Yasujiro Ozu, 1903-1963），日本名導演。

永恆

晚上九點鐘時，我把小津安二郎的《宗方姊妹》錄影帶放進錄影機內。這是我這個月看的第十部小津安二郎的電影。小津安二郎是個天才，他讓我脫離了生理命運的枷鎖。

這一切要追溯到有一天我對圖書館員安琪拉說的話，我對她說我很希望能看到溫德斯[1]早期的電影，她立刻回道：啊，您看過他的《尋找小津》嗎？這是專門介紹小津安二郎的絕佳紀錄片。要是看過《尋找小津》，自然而然地就會想進一步認識小津安二郎。我就這樣發現了小津安二郎的電影。在我生命中，這是第一次藝術電影能像個真正的娛樂節目一樣，讓我歡笑和哭泣。

我按下放映鈕，喝著茉莉花茶。有時候，藉著遙控器，重新倒轉影片，將情節再看一遍。

這是一幕非常傑出的場景。

在片中飾演父親的是小津安二郎最喜歡的演員笠智眾，他是小津安二郎作品的靈魂人物，是個卓越、充滿著熱情和謙遜的人。片子裡的父親不久人世。他和女兒節子在京都散步回來後，閒話家常。兩人在喝日本清酒。

父親：

好一個名苔寺啊！陽光把青苔烘托得更明顯。

節子：

還有青苔上面的茶花。

父親：

哦，妳注意到了？那真美啊！（停頓）古時候的日本有很多漂亮的東西。（停頓）把這一切都宣稱為不好，我覺得這太過份。

接著電影繼續演下去，在接近尾聲時，最後一幕的場景是在公園裡，長姊節子和她個性古怪的小妹滿里子對話。

節子，容光煥發：

告訴我，滿里子，為什麼京都的山是紫色的呢？

滿里子，俏皮：

真的。真會以為那是紅豆布丁。

節子，滿臉笑容：

那是很漂亮的顏色。

電影內容是描寫失戀，撮合的婚姻，兩代親情，兄弟姊妹關係，父親的死亡，新舊日本，以及男人的酗酒和暴力。

但是除此之外，電影最主要是探討一個我們西方人無法掌握，只有日本文化才能解釋的東西。為什麼上述兩幕短暫，沒有任何說明，和情節沒有連帶關係的場景，會讓我們產生如此強烈的震撼，而且把電影的所有精神都概括在場景裡的盡在不言中呢？

這就是電影的答案。

節子：

真正的新穎是不會隨著時間而老化。

廟堂青苔上的茶花，京都山脈的紫色，一只藍色的瓷杯，在曇花一現的激情中綻發出純粹的美，這不就是所有人渴望的嗎？屬於西方文明的我們難道無法接觸得到嗎？

這是在生命的潮汐起落中觀賞永恆。

1 溫德斯（Wim Wenders），德國名導演，他執導的《巴黎・德州》獲一九八四年坎城影展金棡獎。

世界動態日記第三章

趕快追上她！

真沒想到有些人會沒有電視！他們是怎麼打發時間的呢？我呀，我可以在電視機前面待上好幾個鐘頭。我喜歡把聲音關掉，然後看電視。那感覺好像透過X光看東西似的。您要是把聲音切掉的話，就等於是把包著兩歐元的火腿肉的華麗絲紙給拿掉。要是用這種方式看新聞報導，那您就會明白：所有的影像彼此之間都沒有任何關聯，唯一能把它們聯接在一起的是評論員，評論員將一系列前後相繼的影像變成了一系列的真實事件。

行了，廢話少說，我是很喜歡看電視的。今天下午我就欣賞到一個非常有趣的人體動作：一項跳水競賽。那是世界跳水冠軍賽的重播節目，有指定花式或是自由式的個人跳水，有男子或是女子跳水，但最令我感興趣的是雙人跳水。除了要表現出螺旋、跳躍、翻轉等個人技巧外，兩個人的動作還必須完全一致。不是差不多一致，不是的，是完全一致，只差千分之一秒而已。

最好玩的是，兩名跳水員的身材完全不同，一個又矮又胖，而另一個又高又瘦。我們會以為這是行不通的，以物理學來說，這兩個人不可能在同一時間出發，並且在同一時間抵達，可是他們做到了，出乎您的意料吧。這件事給人的教訓是：世界上所有的一切都是互補的。如果跑得慢，那就多用點勁。但是提供我寫「日記」題材的是跳板上站著兩名中國女子的時候。這兩名女子身材苗條，梳著黑溜溜的辮子，相貌身材都非常相似，真讓人以為她們是雙胞胎，可是評論員說她們不是姊妹。長話短說，當這兩名女子站在跳板上時，我想每個人都跟我一樣——停止呼吸。

她們做了幾個優美的動作後就跳水。剛開始的剎那，一切都十全十美。我的身體也感受到這種完美，這好像跟「鏡像神經元」有關，當我們看一個人在做一個動作時，我們雖然沒有做任何動作，但是這個人為了做這個動作而激發的神經元也連帶地反射在我們身上，激發我們相同的神經元。因此我是坐在沙發上，嘴裡吃著馬鈴薯脆餅的花式跳水員。也就是為了這個原因，我們都喜歡看電視上的運動節目。長話短說，這兩位美人跳水時，一開始是完美無缺。接著，好慘啊！我覺得這兩人的動作之間有點小小的差距。我目不轉睛地盯著螢幕，心情難過。沒錯，是有差距。我很明白用這樣的方式來形容這件事很荒謬，因為跳水的前後過程不會超過三秒鐘，可是，就是因為前後只有三秒鐘，我們才將所有過程都看得很清楚，就好像那三秒鐘跟一世紀一樣長久。事實擺在眼前，再也不能蒙住臉了：她們動作不一致！一個比另一個早跳入水裡！真慘啊！

我忍不住對著電視機大叫：趕快追上她，趕快追上她呀！我對那個慢半拍的女子有種莫名其妙的憤怒感。我整個人又跌坐在沙發上，心中懊惱。這算什麼？這就是所謂的世界動態嗎？完美的機會就被一個小小的差距給永遠地破壞了嗎？我的情緒非常惡劣，前後最起碼長達半個鐘頭。接著，我突然想到一個問題：為什麼我們那麼希望慢半拍的人追上另一個人呢？為什麼動作不一致會令我們感到那麼難過？

答案不難猜到，所有這一類的事，就差那麼一丁點兒就永遠失去的事……所有我們應該說出來的話，我們應該做的手勢，這些一閃即逝的適當時機在有一天突然出現，而我們沒有立刻抓住，以後就永遠永遠地消失了……就差那麼一點兒就失敗……但是另外一個觀點在我腦海出現，這和「鏡像神經元」有關，而且，這觀點有點困惑我，也許還有點像普魯斯特的意境（這令我感到生氣）。如果文學就跟電視一樣，讓人激發神經元，只要花費少許的精力，就可以獲得行動的刺激感呢？更糟糕的是，如果文學就跟電視一樣，向我們展露所有失敗的一面呢？

早安，世界動態！這原本應該可以做得很完美的，結果卻一敗塗地。這原本應該可以實實在在地去親身經驗的，結果總是間接地去體會。

那麼，我來問您：為什麼要留在這世界呢？

就此時，舊時日本

第二天早上，沙布羅按我的門鈴。他的情緒好像完全恢復，聲音不再發抖，也不再流鼻涕，臉孔又像曬過太陽似的很紅潤。不過，他看起來像個幽魂。

「亞爾登死了，」他對我說，聲音聽起來很冷淡。

「我真是難過，」我回道。

我的確替他感到難過。因為亞爾登雖然不再受苦，但是沙布羅必須學習如何以死人去過著活人的生活。

「殯儀館的人馬上會來，」沙布羅用死人般的口氣繼續說，「請您帶領他們到屋子裡去，我不勝感激。」

「那當然，」我回答。

「我兩個鐘頭後會回來看安娜。」

他靜靜地看著我好一會兒。

然後，說：「多謝。」——這是他二十年來第二次說這句話。

我想用門房慣有的語氣回答，但不知怎麼回事，我說不出口。也許是因為沙布羅以後不會再來，也許是因為在死亡面前，所有的防禦心都已崩垮，也許是因為我想起呂西安，也許是因為禮貌不允許有冒犯死者的猜疑心。

因此，我沒有說：

「沒什麼。」

我說的是：

「您知道……該來的就會來。」

這句話聽起來有點像民間諺語，其實這是《戰爭與和平》裡庫圖佐夫大元帥對安德魯王子說的一句話。「眾人對我有許多指責，又是戰爭，又是和平……可是凡是該來的都已經來了……只要懂得等待，該來的就會來……。」

我真希望能夠讀原著。這句話的美感在於它的頓挫。戰爭與和平這兩個詞句的對稱感，讓人聯想到潮汐起落，就好像沙灘上的浪潮將海洋中的果實帶走又帶來。是否是因為翻譯者的奇思，美化了原本規規矩矩的俄文風格——眾人為了戰爭與和平對我有許多指責——並且也把我對海洋沒來由的暇思投射在這句流暢、沒有任何逗點切開的句子中，還是因為這段句子本身的涵義就美妙無比，直到今天令我讀了仍是喜淚直流。

沙布羅慢慢地點了點頭，然後就離開了。

他走後，我一整個早上都抑鬱不樂。我對亞爾登的死沒有任何同情心，可是我卻像地獄裡的幽魂一樣，心情愁悶，連書都看不下去。廟堂青苔上的茶花曾替我打開了一個脫離冷酷世界的幸福空間，而現在這空間無情地被封閉了，生老病死的醜陋腐蝕著我一顆苦澀的心。

就此時，舊時日本介入。一間公寓房裡傳出一道清晰入耳、活潑動人的音樂。有人在彈古典鋼琴曲。啊，這突來的美妙時刻撕毀了憂鬱的面紗……在這短暫的永恆內，一切都改變，一切都昇華。不知是從哪個房間傳來的音樂，給消長起伏的人生帶來一絲完美——我慢慢地低下頭來，想著廟堂青苔上的茶花，想著一杯茶。而此時外面的風正在吹撫著樹葉，隨風而逝的生命凝結成一個既沒有明天，也沒有計畫的珠寶。命運終於擺脫了日復一日的單調無聊，蒙上了一道光彩，超越了時間，溫暖了我一顆寧靜的心。

富人之義務

所謂文明，就是被掌握得體的暴力，是克制靈長類的侵略本能所獲得的勝利，但這勝利永遠是未完成的。因為我們原先是靈長類，現在也是靈長類，哪怕是學會了欣賞青苔上的茶花。這裡面關係到教育的功能。教育是什麼？就是堅持不懈地將青苔上的茶花推薦成誘導物，讓靈長類遏制住他的衝動本能。因為人的衝動是永不歇止的，而且不斷地威脅到人類生存的脆弱平衡。

我是青苔上的茶花。如果仔細思考，沒有任何其他事能解釋，我為什麼在這令人鬱悶的門房內故步自封。年紀小小時，我已確定我的人生將是一場空虛，我可能會選擇反叛，可能會從低下層階級所擁有的暴力資源中吸取靈感，向蒼天控訴命運對我的不公平。可是在學校的教育下，我對命運的空虛感只把我引導至棄絕和幽居。第二次誕生給我帶來的啟示早替我準備好控制衝動的條件；既然學校讓我重生，我就必須對它忠誠，遵守老師們的意願，乖乖地變成一個文明人。事實上，如果用書籍和文字這些神奇的武器來克制靈長類的侵略本能，那克制是很容易成功的，也因此我變成了一個有教養的人，在文字中獲取遏制自己本性的力量。

因此，當安段．帕列何急匆匆地連按三次我的門鈴，連客套話都沒有就一股腦兒有完沒完地控告，說他的鍍鉻滑板不見時，我為我當時的反應感到非常驚奇。我砰的一聲將門關上，差點沒把從門縫間溜出去的小貓的尾巴給軋斷。

我心中自忖，我並不是那麼的青苔上的茶花。

由於我必須讓列夫能夠回到房子裡來，因此關了門後，我又立刻開門。

「對不起，」我說道，「那是風吹的關係。」

安段・帕列何直瞪著我看，那神情好像是在想是否看清楚了他剛剛看到的事。但他所受的教育認為只有應該發生的事才會發生，就跟有錢人自信他們的生命是順著一條天堂大道走一樣，因為金錢的權力會自然而然地替他們把這條路給挖好。安段於是決定相信我的話。我們為了不讓自己的信仰動搖，而具備著支配自己的超強能力，這的確是個令人驚嘆的現象。

「是啊，好，其實，」他說道，「我來這裡是特地替我母親送這東西給您的。」

他把一封白色信柬遞給我。

「謝謝囉，」我說道，然後再度把門關上。

我坐在廚房內，手裡拿著一個信封。

「我今天早上是怎麼回事啊？」我對著列夫問道。

亞爾登的死令我的茶花枯萎。

我打開信封，開始讀寫在名片背後的字句。名片的紙質非常的光滑，吸水墊板無法完全吸乾墨水，因此每個字母下面都有墨水化開的痕跡。

米榭太太，

今天下午，

您有沒有能力，接收洗衣店送來的包裹？

今晚我會到您的門房去拿衣服。

先謝謝您。

潦草的簽字

我沒料到信一開頭就隱含著卑鄙念頭。震驚之下，我整個人跌坐在最靠近的一張椅子上。我還在想我是不是有點發瘋。如果這種事發生在你身上，你是不是也會有同樣的感受呢？

聽著：

貓睡覺。

這句平平淡淡的句子不會讓你產生任何痛苦，任何烈火焚心的苦難吧？這很合情合理。

現在請聽：

貓，睡覺。

為了避免任何模稜兩可，我重複一遍：

貓逗點睡覺。

貓，睡覺。

您有沒有能力，接收。

一方面，我們的逗點用法很神奇，在不合語言的規則時，它美化了文章的格式，因為在一般情況下，並列連接詞前面是不放逗點的：

「眾人對我有許多指責，又是戰爭，又是和平……」

而另一方面，我在薩賓娜．帕列何的名片上看到濫用逗點的文詞，將句子切斷的逗點變成了一把侮辱我的尖刀。

「您有沒有能力，接收洗衣店送來的包裹？」

薩賓娜如果是生在葡萄牙法羅鎮無花果樹下的女佣，或者是剛從巴黎郊區皮托鎮[1]來的女門房，或者是被家人善意留養的低智女子，我會很樂意原諒這個漫不經心的錯誤。可是薩賓娜是個有錢人。薩賓娜是軍火工業鉅子的妻子，是穿著墨綠色連帽呢大衣的那個蠢蛋的母親。那個蠢蛋在讀了兩年的專校預備班和政治科學大學後，八成會在右派部長的辦公室內任職，並且散播他偏狹幼稚的思想。可是除此之外，薩賓娜還是一個身穿狐皮大衣女子的女兒。她母親是一家大出版社審查委員會的審查員，而且身上珠寶多得有些時候教人擔心她會被壓垮。

為了上述種種原因，薩賓娜是不可原諒的。命運的眷顧是有代價的。凡是得到生命特別青睞的人，更必須以絲毫不苟的態度去看待美，這點毫無妥協的餘地。語言，是人類的財寶，語言的慣用規則是社會團體共同努力的成果，這兩者是不可侵犯的神聖作品。也許它們會隨著時間而演化，改變，被遺忘，又重新誕生，有時候，打破常規反而是豐富語言的源泉，但不管怎麼說，想要靈活運用語言及其慣用規則，首先必須要完全地服從它們。社會的選民，這些生來好命、不需去做脫不了窮人形象的奴役工作的人，更應該對語言之美盡到熱愛和尊敬的雙重任務。而且，有些出生在臭氣沖天的旅行車，或者是垃圾滿地的平民住宅區的傑出詩人，他們在美的前提下，反而對標點符號的使用畢恭畢敬；因此，薩賓娜的濫用標點符號就更顯得褻瀆神聖。

有錢人必須盡到對美的義務。否則，他們就應該死。
我正想到這件令人氣憤不平的事時，有人來敲我的門。

1 皮托（Puteaux），位於巴黎西郊的工業城。

深刻思想第七章

建設
汝生
汝死
此乃
後果也

時間越是一天天地過，我越是決定要縱火焚屋。更不要說是自殺了。真想不到我會因為爸爸的客人當中有一位說話不正確，我提出糾正，而挨他一頓臭罵。其實這位客人就是迪貝爾的父親。迪貝爾是我姊姊的男朋友。他跟她一樣念高等師範專校，不過主修數學。真沒想到這些人會被號稱菁英分子……要是拿鴿蘭白、迪貝爾、他們的夥伴，和一群「平民」年輕人相比，這兩者之間的唯一不同點是，我的姊姊和她的朋友們比較笨。他們也跟平民住宅區的年輕人一樣，喝酒、抽菸、聊天，他們彼此之間的談話內容是：「霍蘭德[1]拿他的黨內公決搞了法畢士[2]一把，你們知道這事吧，真是殺手一個，這把子」（原話照抄），要不然就是：「這兩年來被任命的所有研主（研究主任）都是極右派基層活動分子，右派封鎖一切，別跟自己的論文指導老師過不去」（昨天才聽到的）。

層次低一級，聽到的話是：「真格的，被JB擺倒的那個金髮馬子，是研究英國文學的，一個金髮馬子，說的就是」（同上），層次高一級：「馬利安的演講啊，當他說存在並不是上帝的第一屬性時，大家都很困惑。」（同上，正好就是講完英國文學系的金髮馬子之後）。

您要我怎麼去評價呢？我比他們更了不起，聽著（一字不漏）：「並不是說我們是無神論者，我們就無法了解到形上學本體論的潛能。是的，重要的是概念上的潛能，而不是事實，馬利安呀，這個臭教士，他還行的，這傢伙，哼，沒話說了吧。」

粒粒白珍珠
落在吾袖上滿腹衷腸時
吾等須分離
帶走白珍珠
且作相思物

——《古今集》

我拿媽媽的寂思牌黃色海綿耳塞塞在耳朵裡，然後拿爸爸的《日本古詩精選》，讀裡面的三句詩，免得聽他們那些墮落的交談。之後，鴿蘭白和迪貝爾兩人獨自留下來，搞出一些穢褻的聲音，他們很明白我可以聽得很清楚。更慘的是，迪貝爾還留下來吃晚飯，因為媽媽邀請他的父母吃飯。迪貝爾的父親是電影製片商，他母親在塞納河岸擁有一間藝品商店。鴿蘭白對迪貝爾的父母著迷得不得了，下週末她要和他們一起去威尼斯。走得好，我可以有三天的時間清靜清靜。

話說回來，吃晚飯的時候，迪貝爾的父親說：「什麼，你們不懂圍棋，這個了不起的日本遊戲？我現在正在將山颯[3]的《圍棋少女》改編搬上銀幕，那真是了—不—起的遊戲，可以說是相當於國際象棋的日本棋。這又是一個歸功於日本人的發明，我跟你們說啊，那真是了—不—起！」然後啊，他就開始解釋圍棋的規則。簡直是胡說八道。其一，發明圍棋的是中國人。因為我看了一本有關圍棋的經典漫畫《棋靈王》，所以知道。其二，圍棋和相當於國際象棋的日本棋不一樣。除了棋盤，和各執黑白子的兩個對手外，圍棋與國際象棋的不同，就跟狗和貓一樣。國際象棋一定要殺死對方才能致勝。可是圍棋是建設以求生存。其三，「有個蠢蛋兒子」的先生所說的某些規則完全錯誤。下圍棋的目的不是在吃死對方，而是盡可能地擴張自己的領土。圍棋吃子的規則說，如果要吃對方的棋子的話，可以先「自殺」，並沒有規定不能自己去送死。等等，等等。

因此，當「生下一個膿包兒子」的先生說：「棋士的等級排列是從一級開始，一直到三十級，然後升到段位，一段，二段，一直下去」的時候，我實在忍不住了，說道：「才不是呢，是倒過來的：從三十級開始，然後一直升到一級。」

可是，「對不起他不知道他在做什麼」的先生臉色很難看，堅持己見：「不是吧，親愛的小姐，我想我說的沒錯。」我搖搖頭表示不贊成。爸爸皺著眉頭，直瞪著我看。最糟糕的是，迪貝爾替我解圍：「是這樣的，爸爸，她說的沒錯，第一級是最強的。」迪貝爾的數學很高竿，他不但玩國際象棋，也玩圍棋。

我不喜歡這種事。美好的事物應該屬美好的人所有。不管怎麼說，是迪貝爾的父親不對，而且晚飯後，爸爸生氣地對我說：「妳張嘴就是為了要羞辱客人的話，那妳就閉嘴。」那我應該做什麼呢？難道跟鴿蘭白一樣張嘴說道：「阿曼第爾劇場[4]的節目計畫令我感到困惑」？然而她連拉辛[5]的一句詩都背不出來，更不要說體會詩中之美了。要不然就是跟媽媽一樣張嘴說道：「聽說去年的雙年畫展很令人失望」？然而她寧可讓維梅爾的畫付之一炬，也要犧牲自己的生命去救花草。或者是像爸爸一樣張嘴說道：「法國文化的特殊性是一個很微妙的矛盾」？而這句話他在今晚之前的十六個晚餐中都說過了。要不，跟迪貝爾的母親一樣張嘴說道：「現在啊，在巴黎幾乎都找不到好的乳酪店」？這倒是很符合她奧佛涅[6]人的生意人本性。

我一想到圍棋……這個遊戲的目的是擴建疆土，那一定是很美。這之間一定也有戰鬥的情況，不過那只是為了讓疆土存活下去的手段。圍棋最成功的一點是，它證明出如果要獲勝，在設法活下去的同時，也必須讓對手活下去。太貪心的人最後都會輸棋：這是一個很微妙的均衡遊戲，要佔上風，但不壓垮對手。追根究柢，生命與死亡也只不過是建設得好或建設得壞的結果。這就是谷口漫畫中一位人物說的話：「汝生，汝死，此乃後果也。」這是圍棋也是生命的格言。

生，死，這只是我們建設的結果。重要的是，必須好好的建設。因此，我給我自己定下了一個新的戒律。我將停止擊垮，破壞，我要建設。即使是鴿蘭白，我也要把她變成一個具有正面意義的人物。因為最重要的是，死亡的那一刻，我們在做什麼。六月十六日那天我要在建設中死亡。

1 霍蘭德（François Hollande），法國社會黨現任主席。
2 法畢士（Laurent Fabius），法國社會黨重要人物，在密特朗擔任總統時擔任過總理。
3 山颯（Shan Sa），法國華裔女作家，獲獎作品有《圍棋少女》（*La Joueuse de go*）。
4 阿曼第爾劇場（Théatre des Amandiers）位於巴黎西郊的南特爾。
5 拉辛（Jean Racine, 1639-1699），法國悲劇名作家。
6 奧佛涅（Auvergne），位於法國中央山脈，至巴黎定居者多半經商。

憲法的憂鬱症

敲我門的這個人原來就是四樓外交官的女兒，漂亮的奧林匹斯．聖尼斯。我很喜歡奧林匹斯。我認為一定要有非常堅強的個性，才能夠忍受這麼一個可笑的名字，尤其是在看起來好像是漫長無比的少女時代，常會有人拿這個名字取笑她：「喂，奧林匹斯，我可以爬到妳的山上去嗎？」還有，奧林匹斯與眾不同的是，她顯然不想利用自己的出身地位發展事業。她既不想找個有錢的夫婿，也不想參與政治，也不願從事外交工作，更不會去當個明星人物。奧林匹斯要當獸醫。

「去外省，」有一天，我們兩人站在門口前面討論貓時，她這麼對我說：「巴黎只有小動物。我也要醫治母牛和豬。」

奧林匹斯也不像住在大樓裡的某些人一樣矯揉造作，所以她是真正的在跟門房說話，因為她是「教養良好，沒有偏見的左派家庭出身的人」。奧林匹斯跟我說話是因為我有一隻貓，我們有共同話題，我很欣賞她不偏不倚的態度，對社會不斷製造出來的隔閡嗤之以鼻。

「我要跟您談談憲法的事，」我門一打開，她就這麼對我說過。

「請進來，」我對她說，「您總有五分鐘的時間吧？」

她不但有五分鐘的時間，她還很高興能有個人可以一起談談貓和有關貓的一些問題，結果她一坐就是一個鐘頭，而且還連續喝了五杯茶。

是的，我實在是很喜歡奧林匹斯．聖尼斯。

憲法是隻很可愛的小貓。牠有一身紅褐色的毛，粉紅色的鼻子，白色的鬍鬚，屬於喬斯家的淡紫色坐墊，還有，跟大樓所有的寵物一樣，只要有什麼地方不對勁，一定先給奧林匹斯看。這隻討人喜歡的三歲小貓最近整晚叫個不停，吵得牠的主人睡不著覺。

「為什麼呢？」我選適當的時機問她，我們就好像一個在聽故事，一個在說故事一樣，彼此都很有默契，每個人都想把自己的角色演得十全十美。

「是膀胱炎！」奧林匹斯說道，「膀胱炎！」

奧林匹斯只有十九歲，她急著想進入獸醫學校就讀。目前，她拚命用功讀書，並且為大樓所有寵物的病痛感到難過，但也感到高興，因為只有大樓的寵物能讓她做實驗。

因此，當她向我宣佈憲法有膀胱炎時，那神情就好像是發現鑽石寶礦似的。

「膀胱炎！」我很關心地叫了起來。

「是的，膀胱炎，」她雙眼炯炯有神，喘著氣說道，「可憐的小貓咪，牠到處小便，」她呼吸恢復正常後，說了一句很妙的話：「牠的尿液有輕微出血症！」

天啊，這句話真有意思。她如果說：牠的尿含有血。一般人馬上就能明白小貓的症狀。可是情緒激動的奧林匹斯披上了治療貓的獸醫制服後，連醫療技術名詞也一起穿上去。我總是喜歡聽人家這麼說話。「牠的尿液有輕微出血症」，這句話對我來說很具有娛樂性，聽了覺得很舒暢，而且讓人想起一個遠離文學的奇異世界。也就是為了這個原因，我很喜歡看藥品說明書，因為技術名詞的精準性會讓人產生嚴謹的錯覺，讓人對簡潔的文字顫慄不已，並且呼喚出另一個時空的境界，在這境界中，沒有為了要追尋美而付出的努力，也沒有為了要創造而付出的痛苦，更沒有為了要追求崇高的遠景而永遠帶著絕望的渴求心。技術名詞的精準性給我帶來緩暫的休息。

「膀胱炎有兩種可能性的病因學理論，」奧林匹斯繼續說道，「要嘛就是有感染性細菌，要嘛腎功能失調。我有先摸摸牠的膀胱，確定是否有球體現象。」

「球體現象？」我吃驚地問她。

「如果腎臟功能失調，貓就不能小便，膀胱飽滿，形成一種所謂的『膀胱球體』。只要摸摸肚子就可以感覺出來，」奧林匹斯解釋，「可是情況並非如此。當我為牠做診斷的時候，牠好像沒有痛的感覺，不過牠仍繼續到處小便。」

我想像索蘭茲・喬斯的客廳變成一個到處都是血跡的大墊子。不過對奧林匹斯來說，這只是側面性的損害。

「索蘭茲於是去做貓尿液分析。」

可是憲法一切正常。沒有腎結石，在牠小不丁點的膀胱裡沒有隱伏性細菌，也沒有浸透性病菌。儘管給牠吃了一大堆抗發炎藥、抗痙攣藥以及抗生素，憲法還是沒有好轉。

「那牠到底是怎麼回事呢？」我問她道。

「您想都想不到，」奧林匹斯回道，「牠得到的是特發性間質性膀胱炎。」

「老天啊，那是什麼玩意兒？」我非常好奇地說道。

「哎，憲法好像有歇斯底里症，」滿面笑容的奧林匹斯答道，「間質性，這是指膀胱內壁發炎，特發性意思是指沒有確定的醫療原因。簡單的說，當憲法情緒緊張時，牠的膀胱會發炎，完全跟女人一樣。」

「可是什麼理由會讓牠情緒緊張呢？」我大聲地問。憲法是隻只有擺飾價值，又懶又胖的貓。牠的日常生活頂多就是給友善的未來獸醫做做實驗、給摸摸膀胱而已。如果連牠都會情緒緊張，那全世界的所有動物都要精神崩潰了。

「女獸醫說：只有母貓自己才會知道。」

奧林匹斯撇著嘴，一副不高興的樣子。

「保羅（喬斯）最近跟她說過母貓很胖。找不出原因。什麼亂七八糟的可能性都有。」

「那要怎麼治療呢？」

「跟治療人一樣，」奧林匹斯咯咯的笑，「給牠吃抗憂鬱藥。」

「不是開玩笑的吧？」我說。

「不是開玩笑，」她回答我。

我早就跟您說過。我們是動物，我們將來也永遠是動物。一隻有錢人的母貓和文明女人患的病症一樣，這件事不應該被認為是虐待動物的結果，或者是人類把病傳染給無辜的家庭寵物，相反地，這件事反應出動物彼此之間的緊密團結心。我們有同樣的胃口，也有同樣的病痛。

「不管怎麼說，」奧林匹斯繼續對我說，「以後治療我不懂的動物時，這件事可以讓我做個參考。」

說完後，她站起身，很禮貌地跟我告退。

「嗯，非常謝謝，米榭太太，我只有跟您才能討論這些事。」

「沒什麼，奧林匹斯，」我對她說，「我很樂意跟您聊天的。」

我正要把門關上時，她對我說：

「哦，您知道吧，安娜．亞爾登準備出讓她的房子。我希望新主人也一樣有貓。」

山鶉屁股

安娜．亞爾登要賣房子！

「安娜．亞爾登要賣房子！」我對列夫說道。

「哇！天大奇事，」小貓回我這句話——最起碼我是這麼感覺。

我住在這裡已經二十七年了，從來沒有一間公寓轉過手，賣給別人家。老摩里斯太太過世後，住進去的是小摩里斯太太；巴多瓦茲、喬斯、羅森，這些住戶的情況也大同小異。亞爾登一家人跟我們同一個時候搬進來；我們可以說是一起老。至於戴博格利一家人，他們在這兒已經住了很久，目前也還住在這兒。我不知道政府參事先生的年齡有多大，但是他年輕的時候看起來很老，所以現在他儘管實際年齡很老，反倒給人很年輕的感覺。

在我當這棟大樓門房的期間，安娜是第一個出讓房子的人。她的房子將會換手，也會換名。很奇怪的，這件事令我感到害怕。是否是因為我太習慣於永恆不變的生活，每天都重複相同的事，使得這仍是不肯定的改變，把我推落到時間的潮流裡，讓我想起時間的腳步。我們過著每個日子，就好像這日子第二天會再度誕生似的；葛內樂街七號悄然不變的現狀，一個早晨又一個早晨地讓永恆再度實現，突然之間，這現狀好像是座被颶風撕裂的小島。

我心情十分激盪，於是提起四輪菜籃，把輕輕打呼的列夫留在家裡，腳步顛顛簸簸的走向市場。來到葛內樂街和渡船街[1]的轉角處時，流浪漢杰忍，這個破舊紙箱的忠實房客睜大眼睛看著我靠近，就好像是蜢蜘蛛看著它的獵物。

「喂，米榭媽媽，您的貓又走丟啦？」他一邊對我說話，一邊咯咯地笑。

最起碼有件事不會改變。杰忍是個乞丐，好幾年來，他都在這兒，睡在破爛不堪的紙箱上度過冬天。身上總是穿著一件老舊的長大衣，看起來很有十九世紀末俄國批發商的味道。就跟這件衣服的主人一樣，這件長大衣也是歷盡滄桑。

我像往常一樣對他說：「您應該到收容所去，今晚天氣會很冷的。」

他尖聲地說道：「啊，啊，收容所啊，我倒希望您能去那裡看看。這裡比較好。」

我繼續往前走，接著，心中想起一件事，又往回走。

「我要跟您說……亞爾登先生昨晚過世。」

杰忍問我：「您是說評論家？」他的眼神突然變得很精亮，鼻子抬得很高，好像嗅到山鶉屁股味道的獵狗一樣。

「是的，是的，評論家。他突然心臟衰竭。」

「真不幸啊，真不幸啊，」杰忍不斷地重複這句話，顯然心情很激動。

我想找些話說，於是問他：「您認識他嗎？」

「真不幸啊，真不幸啊，」乞丐又重複這句話，「想不到最優秀的人會先離開人世！」

「他生前是多彩多姿，」我提起勇氣說出這句話，心中對我們兩人的談話語氣感到驚訝。

「米榭媽媽，」杰忍回答我，「像他這樣的人，現在是找不到了。真不幸啊，」他又繼續說道，「我會想念他的，這傢伙。」

「他以前給您意思過嗎？也許耶誕節的時候給過您一筆錢吧？」

杰忍看著我，用鼻子吸口氣，然後把一口痰吐在腳下。

「什麼也沒有，十年來連個銅板也沒給過，您是怎麼想的？啊，沒話說，他是個很有性格的人。現在沒這樣的人了，現在沒這樣的人了，沒有了。」

當我在市場裡走來走去時，我為這短短的交談感到很惶惑。杰忍佔住我整個思維。我從來不因為窮人窮困，或者是命運對他們不公平，就認為窮人一定要擁有偉大的情操。但是我認為在憎恨大地主這一方面，窮人至少是會團結一致的。杰忍讓我醒悟，並且讓我明白一點：假如會有一件事令窮人憎厭的話，那就是其他的窮人。

仔細想來，這句話並不荒謬。

我漫不經心地在市場裡逛來逛去，來到專賣乳酪的攤子，買了一塊現切的巴馬乳酪，以及一大塊蘇曼唐乳酪[2]。

1 渡船街（Rue du Bac），位於巴黎第七區，直通塞納河岸。

2 蘇曼唐乳酪（soumaintrain），法國中南部布爾根區所產的乳酪。

列畢寧

每當我情緒焦躁時，我就躲到我的避風港去。我不需要旅行，只要進入我的文學世界，回憶一下人物情節，就足以排除我的焦慮。有哪一項消遣比文學更高貴呢？不是嗎？哪一個友伴比文學更有趣？哪一種激動比文學更耐人尋味？

我站在專賣橄欖的攤子前面，腦筋突然想到列畢寧。為什麼是列畢寧？因為杰忍穿著一件背後衣尾下襬很長，有釦子裝飾的舊式長大衣，因此我想起列畢寧的長大衣來。在《安娜．卡列尼娜》中，木材批發商列畢寧穿著一件長大衣，來到鄉村貴族列文家中，和莫斯科貴族歐布倫斯基簽訂一項買賣。批發商拚命保證，說歐布倫斯基在這項買賣中大獲其利，而列文指責歐布倫斯基，說他剝奪了他朋友那些價值不止三倍的森林。在這之前，列文問歐布倫斯基是否清點過森林裡的樹木。

「什麼，清點森林裡的樹木？」貴族叫了起來，「那等於是清點大海裡的沙子！」

列文反駁：「我肯定列畢寧有清點過。」

我特別喜歡這個場景，首先是因為這一段故事發生在俄羅斯鄉下的波克羅維斯考[1]。啊，俄羅斯鄉下……它擁有荒野地區的特殊風貌。可是這荒野藉著人和土地的相互關係，緊密地和人類結合在一起，因為我們是大地的兒女……。《安娜．卡列尼娜》最美的場景是在波克羅維斯考。那正好是春天，憂鬱、傷感的列文企圖忘掉吉蒂，於是他到田裡和農夫們一起開荒。起先，這項工作對他而言似乎很艱苦，不一會兒，他便大聲叫苦，帶隊的老農夫下令休息。接著，割草工作重新開始。列文又再度累倒在地，老農夫第二次放下鐮刀，令大夥兒休息。之後，開荒隊伍又開始工作，四十個漢子一束一束地把草割下來，往河邊前進，而此時太陽開始出來了，天氣越來越熱，列文的手臂和肩膀都被汗水浸透，隨著工作的斷斷續續，原先笨拙、痛苦的手勢也越來越順暢。猛然間，一股清心的涼意襲上他的背脊。是夏雨。慢慢地，他擺脫了心理障礙，手腳動作靈活，心靈被工作佔據，一舉一動就跟有意識的機械性動作一樣十全十美，不需思考，也不需盤算，鐮刀好像會自己動似的。列文渾然忘我，整個人陶醉在和自己心力無關的動作中。

在生命中，也有很多令人感到愉快的動作。當我們拋下決心和意圖的負荷，漫步在內心的大海裡，這時我們觀看自己的動作就如同觀看別人的動作一樣，我們會欣賞到自己動作的超然美。如果寫作本身不是跟割鋤的藝術一樣，我會為了什麼理由寫下這些東西，寫下我這個微不足道的老門房的日記呢？當文字本身變成了它自己的造物主時，當我在不自覺的情況下，看到一些自然湧現的句子在紙上誕生時，而且在我把這些句子記載下來的同時，我明白到我既不能要，也不認為想要的東西，這時候，我好比經歷了一場無痛分娩，得到突如其來的靈感，在沒有絞盡腦汁，也沒有心理把握的情況下，帶著驚奇的喜悅，隨著筆觸天馬行空。

此時，我在意識與肉體完全清醒警覺的情況下，身心合一，進入陶然忘我的境界，享受著超然獨立的心靈所帶來的恬靜。

話說從頭，列畢寧回到馬車坐下後，公然地向他的伙計抱怨貴族人士的態度。

活潑開朗的伙計問他：「那跟您買貨的情況相比，米凱・伊涅堤茲這人怎麼樣？」

批發商答道：「嘿，嘿！……」

我們常會從一個人的外表和地位來判斷他的聰明才智……列畢寧，這個海中細沙的會計師，長袖善舞的演員，手腕巧妙的操縱者，他不在乎別人對他的偏見。榮耀對天生聰明、身分低賤的他毫無吸引力；能讓他致力以赴的是利益，以及用正當方式搶劫在階級制度中擁有優勢地位的貴族。這愚昧的制度讓他飽受歧視，可是他又無法改變。我也是如此，我這個只能過著平淡生活的門房。但我是個怪誕制度下的反常人物，在無人能窺探的內心深處中，每天都淡淡地嘲笑這個制度。

1 波克羅維斯考（Pokrovskoie），位在西伯利亞西邊。

深刻思想第八章

忘卻未來
你就失去
現在

今天，我們到夏杜[1]去看喬斯奶奶。她是爸爸的母親，住在養老院裡有兩個禮拜了。當她搬到那兒去的時候，爸爸陪她一塊兒去。這次我們是全家人一起出動。奶奶無法獨自一人住在夏杜的大房子裡：她可說是個瞎子，又有關節炎，雙腳幾乎無法走動，雙手也無法握東西，每當她獨自一人，她就感到害怕。她的孩子們（爸爸、法蘭索叔叔、羅荷阿姨）曾經想請個私人看護，解決問題，可是看護也不能每天二十四小時工作，再說，奶奶的朋友們也都已經住在養老院了，所以這似乎是個很好的解決辦法。

奶奶住的養老院可不是蓋的。這麼豪華的待死所每個月要花多少錢呢？奶奶的房間很寬敞，而且很明亮，裡面擺設的家具很漂亮，張掛的窗簾也很好看，房間隔壁有個小客廳，還有一個有大理石浴缸的浴室。媽媽和鴿蘭白對大理石浴缸讚嘆不已，大理石浴缸對奶奶而言並不值得感興趣，因為她的手指硬得跟水泥一樣……其實，大理石，醜得要命。

爸爸呢，他沒說什麼話。我知道他為母親住在養老院的事感到罪惡。「我們總不能把她接過來跟我們一起住啊？」那是他們以為我聽不到他們講話時，媽媽說的話。（可是我什麼都聽到了，特別是不是對我說的話。）「不是的，索蘭茲，當然不是……」爸爸這麼回答，可是他口氣中的意思是：「我一方面裝出完全相反的想法，一方面用無奈、屈服的神態說『不，不』，一副是個服從太太的好好丈夫，這樣子的話，我可以扮演好我的角色。」我很清楚爸爸這種說話的口氣。其實，他要說的是：「我知道我很懦弱，但是不許任何人這麼說我。」當然囉，媽媽不會錯過：「你實在是懦弱。」媽媽一邊說，一邊氣得將抹布扔到洗碗槽內。真奇怪，每當媽媽生氣時，她一定要摔東西。有一次，她還把憲法抓起來扔。「你也跟我一樣不想這麼做。」她一邊說，一邊揀起抹布，然後在爸爸鼻子前面晃。「不管怎樣，一切都定了。」爸爸這麼說，這句話等於是十次方的懦弱。

我呢，我很高興奶奶沒有跟我們一起住。話說回來，對一間四百平方公尺的房子來說，這實在是不成問題。我覺得老人家畢竟也有權利得到一點尊重。住在養老院裡，不用說，那是永遠失去尊重。只要一住進去，意思就是：「一切都結束了，什麼也不是，所有人，包括自己在內，只在等死亡這個結束煩惱的悲慘完結篇。」不是的，我不希望奶奶跟我們一起住的原因是，我不喜歡奶奶。她年輕的時候是個惡劣的女人，現在是個惡劣的老太婆。

我覺得非常不公平。看看一個心地善良的熱水器裝修工，他一輩子都替周圍的人做好事，創造愛，施捨愛，接受愛，建立充滿感情和人性的人際關係。當他變得很老時，他的太太過世，他的孩子們不但身無分文，而且還有很多孩子要養活，要教育。此外，他們住在法國的另一個角落，只好把老爹送到家鄉附近的養老院，一年只能看他兩次——那是窮人養老院，必須和別人同住一個房間，飯食很差，工作人員藉著虐待老人，來克服有一天自己也要走上同一種命運的恐懼感。

現在來看看我的老祖母。她這輩子沒做任何好事，只是一天到晚請客逢迎，矯揉造作，搞手段，還很奢侈、虛偽。請想一想，她有權利獨自佔一個房間，擁有私人客廳，中午還有新鮮大扇貝吃。在一個骯髒雜亂的地方度完沒有希望的晚年，難道這是付出一輩子的愛所獲得的代價嗎？在一個昂貴無比的雅致房間內，擁有一個大理石浴缸，難道這是一生冷漠無情所應得的酬勞嗎？

所以，我不喜歡奶奶，她也不怎麼喜歡我。相反地，她很喜歡鴿蘭白。鴿蘭白也對她很好，意思就是她在覬覦遺產，可是又具有不—覬覦—遺產—的女孩的超然態度。我早認為這趟夏杜之行是無法想像的痛苦，果然不錯：鴿蘭白和媽媽為了浴缸讚嘆不已，爸爸的態度好像很不自然，護理人員推著臥床不起、手臂上插著點滴的乾癟老人在走廊上散步，一名女瘋子（鴿蘭白一副很博學的樣子說她有「阿茲海默老人失智症」——不苟言笑！）叫我「漂亮克拉哈」，她要她的小狗，而且馬上就要，之後還喊叫了兩秒鐘。我的眼睛還差點被她的大鑽戒弄瞎，不僅如此，她還企圖逃走！身體還很硬朗的寄宿老人手腕上都有一個電子錶帶，如果他們企圖離開養老院，招待處就會發出嗶嗶的聲音，工作人員立刻衝到外頭追趕他們。不用說，逃亡者在辛辛苦苦地走了一百公尺後，就被抓回去。逃亡者還不斷抗議，說這裡不是蘇聯的集中營，要求和負責人談話，同時還比手畫腳，做些奇怪的動作，最後總會被壓在輪椅上。企圖逃跑的那位女士在吃完午餐後換裝，她又穿上剛剛逃亡時穿的那件衣服，有圓點花紋圖案、到處都是鑲花邊的衣裙，爬圍牆時倒很方便。

長話短說，下午兩點鐘時，在看過大理石浴缸，吃過大扇貝，欣賞過一齣驚心動魄的鄧蒂斯[2]越獄案後，我成熟到可以對人生絕望了。

突然，我想起來我曾經做過一個決定，要建設而不是破壞。我看看周遭一切，尋找一些具有正面意義的事情，同時避免看鴿蘭白。我什麼都沒找到。都是一些在等待死亡的人，他們只懂得做……接著，奇蹟出現，鴿蘭白給我一個解決辦法，沒錯，是鴿蘭白。我們親親奶奶，跟她保證很快會再回來看她後，就離開養老院，這時，鴿蘭白說道：「哎，奶奶看起來住得很舒服。至於其他的事……我們將儘快地把這些事很快地忘掉。」不要對「儘快地很快地」這幾個字吹毛求疵，這會顯得氣量很狹窄，倒是專心想想這幾個字的意思：很快地忘掉。

相反地，千萬不可以忘掉這些。不要忘掉身體衰弱的老人，這些老人瀕臨年輕人不想面對的死亡（所以他們讓養老院把他們的父母帶到那兒去，避免吵吵鬧鬧，也避免煩惱），應該要盡量利用的晚年生活卻變得毫無樂趣，只能在枯燥、苦澀，以及嘮叨的閒話中打發日子。不要忘掉你的身體也會衰弱，朋友會死亡，所有的人都會忘記你，晚年會很孤獨。也不要忘掉這些老人曾是年輕人，還有，生命出奇的短暫，我們今天只有二十歲，可是第二天就是八十歲了。鴿蘭白以為我們可以「很快地忘掉」，因為年老對她來講還是一件很遙遠的事，就好像永遠不會降臨在她身上似的。而我呢，我很早就明白生命是曇花一現，只要看看我周圍的成人，如此的忙碌，為了將會來臨的死亡如此緊張，為了不願想到明天，貪婪地享受現在……話說回來，我們要是害怕明天，那是因為我們不懂得建設現在，因為我們不懂得建設現在，所以才對自己瞎扯明天可以做得到，因此一切就完蛋了，因為明天到最後總會變成今天的，您懂吧？

所以說，千萬不要忘掉這一切。一定要抱著我們有一天也會老，那日子不會很美，不會很好，不會很快樂的信念而活著。同時要對自己說，重要的是現在，要做些建設，現在，不計一切代價，不計一切力量。要經常把養老院放在腦海裡，讓自己每天都能超越自己，讓每個日子變成不朽。要一步步地爬到自己的聖母峰，並且要讓每一個腳步能像永恆般那麼長久。

未來的用途是：以充滿活力的真正計畫來建設現在。

1 夏杜（Chatou），位於巴黎西南塞納河畔，景色宜人，居民富有。

2 鄧蒂斯（Edmond Dantès），《基督山恩仇記》主人翁的原名，越獄後發掘財寶，之後自稱基督山伯爵。

文法

De La Grammaire

無限短的一剎那

今早，羅森太太向我介紹亞爾登房子的新主人。

他叫什麼ㄗㄡㄗㄎㄚㄎㄨㄏㄛ來著。我沒有聽得很清楚，因為羅森太太講話時就好像嘴巴裡有隻蟑螂似的，口齒不清，而且電梯門正好就這個時候打開，從裡面走出衣裝筆挺、一臉傲慢的老帕列何先生。他很快地跟我們打了個招呼後，就踏著工業鉅子的急促腳步離開。

新來的房主人六十歲左右，非常的體面，一看就知道是日本人。他個子相當矮，人很瘦，一臉皺紋，但是輪廓很清晰，整個人散發出友善的氣息，但是我也感覺到他是一個果斷、開朗、誠懇的人。

他很耐心地聽著羅森太太嘰哩呱啦，連眉頭都沒皺一下。羅森太太說話的樣子還真像一隻站在穀堆前面的母雞。

「太太您好，」這是他開口說的第一句話，而且就只說這麼一句話。他說的是法語，沒有任何口音。

我立刻裝出一副半痴半傻的門房樣子。站在我前面的是個新住客。他還沒有受到習慣性的影響，認為我一定是個傻呼呼的人物。因此我必須採取特別措施，向他灌輸傳統觀念，所以我低聲細語地只說好，好，好，來回應羅森太太的連珠砲。

「您告訴什麼ㄕㄡㄗ（ㄕㄨ？）先生公共場所在哪裡。」

「您可不可以替什麼ㄕㄡㄗ（ㄆㄕㄨ？）先生解釋送信的情形？」

「裝修師傅星期五會來，早上十點到十點半這段時間可不可以請您替什麼ㄕㄡㄗ（ㄡㄆㄕㄨ？）先生注意一下？」

等等，等等。

「什麼ㄕㄡㄗ」先生絲毫沒有不耐煩的樣子，很禮貌的等她把話說完，同時帶著親切的笑容看著我。我認為萬事順利，只等羅森太太說累了，我就可以回到我的窩裡去。

結果發生了一件事。

「亞爾登家門口的擦鞋墊沒洗過，您能不能處理一下『給』這個？」母雞問我。

為什麼喜劇總是會演變成悲劇呢？當然囉，我有時候也會故意用錯誤的語法說話，好保護自己。

「是不是心肌梗塞症的一『個』啊？」我曾這麼問沙布羅，好讓他不注意到我對語言的靈敏反應。

因此我不是一個敏感到為了一個小小的錯誤就會失去理智的人。總得讓人家做他允許他自己做的事；再說，羅森太太和她嘴巴裡的大舌頭是出生在梆地[1]的一個管理不善、樓梯很髒的平民住宅區裡，因此我對她比對「您有沒有能力—逗點—接收」的太太要有包容心。

可是呢，不幸的是，當我聽到「處理一下給這個」這句話時，我和什麼ㄕㄡㄗ先生同時驚跳了起來，我們兩人互相望了一眼。從那無限短的一剎那起，我就肯定他和我都是語言的愛好者，我們正為被濫用的語言而感到痛苦，這痛苦讓人椎心刺骨，也讓我們身子打顫，把我們內心的惶恐表露無遺。「什麼ㄕㄡㄗ」先生用完全不同的眼光看著我。

那是窺伺的眼光。

接著他對我說話。

「您認識亞爾登這家人嗎？我聽說這是很出色的一戶人家。」他對我說道。

「不認識，」我小心翼翼地回答，「我對這家人沒什麼特別的認識，他們跟這棟大樓的其他戶人家沒什麼不同。」

「是的，那是很幸福的一戶人家。」羅森太太說道。看得出來，她不耐煩了。

「您是知道的，幸福人家彼此都很類似，」我嘴裡嘟嘟囔囔地說，希望能趕快脫身，「那是沒什麼好再說的。」

「可是呢，不幸人家的苦難卻各不相同，」他一邊對我說，一邊用奇怪的神情看著我。突然，我全身打了個顫。

沒錯，我可以發誓。我身子又打了個顫——就好像我是不知不覺似的。那是情不由己，我實在是沒辦法，我無法應付局面。

福無雙至，禍不單行。列夫偏偏就選這個時候從我們雙腿間穿來穿去，同時還很友善地輕輕觸摸「什麼ㄕㄡㄗ」先生的雙腿。

「我有兩隻貓，」他對我說，「請問您的貓叫什麼名字？」

「列夫，」羅森太太代我回答。她不再講話，將手往他的手臂伸過去，向我道個謝，眼睛連看都不看我一眼，就準備帶著他向電梯走去。日本先生用非常委婉的態度把手搭在她的前臂上，很輕巧地制止她的動作。

「太太，謝謝您，」他對我說，然後跟著佔有欲強烈的母雞離開。

1 梆地（Bondy），位於巴黎東邊約五十公里處，屬平民區。

靈機一動

何謂不知不覺？心理分析家認為那是深藏在內心的無意識，透過婉轉巧妙的方式所做出來的結果。其實，這是一個十分空洞的理論。不知不覺是我們內心透澈清晰的意志所做出來的反應，那是意志最強而有力的象徵。當我們的情感和意志互相違背時，意志便利用各種不同的巧計達到目的。

「真以為我是想讓人揭穿我的真面目，」我對著剛剛回到屋內的列夫說，而且我很肯定，這小貓和天機共謀串通，讓我的願望能夠實現。

幸福人家彼此都很類似，可是不幸人家的苦難卻各不相同。這是《安娜．卡列尼娜》小說裡的第一句話。如果我是一個老老實實的門房，我是不可能讀過這句話的，再說，我也不可能聽到這句話的下半段，知道這是出自托爾斯泰的一句名言，而靈機一動，沒來由地驚跳了起來。因為就算是小人物知道文學的偉大性，但是本身未接觸文學，因此他們不能和飽學之士一樣能體會文學的深刻涵義。

我一整天都在設法說服自己，認為是我太杞人憂天，那個錢多得足夠買下五樓的「什麼ㄕㄡㄗ」先生有許多其他的事操心，不可能把一個弱智門房的身體顫抖之事放在心上。

接著，晚上七點鐘的時候，有個年輕人按我的門鈴。

「太太您好，」他對我說，而且咬字非常清楚，「我叫阮保羅，是ㄡㄗㄨ先生的私人秘書。」

說到這裡，他遞一張名片給我。

「這是我的行動電話號碼。工匠們會到ㄡㄗㄨ先生家裝修，我們不希望給您添加額外的麻煩。所以一有任何問題，請您打電話給我，我會儘快跑過來。」

看到情節發展至此時，您也許注意到這幕短劇缺少對話。一般來說，從引號的接替就可以知道有多少對話的。

按理，應該會有這樣的一句話：

「先生，很高興認識您。」

接著：

「很好，我一定會做到的。」

可是一句回話也沒有。

原因是，我在不需要強迫自己的情況下，變成了道地的啞巴。我很清楚我是張著嘴想說話，可是一句聲音都出不來。我內心很同情站在我前面的這位漂亮年輕人，因為他不得不看著我這個體重達七十公斤，名叫荷妮的張嘴大青蛙。

在一般情況下，兩人見面如果發展到這一地步時，另一方會開口問道：

「您會說法文嗎？」

可是阮保羅只是對著我笑，等著我回話。

我做了很大的努力，終於說出了幾個字。

事實上，我開口說出的頭幾個字有點像：

「哦喔啊呀。」

但他還是很有耐心地在等我答話。

「ㄡㄗㄨ先生？」我吃力地問他，聲音聽起來有點像尤伯連納的低沉嗓音。

「沒錯，是ㄡㄗㄨ先生，」他對我說，「您不知道他姓什麼嗎？」

「是啊，」我勉強地答話，「我先前沒有聽明白。他的姓怎麼寫呢？」

「小津，拼音是O，Z，U，」他對我說，「不過U要發ㄨ的音。」

「啊，」我說道，「很好，是日本人嗎？」

「完全沒錯，太太，」他對我說。「小津先生是日本人。」

他話說完後，很客氣地跟我告辭。我有氣沒力地跟他說晚安，然後關上門，整個人倒在一張椅子上，差點沒把列夫壓扁。

ㄡㄗㄨ，小津先生。我心中自問我是否正在做一個荒唐夢，夢裡充滿著懸疑，有出人意料的緊湊情節，有一大堆的巧合，最後的大結局是我身穿睡衣，腳底下有隻胖貓，身旁有個頻道調在法國網電臺、滴滴答答在響的鬧鐘。

但是我們每個人內心都很清楚，夢和清醒是完全不同的，而且，我的感官直覺告訴我，我此時此刻是處於清醒狀態。

小津先生！他是日本導演小津安二郎的兒子？還是他的姪兒？還是遠房堂弟？天啊。

深刻思想第九章

妳若讓女敵人分享
菈杜蕾[1]小圓餅
莫認為
妳能看見
另一個世界

把亞爾登房子買下來的那位先生是個日本人！他的名字叫做小津格郎！我的運氣真好。這種事必須在我死之前才能碰到！十二年半以來，我一直活在文化沙漠裡。當一名日本人搬進來時，我卻要捲鋪蓋……這實在是太不公平了。

不過，最起碼我看到這件事的正面：他在那兒，確確實實就在那兒，而且，昨天我和他有一段很有趣的交談。首先要說的是，住在這棟大樓的每個人都被小津先生迷得神魂顛倒。我母親開口閉口說的都是他，而父親居然很難得地在旁默默傾聽。通常，每當母親嘮嘮叨叨地講些大樓的芝麻小事時，父親總是在想其他的事。鴿蘭白偷走我的日文教科書。此外，葛內樂街七號還發生了一件前所未聞的事，那就是戴博格利太太到我們家喝茶。我們住在六樓，正好就是以前亞爾登家的樓上。

最近這些日子，樓下做裝修——那可是徹頭徹尾的大裝修！小津先生一定是決定要全面翻新，改頭換面，因此每個人都想看看裝修後的樣子。在一個僵化了的世界裡，只要有一顆小石頭從懸崖峭壁上滑下來，就足以造成一連串的心臟病突發症——想想看，有個人把一座山給炸掉時所引起的後果！長話短說，戴博格利太太非常想看看五樓房子一眼。上個禮拜在一樓大廳和媽媽碰面時，她略施手腕，如願以償，讓媽媽邀請她到家裡來。

您想知道她以什麼做藉口嗎？真會讓人笑掉大牙。戴博格利太太是住在二樓的政府參事戴博格利先生的妻子。戴博格利先生是在季斯卡任總統時進入政府參事院，他思想保守得都不跟離婚的人打招呼。鴿蘭白叫他做「老法西斯主義者」，那是因為她從來沒有讀過關於法國右派歷史的書。爸爸認為他是政治思想僵化的最佳代表人物。他的太太完全是保守人物的形象：套裝，珍珠項鍊，嘴唇繃得緊緊，身旁一大群孫子，男的都叫教宗最常見的名字葛雷哥瓦，女的都叫聖母的名字瑪利亞。在這之前，她很少跟媽打招呼（媽是社會黨，染髮，腳下穿的是尖頭巫婆鞋）。可是呢，上禮拜她看到我們時立刻向我們撲了過來，就好像這關係到她死活似地。我們正好在一樓大廳，剛買完東西回來，媽媽情緒特別好，因為她買到一條兩百四十歐元的麻色麻料桌布。

那時候啊，我還以為我耳朵出了什麼問題聽錯話。戴博格利太太在說完「您好，太太」這句客套話後，對媽媽說道：「我有件事情想請您幫個忙，」說出這句話就已經夠讓她嘴巴大痛一場了。「哪裡，請別這麼客氣。」媽媽一邊帶著笑容，一邊回答（這是買到桌布和服食抗憂鬱藥的結果）。「是這樣子的，我的孫媳婦，也就是艾謙的妻子，她最近不怎麼好，所以我想需要給她治療一下。」「啊，是嗎？」媽媽說，同時臉上的笑容更大。「是的，噢，您懂吧，是跟心理分析有關的治療。」戴博格利太太的神情就好像是撒哈拉大沙漠裡的一隻蝸牛似地，茫茫然不知何往，不過她還算是硬挺下去。「是的，我非常懂。」媽媽說道，「我能幫您什麼忙呢？親愛的太太。」「哦，我聽人說您在這方面……也就是說……在這方面有所認識……所以我希望能跟您請教請教，就是這麼一回事。」媽媽真不敢相信她今天運氣會這麼好：不但買到一條麻色麻料桌布，還有機會高談闊論她對心理分析的見解，而且戴博格利太太還在她面前施媚討好——啊，是呀，真沒料到，今天運氣真是好！

媽媽內心很明白對方的目的何在，不過她還是無法抗拒。媽媽雖然心思很單純，但也不是個那麼好耍的人。她知道哪一天戴博格利一家人要是對探討慾念的心理分析感興趣的話，那麼戴高樂派的國家主義者就會唱起共產黨的《國際歌》來了。而且她突如其來的受到看重，這之間的主要原因是「六樓就正好在五樓的上面」。可是呢，媽媽還是決定表現出她是個心胸寬大的人，向戴博格利太太證明她的心地有多善良，以及社會黨人士的思想有多開放——不過在這之前先要來個小小的惡作劇。

「當然沒問題，親愛的太太，要不要哪個晚上我到您府上去，我們好好地聊一聊？」她這麼問。另一個人的臉色尷尬得就好像大便擠不出來似的，她沒料到會有這麼一招，不過她很快就恢復鎮靜，使出上流社會女子的交際手腕，說道：「那不好意思，不好意思，我怎麼好意思勞駕您下樓呢，還是我上去看您吧。」媽媽心中有點得意，她沒有堅持：「既然是這樣，我今天下午在家，五點鐘左右您上我家喝杯茶，好嗎？」

五點鐘的茶會十全十美。媽媽把一切事情都弄得很妥當：茶具是奶奶送的，有漆金花飾，還有綠色和粉紅色蝴蝶的圖案，點心是菈杜蕾名店製作的小圓餅，還有粗糖（這是左派人士的時髦玩意兒），總不能太資產階級。戴博格利太太踏進我們家之前，在五樓走廊上整整停留了十五分鐘。她的表情看起來很尷尬，不過很滿足的樣子，而且也有點驚訝。我想她一定是把我們家想像成另外一個模樣。媽媽在她面前舉手投足非常地文雅，談話內容也都是一些交際辭令，其中一項是對咖啡名店做了很詳盡的評論，最後她偏著頭，一臉同情的樣子說：「對了，親愛的太太，您孫媳婦的事讓您操心，是嘛？」「嗯，啊，是的，」另一個人回答，差點忘記來這裡的藉口。她絞盡腦汁，好找些話說。「是這樣的，她情緒低落。」這是她唯一想出來的一句話。媽媽於是全速上檔。慷慨給了這麼多，現在是要帳的時候了。

媽媽給戴博格利太太上了一堂完整的佛洛伊德[2]心理分析，包括大師和他信徒的一些風流軼事（附帶還提到梅蘭妮・克朗[3]的不同理論和她的情史），同時不斷引述法語教學推廣協會[4]以及法國教育和宗教分離的主張。簡直讓人受不了。戴博格利太太像個你打我挨的標準基督徒，帶著絕比無倫的克己精神忍受著這些不能入耳的話，同時心中不斷地對自己說，就用這種方式來替自己犯好奇的罪孽贖罪吧，反正不花什麼錢。最後她們兩人都帶著滿足的心理，互道再見，但各有各的理由。晚上吃飯時，媽媽說道：「沒錯，戴博格利太太是個很虔誠的天主教徒，不過，她也有隨和的一面。」

長話短說，每個人都為小津先生神魂顛倒。奧林匹斯・聖尼斯對鴿蘭白（鴿蘭白很討厭她，背後叫她「豬仔聖女——假正經」）說小津先生擁有兩隻貓，她很想看看這兩隻貓長什麼樣子。羅森太太嘴巴不停地在講解五樓的人來人往，每次講起來時都是興奮莫名。而我呢，我也被他迷住，但不是為了相同的理由。事情經過如下。

我和小津先生一起搭電梯，可是電梯在三樓和四樓間卡住了，前後達十分鐘之久，原來是因為電梯的鐵柵門沒關好，最後他放棄電梯，走樓梯下去。在這種情況下，必須等人發現後解決問題，要不然就要高聲呼喊求救，但還得保留風度，這可不容易做到。我們呢，我們沒有高聲呼喊。因此，我們就有時間自我介紹，互相認識。所有女士都寧可下地獄也希望能取代我的位置。我呢，我很高興，因為我很喜歡日本，所以我當然很高興能跟真正的日本先生說話。但是真正令我感到高興的，是談話內容。首先，他對我說：「妳媽媽告訴我，說妳在學校學日文。妳的程度怎麼樣？」我還順便知道，媽媽又在別人面前大吹大擂，好出風頭。我用日語回答：「是的，先生，我懂一點日文，不過不是很好。」他用日語對我說：「妳要不要我糾正妳的口音？」緊跟著他用法語把這句話翻譯出來。就這點，我就已經很欣賞了。換作別人的話，他會這麼說：「喔，妳的日語說得真好，太棒了，真了不起！」而其實我的發音根本就是南蠻鴃舌。

我用日語回他：「請您不要客氣，先生。」他糾正了我的腔調，然後仍然用日語對我說：「叫我格郎吧。」我用日語回答「是，KAKURO桑」我們兩人都笑了起來。接著，也就是從這時開始，我們的交談（用法語）變得引人入勝。他直截了當地對我說：「我對我們的門房米榭太太很感興趣。我想知道妳的看法。」一般人如果想要從我這裡打聽消息的話，都會裝成若無其事的樣子，然後旁敲側擊地套我的話。他很直爽。他又說道：「我認為她不是一般人所認為的樣子。」

好一段時間以來，我也對門房有點懷疑。乍看之下，她確實是個守門的。仔細推敲的話……嗯，仔細推敲的話……她有些地方有點怪。鴿蘭白很討厭她，認為她是人類的渣滓。對鴿蘭白而言，不管怎樣，只要是和她的文化準則不符合的人都是人類渣滓，而鵠蘭白的文化準則是社會地位再加上agnès b.[5]名牌襯衫。米榭太太……怎麼說呢？她有一股聰慧的氣質。但是，她在設法掩飾自己，嗯，看得出來，她是想盡辦法裝成典型門房的樣子，並且讓自己看起來很呆頭呆腦。可是，當她和尚恩．亞爾登說話的時候，當她在戴安娜背後和涅普頓說話的時候，當她看著大樓的女士從她前面經過卻沒有和她打招呼的時候，我都仔細觀察過她。

米榭太太，她有著刺蝟的優雅，外表看來全身都是刺，防守嚴密，可是我直覺她的內在也跟刺蝟一樣細緻。刺蝟這個小動物喜歡偽裝成懶散的模樣，特別愛好孤獨，而且非常非常的高雅。

行，說到這裡，我必須承認我不是個天眼通。如果不是發生了一件事的話，我也許會跟所有人一樣抱著相同的看法，認為她是個整天到晚情緒不佳的看門人。可是就是在不久之前發生了一件事，而且奇怪的是，小津先生正好就是這個時候提出這個問題。十五天前，安段．帕列何把正在開門的米榭太太的菜籃給撞翻了。安段是住在七樓的工業鉅子帕列何先生的兒子。帕列何先生這傢伙老愛向爸爸灌輸有關治理法國的大道理，可是他又把武器賣給國際政治匪徒。兒子看起來沒那麼危險，因為他是個道地的蠢蛋，不過這可難說：危害人群，這通常是家傳本領。長話短說，安段把米榭太太的菜籃給撞翻。什麼甜菜啦，麵條啦，濃縮湯料啦，還有一塊馬賽皂全都掉在地上，我瞥眼看到有一本書從菜籃跌出來。我說瞥眼是因為米榭太太立刻把所有東西都撿起來。她還生氣地看著安段（他連動個小指頭幫忙的意思都沒有），同時又帶著一股焦慮的神情。他呢，他什麼都沒看到，而我一看就知道米榭太太菜籃裡的那本書是什麼書，或者說是哪一類的書，因為自從鵠蘭白開始念哲學系後，她的書桌上都是這一類的書。那是文瀚出版社[6]發行的書，這家出版社專門出版大學專用的哲學書籍。一個看守大門的人在菜籃裡擺了一本文瀚出版社的書，她是要幹啥呢？這當然是我內心自問的一個問題，我和安段可完全不一樣。

「我也是這麼認為，」我對小津先生說。就這樣，我們兩人的關係立刻從普通鄰居進入更親密的一層關係，也就是同謀共犯的關係。我們兩人對米榭太太的事交換心得，小津先生對我說，他打賭米榭太太是個博學多聞，隱姓埋名的公主。我們在道別時許諾要進行調查。

這就是我今天得到的深刻思想，這是我第一次碰到一個能夠對人深入探索，而且能夠打破世俗成見的人。這聽起來好像很平淡無奇，不過我還是覺得很有深度。我們從來無法打破自己的成見，用超然的角度去看待事物，更糟糕的是，我們早已放棄了認識別人的意願，我們所認識的只是自己本人，然而我們卻無法在心靈的明鏡上認清自己。我們要是能明白這點，要是知道在別人身上想看的只是自己的影子，我們在大沙漠中是很孤獨的，我們可能會發瘋。當我的母親請戴博格利太太吃菈杜蕾的小圓餅時，她是對自己講述她自己的人生履歷，而且只是在品嚐自己身上的滋味而已；當爸爸一邊喝咖啡，一邊看報紙時，他是用庫埃[7]的自我肯定治療法在鏡子裡觀察自己；當鴿蘭白提到馬利安的演講時，她是在痛斥自己的倒影；當某些人從門房前面經過時，他們什麼也沒看到，因為那不是他們本人。

我呢，我請求命運賞賜我一個機會，讓我能超越自己，看到其他事物，並且能認識他人。

1 菈杜蕾（Ladurée），法國糕點名店，所產的小圓餅（macacon）名聞遐邇。
2 佛洛伊德（Sigmund Freud, 1856-1939），心理分析創始人。
3 梅蘭妮・克朗（Melanie-Klein, 1882-1960），兒童心理學家，探討性對兒童心理的影響，其學說與佛洛伊德的女兒安娜對立。
4 法語教學推廣協會（Mission Laïque française），創於一九〇二年，以推廣法語及法國文化為主，無政治宗教色彩。
5 agnès b.，法國知名服飾品牌。
6 文瀚出版社（les éditions Vrin），創於一九一一年，以出版哲學書籍為主，享有盛名。
7 庫埃（Émile Coué, 1857-1926），法國人，藥劑師出身，提倡自我肯定心理治療法。

外殼下

幾天過後。

跟每個周二一樣，曼奴菈到我的門房來。在她把門關上之前，我聽到羅森太太和小摩里斯太太在遲遲不來的電梯前聊天。

「我兒子說支那人[1]很難搞！」

羅森太太咬字不清，她把支那人說成了朱那人。

我還真渴望能一遊朱那國，那肯定比支那國有趣得多。

「他把男爵夫人給辭了，」——雙頰紅潤，眼神精湛的曼奴菈對我宣佈——「還有其他人也一起辭掉。」

我裝成聽不懂的樣子問道：

「誰呀？」

「當然是小津先生！」曼奴菈大聲回答，帶著責備的眼光看著我。

這十五天來，整棟樓房的人開口閉口都是在談論小津先生搬進亞爾登家的事。在這個被權力與遊手好閒的冰石所拘禁的僵化世界裡，一名新住戶的到來，還有在這新住戶的指令下，人數多得連涅普頓都放棄一個一個去嗅的專業人員們所做的瘋狂大工程——這名新住戶的到來自然會引起一股既興奮又恐慌的風潮。因為對保留傳統的渴望，以及連帶地排斥凡是多多少少都代表著新財富的東西——譬如炫耀的裝修工程，購買立體音響，經常外叫飯菜送到家等等——這個渴望和被單調無聊所麻痺的眾人內心另一個更根深柢固的渴望是互不相讓的，也就是對新事物的渴望。因此，整整十五天來，葛內樂街七號隨著漆匠、木工、水管工、廚房安裝員，以及家具、地毯、電器送貨員，最後還有搬家工人的來來去去而激盪不已。小津先生請這麼多人工作的目的自然是徹頭徹尾地翻新五樓。

因此，所有的住戶都很想參觀他的房子。喬斯和帕列何這兩家人不再搭電梯上下，而且精力變得很充沛，時時刻刻都在五樓的走廊上閒蕩，那是很自然的，因為他們離家出門一定要經過五樓，所以回家時也要經過同一個地方。這兩戶人家變成了大家爭取的對象。戴博格利太太施展花招，到喬斯家作客喝茶，而喬斯太太卻是個社會黨人士。羅森太太自告奮勇，願意把郵差剛剛送到門房的包裹拿到七樓給帕列何太太。我當然很高興能夠免掉這項苦差事，於是裝腔作勢地向她道謝，把東西交給她。

我是所有人中，唯一刻意躲開小津先生的人。我們在一樓的大廳碰過兩次面，不過每次他身旁都有人，所以他只是客氣地跟我打個招呼，我也是很客氣地回他。他給人感覺很有禮貌，對每個人都一樣親切。但是就跟小孩子能夠在世俗禮儀的外殼下嗅出人的真正本質一樣，我突然感到驚恐，第六感告訴我，小津先生非常仔細地在觀察我。

話說回來，所有需要和我接觸的工作都是由他的秘書負責。小津先生會讓大樓住戶如此著迷，我擔保這和阮保羅脫不了關係。他是我所看到的年輕人中最漂亮的一個。他的父親是越南人，因此他有亞洲人的文雅和神秘的平靜感，母親是白俄人，因此有歐洲人的高大身材，斯拉夫民族的臉型，以及一雙略呈鳳眼狀的藍眼睛。他身上結合了剛強和文雅，將西方的陽剛美和東方的溫柔熔融在一起。

我會知道他父母親身分，是因為某個亂哄哄的下午，我見他忙裡忙外，那個傍晚，他又來按我的門鈴，想通知我隔天一早會有一批新的送貨員來，於是便請他進來喝杯茶。他很爽快地接受。我們聊得很輕鬆愉快。他不僅年輕、英俊，而且能幹，是的，這我可以對天發誓，他的確很能幹，只要看他如何安排工作，從來沒有忙不過來或是很疲倦的樣子，每件事情都是在輕鬆平靜中辦好，從這點就可以知道他的才幹。可是誰會相信像這樣的年輕人連一點附庸風雅、追求時髦的姿態都沒有呢？在他離開時向我熱烈地道謝之際，我才明白過來，在和他聊天時，我完全忘了要掩飾自己。

還是回到今天聽到的新聞吧。

「他把男爵夫人給辭了，其他人也一起辭掉。」

曼奴菈喜悅之心形於色。亞爾登太太在離開巴黎前，對維萊特・葛利列保證，一定會把她推薦給房子的新主人。小津先生為了尊重忍痛把房子賣給他的寡婦的意願，表示同意接見她的屬下，並且和他們交談。其實，葛利列夫婦有亞爾登太太的介紹，很容易在有錢人家找到一份很好的工作。可是維萊特很希望能繼續留在讓她度過最美好光陰的地方工作，這是她親口這麼說的。

「離開這裡，那就跟死一樣，」她曾對曼奴菈開誠佈公。「總之，我沒幫您說話，我的姑娘。您必須做好準備離開。」

「我做好準備離開，哼，見她的鬼，」曼奴菈說道。自從她接納我的意見，看過《飄》這本小說後，她便把自己當作郝思嘉。「走的是她，留下來的是我！」

「小津先生僱用您啊？」我問她。

「您怎麼猜都猜不到的，」她對我說。「他請我一個禮拜做十二個小時的工，待遇好得不得了！」

「十二個小時！」我說道。「那您要怎麼安排時間呢？」

「我要離開帕列何太太，」她興奮莫名地回答，「我要離開帕列何太太。」

天大好事是應該盡情享受。

「沒錯，」她繼續說道，「我要離開帕列何太太。」

我們兩人沉默了一會兒，靜靜地享受這一連串好事帶來的快樂。

「我去沖個茶，」我說道，同時把我們拉回現實。「來個白茶，慶祝一下這個好事。」

「哦，我差點忘了，」曼奴菈說道，「我帶這個來。」

她從手提袋裡拿出一個用奶油色絲紙包紮成的圓錐形袋子。

我解開袋子的藍色絲絨帶。裡面是閃閃發光的黑巧克力乾果餅乾，看起來就像黑色鑽石。

「他每個鐘頭付我二十二歐元，」曼奴菈一邊說，一邊擺茶杯，然後再度坐下，同時還很禮貌地叫列夫走開，請牠到別的地方去參觀參觀。「二十二歐元！您想得到嗎？其他人只付我一個鐘頭八歐元，十歐元，十一歐元！那個神氣十足的帕列何太太，她只付我八歐元，還把髒內褲隨便扔在床底下。」

「小津先生也可能把他的髒內褲隨便扔在床底下，」我笑著回她的話。

「喔，他不是這樣的人，」曼奴菈回答。她突然變得若有所思，繼續說道，「不管怎麼說，我是希望能夠懂得怎麼做事。因為他家有很多奇怪的東西，知道吧。還有一大堆的什麼『胖仔』要澆水和噴水。」

曼奴菈說的是小津先生家的盆栽。這些盆栽都很高大，外表都很細長，並沒有給人印象不佳的扭曲形狀。當工人們把盆栽搬到一樓大廳的時候，它們給我的感覺像是來自另一個世紀，簌簌作響的葉簇像是瞬間即逝的遠處森林。

「我怎麼想都想不到室內設計師會這麼做，」曼奴菈繼續說道，「全部打掉，全都重做！」對曼奴菈而言，室內設計師是不食人間煙火，在昂貴無比的沙發上擺幾個坐墊，然後後退兩步，欣賞擺設效果的人。

「他們用大榔頭把牆壁都打掉，」一個禮拜之前她就這麼對我說。那時候她氣喘如牛，手上拿著一把特大的掃帚，四步併一步的爬樓梯。「您知道他家……現在變得很漂亮。我真希望有一天您能參觀一下。」

「他的貓叫什麼名字？」我問這問題，目的是希望轉移話題，打消曼奴菈腦筋裡那個危險的念頭。

「哦，牠們真是可愛極了！」她一邊說，一邊用懊惱的神態看著列夫。「那兩隻貓都很瘦，走起路來都沒有聲音，牠們是這樣走路的。」

她用手做出很奇怪的搖擺動作。

「您知道牠們叫什麼名字嗎？」我再度問這問題。

「雌貓叫做吉蒂，但是我記不清楚雄貓的名字，」她答道。

一滴冷汗以破紀錄的速度沿著我的背脊滑下去。

「是叫列文嗎？」我試著幫她回憶。

「沒錯，」她說道，「就是這名字。雄的叫列文。您怎麼會知道呢？」

她皺著眉頭，然後問道：

「不會是那個搞革命的吧？」

「不是的，」我說，「搞革命的，叫列寧。列文是俄國一本很有名的小說裡主角的名字。吉蒂是他愛慕的女子。」

「他把所有的門都換過，」對俄國名著不怎麼感興趣的曼奴菈繼續說道，「現在這些門都是左右滑動。哦，說真的，這可要方便多了。我在想我們為什麼不把門也做成跟他的一樣呢。這可以節省很多空間，而且也沒那麼吵。」

說得真對。曼奴菈短短的幾句絕妙結論又再度引起我的讚佩。但是她那平淡無奇的評語也在我心中激起一股甜蜜的感受，這和其他原因有關。

1 西方人稱中國為支那（China）。

斷裂與連續

兩個原因，都和小津安二郎的電影有關。

第一個原因在於隔扇滑門本身。從第一部電影《茶泡飯之味》開始，我就被日本人的生活空間，還有在看不到的軌道上輕輕滑動、不會將空間隔斷的滑門所著迷。當我們打開一道門時，我們就以狹隘的方式改變了空間。首先，我們必須碰到擋在面前的門，然後以不勻稱的比例不斷地將門推開，打出空間角度不同的門縫。仔細思考的話，沒有比開著的門還要更醜陋的了。從房間裡面看，這道門帶來的是斷裂，就好像是鄉下破壞整體空間的地上干擾物一樣。從隔壁的房間看過去，這道打開的門造成凹陷的地形，造出一個多餘的大缺口，迷失在牆壁的邊邊，而這牆壁原本該要有完整性的。

在這兩種情況下，開著的門都破壞了空間的遼闊感，唯一的作用是允許人進出，而這可以用其他方式取代。滑門的好處是避免障礙，美化空間，不僅不會改變空間的平衡感，還使空間產生蛻變。當滑門往旁邊拉開時，裡外兩個房間互相溝通，彼此不相觸犯。當滑門關閉時，每個房間又恢復它的完整性。空間的分割和結合都是在互不侵犯的情況下達成。在滑門下的生活就像是寧靜的漫步，而我們進出都要推門的生活就好像是一連串的敲鎖破壞。

「說的沒錯，」我對曼奴菈說，「是比較方便，也比較不吵。」

第二個原因來自於聯想，滑門讓我聯想到女人的腳。小津安二郎的電影裡有許多人物拉門，進房，以及脫鞋的鏡頭。而女人，特別是女人做這些連續動作時擁有特殊的天份。她們進屋後，將滑門沿著隔板拉開，快速地往前走兩小步，來到比地面高的日常生活起居間前面，然後腰也沒彎地脫掉鞋子，抬腳上台面，一上台面後，便用流暢、優雅的雙腿動作將身子一轉。此時裙子略微膨脹，因上台面而做的彎膝動作顯得精準有力，整個身子毫無困難地隨著雙腳的半圓形小碎步前進，雙腳往前踩出的步子前後相繼，但都硬生生地被切斷，就好像是腳踝被繩子綁住似地。一般來說，凡是受到阻撓的動作都會讓人產生拘束感，可是那難以理解的頓挫小碎步卻讓走動女子的雙腳帶著藝術品的風味。

西方人在走路時（這也是文化所造成的），總是企圖在設想的連續性平穩動作中，表達出理想中的生命真諦：順利無阻的效率，跑龍套似的流動性表現，以及絕無中斷的生命衝力，後者是使萬事功成圓滿的條件。在西方社會裡，正在行動的獵豹是我們的模範；所有動作都和諧地融合在一起，無法辨別一個動作和下一個動作之間，猛獸的奔馳對我們而言似乎就是獨一而持久的動作，象徵著生命的圓滿。可是日本女子斷斷續續的腳步卻打破了自然動作強而又力的開展威勢，按理，我們看到自然動作被凌辱時，應該會感到痛心疾首，可是相反地，我們卻湧起一股奇怪的幸福感，就好像是斷裂會引起狂喜，沙子代表美貌。在生命的神聖韻律被牴觸中，在受阻礙的行動中，在拘束所帶來的絕美中，我們找到藝術的範例。

因此，原本該是持續不斷的動作被拋出了自然定理之外，這動作藉著本身的斷斷續續變成了既是自然的叛徒可是又非常的美妙，此時的動作便是美學創造。

因為藝術就是生活，不過是另一種韻律的生活。

深刻思想第十章

文法
意識層
走往美學

一般來說，早上的時候，我總要花些時間在房間裡聽音樂。音樂在我的生命中佔有重大的角色，音樂能讓我忍受……唉……需要忍受的東西：姊姊、媽媽、學校、阿基・葛蘭―費內等等。音樂不只是耳朵上的享受，就好像美食不單是味覺享受，畫畫不僅是視覺享受一樣。我之所以每天早上都要聽點音樂，本來就毫無特別之處，那是因為音樂能給日子定個調子。這說起來很簡單，可是又有點不好解釋：我覺得我們是可以選擇自己的情緒的，因為我們的內心意識有許多層，而且我們有辦法和意識接觸。

舉個例子，當我在敘述一個深刻思想時，我必須把自己放在特別的意識層裡，否則，思想和句子就湧不上心頭。我必須完全忘我，可是同時又必須超級集中。但是這跟「意志」無關，這只是機械性反應，看你發動不發動而已，就跟搔鼻子或是倒翻筋斗一樣。說到要發動機械，那再也沒有比聽音樂更好的了。比方說，我想要放鬆自己的時候，就聽一些能讓我達到超然情緒的音樂，此時，所有的事物都不能真正的觸及到我，這些事物在我眼裡就好像看電影一樣，這是所謂的「超脫」意識層。一般來說，當我想要進入這道意識層時，我聽的是爵士樂，要不然就是效果較慢，但是在時間上持續較久的險峻海峽樂團[1]（MP3萬歲）。

所以今天早上在上學之前，我選了葛倫．米勒[2]的音樂。真沒想到效果並不持久。當意外事件發生時，我完全失去超然的態度。那是在上媚骨太太的法文課時（她本人和媚骨這個姓完全相反，因為她全身都是一團一團的肥肉）。不僅如此，她還穿著粉紅色的衣服。我很喜歡粉紅色，我覺得這顏色被亂批一頓，一般人都把粉紅色當成幼稚或者是浮華的顏色，其實粉紅色是很細緻文雅的顏色，在日本詩歌裡經常出現這句詞。可是粉紅色配上臃腫的媚骨太太，那就跟拿果醬給豬吃一樣。

長話短說，今天早上我有她的法文課。這個課本身就令人痛苦不堪。不管是文法還是閱讀，媚骨太太的法文課可以說是沒完沒了的一系列技巧練習。上她的課，會以為寫文章的目的只是要讓讀者辨識書中人物、敘述者、地點、情節、故事節奏等等。我想她從來沒想過寫文章的目的首先是要讓人閱讀，激起讀者的共鳴。想想看，她從來就沒問過我們這個問題：「你們喜不喜歡這篇文章／這本書？」而這個問題是唯一能解釋我們為什麼要分析敘述體，或者是研究故事結構的原因……。再說，我認為初中生要比高中生或是大學生更能接受文學。

我解釋一下，像我們這樣的年齡，只要跟我們談論一些帶有情感的事，而且挑對心弦的話（譬如愛情、反叛、嚮往新事物等），那麼達到效果的希望很大。歷史老師萊爾米先生，只用短短的兩堂課就讓我們激動不已。在課堂上他向我們展示一些斷手或者是無唇的人的相片。這些人是因為偷東西或是抽菸而根據《可蘭經》被判刑的。歷史老師並不是以血腥電影裡的恐怖方式一樣給我們看相片。可是效果很驚人，緊接著的下一堂課我們大家都很專心聽，課的內容是要我們提防人類的瘋狂，不單是完全針對伊斯蘭教而已。

如果媚骨太太願意費點心血，用充滿感情的顫音給我們唸幾首拉辛的詩（「朝來夕去苦相思，杜帝難見貝妮絲」），她一定會發現我們這些少年人成熟得可以為愛情悲劇痛哭流涕。高中生，那就比較難了：高中生快接近成人年齡，他們的言行舉止已經像個小大人，他們會自問，在這齣戲中他們所繼承的角色地位是什麼，而且，有些事情已經變質，那就是金魚缸離他們不遠。

因此當今天早上在上跟往常一樣無聊的法文課，一堂毫無文學的文學課，以及一堂毫無語言智慧的語言課時，我有一種胡說八道的感覺，我沒辦法控制自己。媚骨太太特別解說性質形容詞定語，理由是我們在作文裡完全沒有使用這一項，「你們從小學基礎班第二年開始，就應該懂得使用」。「真不敢相信有文法這麼差的學生，」她又加上這麼一句話，同時眼睛還特別看著阿基．葛蘭—費內。我不喜歡阿基，可是當他問問題時，我同意他的看法。我覺得這問題非問不可。再說，一個法文老師說話時忘掉ne[3]這個否定詞，這很令我驚奇，就好像馬路清潔工忘了他的灰塵堆一樣。

「可是文法，這做什麼用呢？」阿基問道。「你們應該知道的，」我—可是—被聘—來—教你們—文法的老師這麼回答。「可是就是不知道啊，」阿基回答，這是他第一次老實說話，「從來沒有人願意花時間跟我們解釋。」媚骨太太長長地嘆了口氣，一副「我還得回答這個笨問題」的樣子，然後答道：「那是能讓人把話講得正確，以及把句子寫得正確。」

一聽到這句話時，我真像是得了心臟病似的。我從來沒聽過這麼荒謬的話。我說這話的意思不是指「不對」，而是指「道道地地的荒謬」。對已經懂得說話寫字的少年這麼解釋文法用途，等於是告訴一個人，一定得讀過有關廁所幾百年來的歷史才能深刻地了解怎麼大小便。毫無意義！如果她引用例子向我們解釋，告訴我們需要了解有關語言上的一些規則後，才能正確地使用語言，那也行。

文法是預備工作。比方說，懂得動詞的每個時態的動詞變化，可以避免犯大錯，免得在一個上流社會的晚宴中丟人現眼，被取笑連最基本的動詞變化都不會。或者是請朋友們參加家庭舞會時，能正確無誤地寫邀請卡：「親愛的朋友，今晚請大駕光臨凡爾賽宮，我不勝感激。葛蘭—費內侯爵夫人敬上。」這時懂得性質形容詞定語單複數以及陰陽性的配合規則是很管用的，至少不會鬧笑話；形容詞是多數，而名詞是單數，名詞是陰性，而形容詞是陽性。可是媚骨太太認為文法的作用只是為了這個……在我們懂得什麼叫做動詞之前，我們就已經懂得用動詞並且做動詞變化了。就算是了解文法對說話寫字能有所幫助，我也不認為那具有決定性作用。

我呢，我認為文法是一條能讓人領略到美的路徑。當我們在說話、在看書或是在寫文章時，我們可以感覺到我們做出來的句子是不是很美，或者，我們是不是正在讀一段很美的句子。我們有能力辨認出美麗的句子結構，或者是動人的文筆。可是當我們研究文法時，我們是進入了語言的另一個境界的美。研究文法，那是為了要對語言抽絲剝繭，看它是如何做成的，也就是說看它赤裸裸的樣子。而美妙的地方就在這裡，因為我們會說：「真是寫得好，怎麼會寫得這麼好！」「真扎實，真有創造力，真豐富，真微妙！」只要了解到字有各種不同的類別，而且必須對字的分類有所認識才能知道如何使用字，以及字與字間的並容性時，我就興奮莫名。我認為沒有比語言的最基本結構、名詞和動詞還要更美的了。當您說出名詞和動詞時，您已經說出陳述句的重點了。很美，不是嗎？名詞，動詞……

要理解到只有文法才能揭開的語言之美，是否也要讓自己處在特別的意識狀態呢？我覺得我不需要做任何努力就能理解。我想我是兩歲那年聽到大人講話時，就一下子明白語言是如何形成的。對我而言，文法只是後來對語言所做的綜合，還有，或許吧，對詞彙上的詳細說明。對一些沒有跟我一樣得到啟示的小孩子而言，我們是否能單單教文法就能讓他們學會把話說得很好，把句子寫得很正確呢？這是個謎。在找到答案之前，全世界所有的媚骨太太倒是應該想想要唱哪一首歌才能讓他們的學生被文法迷住。

因此我對媚骨太太說道：「不是這樣的，這把文法的功能說得太狹窄了！」整個教室頓時悄然無聲，一方面是因為通常我都不開口發表意見，另一方面是因為我和老師唱反調。媚骨太太很吃驚，瞪著我看，接著臉色變得很難看，就跟所有的老師一樣，每當他們覺得課堂氣氛不對，好好的一堂性質形容詞定語的法文課可能會演變成控告教學法不良的法庭時，臉色都會拉下來。

「喬斯小姐，那麼您對文法知道些什麼呢？」她用尖刻的語氣問我。每個人都不敢呼氣。當班上的第一名學生不高興時，這對老師的身體來說不是件好事，特別還是身體很肥的老師。因此今天早上同學們只進一次場，既看了驚悚電影，又看了馬戲團把戲：每個人都在等待決鬥的結果，心中還渴望著這場決鬥最好是血腥無比。

我回道：「是這樣的，讀過雅克慎[4]的書後，自然會認為文法是結果，而不單單是目標而已。

文法能讓人了解到語言的結構和美妙，而不是個僅僅能讓人在社會上交際的東西而已。」「東西！東西！」她睜大眼睛，把這兩個字重複了兩遍。「對喬斯小姐來說，原來文法只是一個東西而已！」

她要是仔細聽我說的話，那她就應該明白正好相反，對我來說，文法不是一個東西而已。我想可能是我提到雅克慎的事讓她不知所措，而且全班同學，包括康奈兒．瑪丹在內，大家都在冷笑，他們一點都不懂我在說什麼，不過他們感覺到有一片寒霜籠罩住肥肥胖胖的法文老師身上。其實，您想想也知道，我從來就沒看過雅克慎的書。我雖然是個天才兒童，但畢竟還是比較喜歡看漫畫或者文學一類的書籍。但是就在昨天，媽媽的一個朋友（她是大學教授）提到雅克慎（那是五點鐘的時候，她一邊和媽兩人吃諾曼地乳酪，喝紅酒，一邊聊天）。所以今天早上我想起這件事。

我感覺到全班同學都翹著嘴，準備發動聲勢。我可憐媚骨太太。再說，我也不喜歡看人當眾受到迫害。這對誰都沒好處。而且，我不想有人去挖掘我對雅克慎的認識，懷疑我的實際智商。於是我開倒車，不再說任何話。

我被罰留校自習兩小時，而媚骨太太保住老師的顏面。當我離開教室時，我感覺到她那雙不安的小眼睛一直看著我走到門口。

在回家的路上，我心想：思想貧乏的人真是可憐，既不認識語言的魔力，也不認識語言的美麗。

1 險峻海峽樂團（Dire Straits），八〇年代風靡全球的英國樂團。

2 葛倫·米勒（Glenn Miller, 1904-1944），美國爵士樂長號演奏家。

3 法文否定句是 ne...pas 兩字組成，口語時常有人省去ne。

4 雅克慎（Roman Jakobson, 1896-1982），二十世紀最具影響力的美國語言學家。

舒暢的感覺

可是曼奴菈呢，她對日本女子的小碎步無動於衷，她心中已想到另一件事。她說道：

「羅森太太大肆渲染，因為他家沒有成雙成對的燈。」

「真的嗎？」我問她，心中覺得很懊惱。

「沒錯，千真萬確。」她答道。「可是呢？羅森家啊，每件東西都是成套，因為他們怕缺東西。您知不知道太太最喜歡說的一個故事？」

「不知道，」我說，我被談話內容的高明見解所迷住。

「第二次世界大戰的時候，她的祖父在地窖裡囤積了很多東西。有一次一名德國軍人為了要縫好制服上的釦子在找線。他幫了德國軍人的忙，也因此救了全家人的命。當時要是沒有線圈的話，他就完蛋了，其他人也都會跟著死。信不信由您，在她家的櫥櫃裡，還有地窖裡，所有的東西都有備份。這會不會讓她覺得更幸福呢？在一個有一模一樣的雙盞燈的房間裡，我們是否會看得比較清楚呢？」

「我從來沒想過這個問題，」我說道，「說真的，我們的室內擺設有時候是駢枝拇指。」

「有時候是什麼？」曼奴菈問道。

「多餘重複，就跟亞爾登家一樣。壁爐上擺著成雙成對的燈和花瓶，長沙發的兩旁分別擺著同一樣式的短沙發，和床配成一套的床頭桌，廚房裡許多套一模一樣的瓶瓶罐罐……」

「您這話讓我想起一件事，這倒不是只有燈而已，」曼奴菈打斷我的話，「其實呢，小津先生家沒有一件東西是相同的。所以呀，我要說的是，他家給人一種很舒暢的感覺。」

「怎麼個舒暢法？」我問她。

她皺著眉頭，想了一會兒：

「就跟喜慶宴會結束後，吃太飽的感覺一樣。我是指所有人都離開之後……只剩下我和丈夫兩人，我們到廚房內，我準備了一鍋新鮮蔬菜湯，把洋菇切得薄薄的，然後放在蔬菜湯裡一起吃。感覺像是一場暴風雨過去，一切又恢復寧靜。」

「我們不再害怕少東少西，沉浸在眼前的幸福中。」

「這很自然，吃就是這樣子的。」

「我們可以享受我們所擁有的東西，沒有任何事能取代。感受是一個接一個來的。」

「是的，我們擁有的東西比較少，可是我們更能充份地去享受。」

「有誰能夠一次同時吃各種不同的東西呢？」

「就算是亞爾登先生也辦不到。」

「我有兩個成套的桌燈分別擺在成套的床頭桌上，」我突然想到這件事，於是對她這麼說。

「我也是啊，」曼奴菈回道。

她點了點頭。

「我們任何事都是太過，我們也許有病。」

她站起身，親了一下我的臉頰，然後上帕列何家做她的現代奴隸的勞工工作。她走後，我獨自一人坐在椅上面對著空茶杯。桌上還剩下一塊黑巧克力乾果餅乾，我嘴饞，便把餅乾放在嘴巴裡，像老鼠一樣用門牙一口一口的咬。變化嘴巴裡的咀嚼方式，就跟品嚐一道新菜的感覺一樣。

我默默沉思，細細回味剛剛不合時宜的談話。有人認識女佣和門房在休息時間聊天，討論室內裝飾所引發的文化涵義嗎？小人物的談話內容可能會讓您感到驚訝。她們喜歡講述故事而不是理論，喜歡小趣聞而不是發揮觀念，喜歡影像而不是思想。但她們也一樣可以探討哲理。我們的文化是否空虛得讓人總是為缺乏而煩惱呢？我們是否只有在確保能享有更多的情況下，才能對我們所擁有的財產或是感官感受好好的享受和體會呢？也許日本人明白到，人之所以能體會到快樂，那是因為我們知道快樂是曇花一現，而且是獨一無二的，不僅如此，日本人還能夠把對快樂的領悟融入生活中。

我覺得很疲乏。令人沮喪和永遠不變的單調生活再一次將我拉回現實。這時，有人在按我的門鈴。

Wabi

那是一名送貨的專差。他嘴裡嚼著口香糖。從他上下頷骨用的勁道以及咀嚼的幅度來看，他口裡那塊口香糖肯定大得可以給大象吃。

「您是米榭太太嗎？」他問我。

他把一個包裹放在我手上。

「不需要簽任何字嗎？」我問他。

可是他人已經消失了。

包裹呈長方形，包裝紙是牛皮紙，上面用一條線綁著。這線是一般用來封住馬鈴薯包裝的袋口，或者是用來綁軟木塞子，好在家裡逗貓玩，逼貓兒做點牠唯一願意做的運動。說真的，這個用粗線綁著的包裹讓我想到曼奴菈的絲紙包裝，因為手上包裹的牛皮紙儘管很質樸，一點都不精細，但是為了讓包裹看起來很正式，誠懇的細心手法和曼奴菈有些地方很類似，兩者的包裝都非常的恰到好處。最崇高的理念都是架構在最粗俗的小事。美就是恰到好處，這個高超的思想就是從嚼口香糖的專差手中湧現的。

美學，如果我們鄭重地思考一下，美學不過是恰到好處的啟蒙，有點像武士道，崇尚禮儀、遵守形式的主要目的是要達到武士道精神。有關恰到好處的知識根深柢固地刻印在我們每個人心中。

在生命的每個時刻中，恰到好處的相關知識能讓我們了解到生命的品質如何，並且在一切都很和諧的罕見時刻中，能讓我們以應有的強烈度去享受生命。我不是指專門屬於藝術領域的美。凡是和我一樣嚮往渺小事物所具有的偉大特性的人，都會去追尋美追尋到細枝末節的最深處。被日常服飾所覆蓋的美會在平凡事物的構局中湧現而出；美是讓人產生就應該是如此的想法，以及這樣子很好的信念。

我把線解開，撕掉包裝紙。原來是一本書，一本藍色皮面的精裝書。皮的紋理很粗糙，非常的wabi。Wabi日本話的意思是「侘寂之美，樸拙中的精緻。」我不太明白這是什麼意思，但是這本精裝書是無可否認的wabi。

我戴上老花眼鏡看書名是什麼。

深刻思想第十一章

樺樹
告訴我我什麼都不是
可是我還是有資格活下去

昨天吃晚飯的時候，媽媽對大家說，她做「心理分析」以來剛好整整十年，就好像那是一個值得大開香檳以資慶祝的理由似的。每個人都會說：太—棒—了！可是對我而言，心理分析和基督教一樣，只不過是喜歡探討永恆不斷的痛苦罷了。我母親沒說出來的一件事是，從她吃抗憂鬱藥以來，也正好滿十年。不過，很明顯，她沒有把這兩件事連在一起。

我認為她吃抗憂鬱藥的目的不是為了要減輕焦慮，而是為了要能忍受心理分析。當她在轉述她的心理分析療程時，聽了簡直是令人灰心。心理醫生那傢伙總是在每隔一段相同時間後，冒出一句「嗯」，然後重複媽的最後一句話（「我上樂諾特[1]食品店，我母親和我一起去」：「嗯，您母親？」「我很喜歡巧克力」：「嗯，巧克力？」）。如果這就是心理醫生的話，那我明天也可以自稱是心理醫生了。

要不然，他會拿有關「佛洛伊德學說」的演講會記錄給媽媽。跟一般人的想法相反，這類的演講會記錄並不是謎語，而是有很多實際內容的。對才智的迷惑真是一件令人感到迷惑的事。我的看法是，才智本身並不是一種價值標準。有才智的人多得一大把。這世界上有很多蠢蛋，但是也有很多頭腦管用的人。我要說一句很平常的話，才智本身並沒有任何價值，也沒有任何意義。比方說，有些很有才智的人把畢生精力都用來研究天使的性別。而且很多有才智的人都有一個毛病：他們都把才智當作結果。他們腦筋裡只有一個念頭：要很有才智。而這是很愚蠢的事。當才智本身變成了目標的時候，表達才智的方式就會變得很奇怪，能證明出才智的並不是靠才智所表現出來的巧妙手法和簡單形式，而是在表達才智的晦澀方式。

您要是聽到媽媽從她的「心理分析」療程帶回來的一些論調……什麼象徵啦，什麼衝破禁忌啦，什麼歸入現實啦，一大堆mathèmes[2]和奇形怪狀的句法。簡直是亂亂來！連鴿蘭白所念的文章（她在研究神學家奧坎[3]的思想）都沒那麼怪里怪氣。因此，寧可做一個有思想的修士，也不要做一個後現代思想家。

好戲還在後頭，昨天還是個佛洛伊德的日子。下午的時候，我正在吃巧克力。我很喜歡巧克力，這也許是我和媽媽以及姊姊之間的唯一共同點。我在咬榛子巧克力條時，感覺到有一顆牙齒斷裂。我立刻跑去照鏡子，果然發現有一顆門牙又斷了一小塊。今年夏天在坎佩爾[4]逛市場時，我踩到一根繩子跌倒在地上，這顆牙齒就斷了一半，從那次以後，這顆牙齒偶爾會碎掉一點。長話短說，我的門牙斷了一小截，這讓我覺得很好笑，因為我想起媽媽在講她經常做的一個夢：她的牙齒掉了，牙齒變黑，而且一顆接一顆掉下來。「親愛的太太，佛洛伊德學家會對您說那是和死亡聯想的夢。」這就是她的心理醫生為她解析夢的話。很可笑，是不是？可笑的並不是解析的幼稚性（牙齒掉了＝死亡，雨傘＝男人性器官，等等），就好像文化本身不具有抽象的暗示能力似的。可笑的是把己身才智的優越感建立在被神化的學說理論上的方式（「佛洛伊德學家會對您說」），因此給人的感覺就像是在學人說話的鸚鵡。

幸運的是，為了忘掉這些，我今天到小津先生家喝茶，還有吃非常可口非常細緻的椰子糕。他親自上我們家邀請我，他對媽說：「我們在電梯裡結識，聊得很愉快。」「真的嗎？」媽媽聽了很驚訝，回答道。「嗨，您的運氣好，我女兒是不怎麼跟我們說話的。」「妳要不要上我家喝個茶，讓我向妳介紹我的貓？」小津先生問我。當然囉，媽媽想到這以後可以帶來許多機會，立刻就替我答應下來。她腦筋裡面已經在設想自己是被邀請到日本有錢人家的現代藝妓。整棟大樓的人對小津先生著迷的原因之一是，他非常的有錢（好像是）。長話短說，我上他家喝茶，並且和他的貓認識。說到這點，我不認為他的貓會比我的貓更能和人溝通，不過小津先生的貓至少具有裝飾價值。我把我的觀念告訴他，他回答我，說他相信橡樹具有朝氣和感性，因此他更相信貓也會擁有朝氣和感性。我們繼續討論有關才智的定義，他問我他是不是可以把我說的一句話記在他的記事本裡：「這不是上天的賜予，這是靈長動物的唯一武器。」

之後，我們的話題轉到米榭太太身上。他認為她的貓叫做列夫，是因為托爾斯泰的名字叫列夫的關係。我們兩人一致同意地說道，一個門房讀托爾斯泰的小說，又擁有文瀚出版社的書，這也許不是件平常的事。他還掌握一些有力的證據，判定她一定很喜歡《安娜・卡列尼娜》這本小說，他還下個決定要送她這本書。「我們看看她的反應如何，」他對我這麼說。

但這些都不是我今天的深刻思想。今天的深刻思想是來自於小津先生說的一句話。我們談到我一點都不懂的俄國文學。小津先生跟我解釋，他之所以喜歡托爾斯泰的小說，是因為他的小說是「世界性小說」，而且他的小說背景是在俄國。在這個國度裡，每個田園角落都有樺樹，而且在拿破崙攻打俄國的時候，貴族們不得不重新學習俄語，因為他們只會說法語。

哦，這些呀，這些都是大人的閒話，但是跟小津先生在一起的好處是，他不管做什麼都很有禮貌。就算你不在乎他說什麼，聽他講話就是一件很愉快的事，因為他是實實在在地和你聊天，他是在對著你說話。我是第一次碰到一個人在和我說話的時候關心到我：他不看我同意或不同意的反應，當他看我的時候他的表情是在說：「妳是誰？妳要不要和我談話？我很高興能夠和妳在一起！」我所說的禮貌就是這個意思，也就是一個人的態度能讓另一個人覺得他是在那兒。哦，說到談話內容，大俄佬的俄國，我才不在乎呢。他們都說法語？那太好了！我也是說法語，而且我還不會剝削農民呢。但是話說回來，我剛開始不太明白，為什麼我會對樺樹有特別的感受。當小津先生在說俄國鄉村到處都是枝葉柔軟，簌簌作響的樺樹時，我覺得自己變得很輕很輕……

後來，我想了一想，我有點明白為什麼小津先生談到俄國的樺樹時，我突然變得很快樂。當人家跟我說到樹木時，不管是什麼樣的樹木，我也有這種感覺：農場院子裡的椴樹，舊穀倉後面的橡樹，已經消失的碩大榆樹，長在面風的山坡上、被風壓得彎彎的松樹，等等。喜愛樹木是多麼地充滿人性啊，人生的初次啟蒙是多麼地令人懷念無窮，許多的力量在大自然中是多麼地渺小……。是的，就是這點：對所有樹木的聯想，樹木泰然自若的莊嚴，我們對樹木的愛，這些都告訴我們，像寄生蟲一樣在地表上麇集蠢動的我們是多麼的卑微，而這些又同時讓我們有資格活下去，因為我們能夠認識大自然非人為的美。

小津先生在說樺樹，與此同時，我將心理分析和那些只懂得使用才智的才智人士拋諸腦後，我突然覺得自己長大了，足以體會樺樹的超然獨立之美。

1 樂諾特（Lenôtre），法國甜點名店，有許多分店。
2 法國心理學家拉崗所創的新詞，意思是心理情結符號。
3 奧坎（Guillaume d'Ockham, 1285-1349），十四世紀聖方濟會修士，邏輯學家與神學家，提倡唯名論，反對教皇約翰二十二世，有剃刀奧坎之稱。
4 坎佩爾（Quimper），位於法國西部布列塔尼區的一座城市。

夏雨

Pluie D'été

隱匿生活

我戴上老花眼鏡，看書名是什麼。

列夫·托爾斯泰，《安娜·卡列尼娜》。

還有一張卡片：

親愛的太太，

謹向您的貓致最高敬意。

小津格郎

發現自己並沒有幻想狂，這總是一件令人感到欣慰的事。

我的判斷很正確。我的真面目被揭開了。

我內心驚恐無比。

我呆呆地站了起來，然後又坐下。把卡片上的字又看一遍。

我體內有些東西在移動——是的，我沒辦法用其他方式解釋，我有一種奇怪的感覺，覺得體內有一個組合元件代替了另一個組合元件的位置。你從來沒有過這種感覺嗎？你會感覺到體內在大肆整理，可是你無法說明是哪一種類型，那既是心靈也是空間的整理，就好像搬家一樣。

謹向您的貓致最高敬意。

令我難以相信的是，我居然聽到我喉嚨裡發出一陣輕微，有點像咯咯的笑聲。

這很令人擔心，不過也很好玩。

此時，我有一股不計後果的衝動——凡是過著隱匿生活的人，他們的衝動都是不計後果的。我找出一張紙，一個信封，以及一枝原子筆（橘色），然後在紙上寫著：

謝謝，您不該這麼客氣。

門房

我小心翼翼地走到大廳——沒人——然後我把信塞在小津先生的信箱裡。

我躡手躡腳地回到門房——剛剛不是說過沒人嗎——我疲憊不堪，整個人癱在短沙發上，覺得自己完成了一項義務。

突然，一股胡來的感覺佔據我的心靈。

我這種莽撞的行為不但不能終止別人對我的追捕，反而會更加鼓勵他。這是嚴重的戰略錯誤。胡來。

這個在不知不覺的情況下犯的錯誤開始讓我坐立不安。

簡簡單單的：我看不懂，署名門房。這句話很合情合理。

或者是：您弄錯了，我把包裹退還給您。

直截了當，簡短而且明確：您搞錯收件人。

巧妙而且乾脆：我不識字。

轉彎抹角：我的貓不識字。

微妙的方式：謝謝您，不過年終禮物是一月的時候才送。

要不然刻板的公文口氣：請接收退回信件。

我都不是這麼寫，相反的，我還咬文嚼字，就好像我們是在文學沙龍裡見面似的。

謝謝，您不該這麼客氣。

我立刻跳開沙發椅，往門口衝去。

唉，我連喊三聲唉。

從門房的玻璃門我看到阮保羅手上拿著信件往電梯走去。

我完了。

現在只剩下一條計策：不理不睬。

不管發生什麼事，我都不在，我什麼都不知道，我什麼都不回答，我什麼都不寫，我什麼舉動都不做。

就這樣緊緊張張地過了三天。我告訴我自己，只要下定決心不要去想一件事，那麼這件事就不會存在，可是我還是不斷地去想，甚至於有一次我還忘了餵列夫。這段時間內，小貓代表著無言的指責。

接著，早上十點鐘，有人按我的門鈴。

豐功偉業

我打開門。

站在我前面的是小津先生。

「親愛的太太，」他對我說，「我很高興送給您的包裹沒有給您帶來任何不快。」

吃驚之下，我一點也沒聽懂他的話。

「有的，有的，」我回他的話，同時還發現自己汗流浹背。「哦，沒有，沒有，」過了好一會兒，我才慢慢地恢復鎮靜，「喔，那非常謝謝您。」

他很友善地對著我笑。

「米榭太太，我來這裡不是要聽您向我道謝的。」

「不是啊？」我用「拉長尾音，讓聲音慢慢消失」的方式回答他的話，我在這方面的技巧真可以和拉辛的悲劇女主角費德兒、貝蕾妮絲，還有可憐的狄多「嫓美。

「我是想邀請您明晚和我一塊兒吃飯，」他說道，「這樣就有機會聊聊我們的共同嗜好。」

「哦，」我說道——這句話著實是很短。

「這是鄰居之間的便餐，一切都很簡單，」他又繼續說道。

「鄰居之間？可是我是個守門的啊，」儘管此時我的頭腦很亂，我還是找出理由回他。

「一個人可以同時擁有兩種不同身分的，」他答道。

聖母娘娘，怎麼辦？

人生總是有便捷之道的，雖然我對這條路感到非常反感。我沒有孩子，我不看電視，我不信上帝，這些都是所有人為了讓人生之路能夠更便捷而所走的道路。小孩能夠讓您避免面對自己，之後，就是孫子接替子女的功能。電視能夠讓您不要老是奔波勞碌，想要在空洞無意義的人生中，制訂出偉大的未來計畫；電視把您的眼睛局限在狹窄的空間裡，從而讓您排除了要創建豐功偉業的使命感。最後一項，上帝能夠安撫哺乳動物的恐懼心理，將我們對享樂必會終止的恐懼感減輕。因此，我沒有未來，沒有後代，不靠電視來麻痺生命的荒謬感，我知道人生的終結是什麼，我也預測到人生是空虛的，我敢說我所選擇的不是一條便捷的道路。

可是，我現在很想試試看。

「不了，謝謝您，我已經有事，」這是最合理的說辭。

還有很多其他的客套話。

「您真是很客氣，不過我的時間表排得跟部長的一樣滿。」（可信度不高）

「真是可惜，我明天就要去梅介夫[2]滑雪。」（異想天開）

「很遺憾，因為我有家人。」（睜眼說瞎話）

「我的貓病了，我不能留牠獨自在家。」（感情太豐富）

「我病了，我想留在家裡休息。」（恬不知恥）

我心裡正準備想說：謝謝您，不過這個禮拜我有客人的時候，站在面前的小津先生那平靜和藹的態度，突然在時間的巨輪中打開了一個電光隧道。

1 費德兒、貝蕾妮絲、狄多（Phédre, Bérénice, Didon），拉辛悲劇裡的女主角。

2 梅介夫（Megève），位於法國上薩瓦省，靠近瑞士，是著名的滑雪場。

時間之外

玻璃球內的花絮慢慢地飄落。

我回想過去，眼前出現了一個小小的玻璃球。這個球放在老師的桌上。在我上塞爾文老師的小學高班之前，她一直是我的老師。每當我們表現優異的時候，我們就有權利把玻璃球倒轉，然後把它拿在手心上，一直到球裡的最後一片花絮落在鉻製的艾菲爾鐵塔腳下。那時我還不到七歲，但是我已經明白，片片小花絮緩慢飄落的旋律，預告著享受極端歡樂下的心情。時間的腳步變得很緩慢，很輕鬆。在毫無外界的衝擊下，花絮的飄落像永恆一般的長。當最後一片花絮落下來時，領悟到我們剛剛是活在時間之外。這個時間之外是大啟蒙的標誌。當我仍是小孩子的時候，經常自問，我將來是否能夠擁有這樣的時刻，讓自己生活在緩慢、莊嚴的花絮飄落中，能夠擺脫時間既沉悶又急促的腳步。

就是這點嗎？覺得自己全身赤裸裸。就算是身上所有的衣服都脫掉了，心神還是會有衣飾的負荷。但是小津先生的邀請卻引起身心完全赤裸的感覺，那是我的孤獨靈魂被完全裸露出來，這超越時間之外的靈魂赤裸感就像火一樣，在我心中輕輕地灼了一下。

我看著他。

接著，我跳進了很深，很冷，很美，屬於時間之外的黑水裡。

黏黏的髮膠

「看在老天的份上，告訴我為什麼，到底是為了什麼？」當天下午我問曼奴菈。

「怎麼啦？」她一邊對我說話，一邊擺茶杯，「這很好啊！」

「您在開玩笑，」我嘆著氣說道。

「現在必須考慮到實際問題，」她說道。「您總不能這樣子去人家家裡。是頭髮不對勁，」她繼續說，同時還用專家的眼神打量我。

您知道曼奴菈對髮型的觀點嗎？她的心是貴族，但是頭髮卻是無產階級。按照她的理論，頭髮一定要先弄得捲捲的，彎彎曲曲，然後把它吹得膨膨的，最後再噴上黏黏的髮膠，頭髮要嘛就是有形有狀，要嘛就不是。

「我會去理個頭髮，」我說道，同時試著採取不匆不忙的態度。

曼奴菈用狐疑的神情看著我。

「您打算穿什麼衣服？」她問我。

我除了一些日常衣服，也就是門房穿的工作服，只有一套擱在樟腦丸下的白色新娘禮服，以及一件參加不常有的葬禮時穿的黑色無袖外套。

「我穿我那件黑色衣服。」我說道。

「弔喪穿的衣服？」曼奴菈嚇得問我。

「可是我沒別的可穿。」

「那必須去買。」

「不過是一頓晚餐而已。」

「我當然知道，」變成女傅的曼奴菈答道。「難道您平常去人家家裡吃晚飯都不打扮的嗎？」

繡花邊與小花飾

到哪裡去買衣服呢？這是難題的開始。通常，包括襪子、內褲、內衣，我的衣服都是用郵購的。一想到在年輕苗條的小姐前試穿衣服，而效果可能會像個大布袋套在身上時，我就對服飾店避之唯恐不及。不幸的是，現在訂購太晚了，因為衣服不可能及時送到。

朋友只要有一個就夠了，但是要交對朋友。

第二天早晨，曼奴菈突然到我的門房來。

她帶著得意的笑容，遞給我一件罩著衣套的衣服。

曼奴菈身材比我高十五公分，體重比我輕十公斤。我知道她家只有一個女人的身材跟我一樣：她的婆婆，可怕的亞瑪麗亞。她不是一個喜歡新奇的人，但是對繡花邊和小花飾有特別的愛好。這個葡萄牙女子衣服上的緞帶花飾就像洛可可風格一樣，複雜繁瑣，陳舊過時，既無幻想力，也無輕盈的風味，不過是把花邊裝飾湊在一起，因此她所有的連身裙看起來都像是用鏤空花邊縫製的緊身囚衣，所有襯衫看起來都像是參加嘉年華會的花俏衣服。

您想像得出我心裡有多擔心。對我來說已經是活受罪的晚餐可能還會變成一場滑稽可笑的鬧劇。

「您看起來會像個電影明星的，」曼奴菈偏偏又加上這麼一句。接著，她心中不忍，說道：我是開玩笑的。然後，她從衣罩裡拿出一件似乎沒有任何花邊點綴的淺褐色連身裙。

「您從哪兒弄來的衣服？」我一邊問她，一邊打量衣服。光用眼睛打量，就知道這件衣服很適合我的身材。也光用眼睛打量，就知道這件衣服價格昂貴。那是羊毛呢料做的衣服，剪裁簡單，襯衫領，胸前有釦子。非常樸素，非常雅致。跟戴博格利太太穿的衣服同一類型。

「我昨晚去瑪麗亞家，」心情特別愉快的曼奴菈說道。

瑪麗亞是葡萄牙裁縫工，就住在我的女救星隔壁。她們兩人之間的關係不僅僅是同胞而已。瑪麗亞和曼奴菈從小就在葡萄牙法羅一塊兒長大。後來分別嫁給羅佩斯家七兄弟的其中兩人，成為妯娌關係。之後，兩人都隨著丈夫一起來到法國，也幾乎都是同個時候生孩子，產期前後只差幾個星期。她們兩人甚至共同擁有一隻貓，對精緻的糕點都有同樣的偏好。

「您意思是說這是另一個人的衣服？」我問她。

「是的，」曼奴菈撇著嘴說道。「不過您要知道，這件衣服不會有人要回去的。衣服的主人上個禮拜過世。在她家人發現有件衣服放在裁縫工那時……您有的是時間可以上小津先生家吃十頓晚餐。」

「這是死人生前的衣服？」我嚇得回道。「我可不能做這種事。」

「為什麼不可以？」曼奴菈皺著眉頭問我，「總比衣服主人還活著的好。想想看，萬一您要是弄了一個污點的話，那可麻煩。必須到洗衣店去，得找出理由解釋，還有一大堆其他的麻煩事。」

曼奴菈的實用主義真有點跟現實脫節。我也許應該從她的態度中吸取靈感，認為死不是一回事。

「道德上我不能這麼做，」我向她提出抗議。

「道德上？」曼奴菈說這話時，咬音吐字好像是這句話很令人噁心似的。「這跟道德有什麼關係？您偷東西了嗎？您傷害到人了嗎？」

「這畢竟是別人的東西啊，」我回道，「我不能佔為己有。」

「可是她已經死了呀！」她大聲說道。「而且您不是偷，您只是借來今晚用一下而已。」

當曼奴菈繞著字在大肆理論時，是沒辦法跟她爭辯的。

「瑪麗亞跟我說過她生前是個很好的人。她送過她一些衣服，還有一件很漂亮的帕帕喀大衣。她因為發福穿不下這些衣服，所以她對瑪麗亞說：這些東西對您是不是能派上用場？您看，她是很好的人。」

帕帕喀是指頭上有肉瘤的羊駝，身上的毛非常貴重。

「我不曉得……，」我說道，但是我的口氣已經有點軟下來。「我有一種偷死人東西的感覺。」

曼奴菈生氣地看著我，然後說道：

「您是借，不是偷。那個死掉的可憐太太，她的衣服對她還有啥用啊？」

再也沒什麼話可以頂她的了。

「是跟帕列何太太談判的時候了，」曼奴菈轉變話題，而且非常興奮。

「我要跟您共享這個時刻，」我說道。

「我走了，」她一邊說，一邊往門口走去。「在等我的這段時間內，您先試試衣服，去剪個頭髮，我等一下再回來看看結果。」

我若有所思地看著衣服。除了不太願意穿死者生前的衣服外，我還擔心這衣服穿在我身上會有一種不合身分的感覺。維萊特是抹布，就跟亞爾登是絲綢一樣，而我是帶著紫色或是藍色印花的工作服。

我決定回來的時候再試穿衣服。

我發現我連向曼奴菈道個謝都沒有。

世界動態日記第四章

很美，合唱團

昨天下午，學校有合唱團表演。我們這所位在高級住宅區的中學有一個合唱團。沒有人覺得這很落伍，相反地，每個人都想盡辦法要參加，可是這個合唱團挑選非常嚴格：音樂老師迪亞農先生對團員都是精挑細選。合唱團能成功的原因在於迪亞農先生本人。他很年輕，長得好看，而且不管是老掉牙的爵士樂，或者是最新的流行歌曲，他都能讓團員唱得很出色。昨天下午，每個人都衣冠楚楚，因為合唱團要在全體師生面前表演。受邀請的校外人士只有團員的父母親，否則人會太多。儘管如此，體育場已經爆滿，而且氣氛非常地好。

因此，昨天在媚骨太太的率領下，全班同學加緊腳步，往體育館走去，因為每週二下午的第一堂就是她的法文課。在媚骨太太的率領下，這句話是言過其實：她喘得像條老抹香鯨，只是盡可能地跟上速度而已。總之，我們最後到了體育館，每個人勉勉強強地找到位置坐。我不得不忍受前後左右以及頭上（在台階上）的立體音響夾攻，耳中聽到的都是一些無聊的廢話（行動電話、最新流行的玩意兒、行動電話、誰和誰在一起、行動電話、差勁的老師、行動電話、康奈兒的晚會）。接著，合唱團在掌聲下進場。團員都身穿紅白兩色的衣服，男的脖子上紮個蝴蝶結，女的套一件有肩帶的連衣長裙。迪亞農先生站在小凳子上，背對聽眾，將一根尖端發著閃爍紅光的指揮棒舉得高高的；全場頓時鴉雀無聲，合唱開始了。

每次合唱表演就跟奇蹟發生一樣。所有的人，所有的煩惱，所有的恨，還有所有的欲望，所有的恐慌，一年來的學校生活，以及學校的粗鄙之事，大事小事，老師們，形形色色的學生，充滿著叫聲，眼淚，笑聲，奮鬥，破裂，落空的希望，以及意外良機的生活：只要合唱團一開始唱歌，這一切都完全消失。生命的一切過程都被歌聲所淹沒，突然間，我們有一種互相友好，團結一致，甚至是相親相愛的感覺，彼此之間的心心相印淡化了日常生活的醜陋。連合唱團員的臉孔都整個變樣；我看到的不再是阿基（他是男高音，嗓音很美），也不是黛伯菈，也不是賽葛蓮，也不是查理。我看到的是將全副身心貫注在唱歌上的人。

每一次聽合唱時都一樣，我很想哭，喉嚨很難受，我盡可能控制自己，可是有時候超過自己所能：我幾乎無法控制自己不哭出來。因此當輪唱出現時，我眼睛一直看地下，因為在同時間內體會的感受太多了：太美，太團結，太令人驚奇的心心相印。我不再是我自己，我變成了純美的一部分，而其他的人也是一樣。這時候，我總是自問，為什麼這不是日常生活的規則，而只是在合唱表演這個特殊時刻時才會有的呢。

當合唱結束時，所有的人都在鼓掌，臉色容光煥發，合唱團員神采奕奕。真是太美了。

最後我在想，真正的世界動態並不是歌唱。

整整頭髮

老實說，我從來沒上過理髮廳。當我離開鄉下來到大都會時，我發現有兩種職業一樣可怕，因為這兩種職業所做的事都是每個人可以自己做的。我到今天還是很難不認為花店主和理髮師是寄生蟲。前者靠剝削屬於大家所有的大自然為生，後者是靠硬使出來的力氣和有香味的髮膠，完成一項我在自己的浴室裡用一把銳利的剪刀也可以做的工作。

「是誰把您的頭髮剪成這副德性？」女理髮師很憤怒地問道。我做了很大的心理掙扎，最後才鼓起勇氣，進入理髮店，希望能把我的頭髮變成有模有樣。

她在我兩個耳朵旁拉出兩絡長短完全不等的髮絡。

「其實，我也不要您告訴我，」她帶著厭惡的神態說道。這麼一來，我就不用揭發自己，免得丟臉了。「現在的人什麼都不懂得尊重，這種事我天天都見得到。」

「我只是要把頭髮整一整，」我說道。

我不太明白這是什麼意思，不過我知道這是午間電視連續劇裡經常聽到的一句臺詞。午間電視連續劇總是有很多濃妝艷抹的年輕女子，這些女子不是出現在理髮廳就是在健身房裡。

「頭髮整一整？沒什麼可以整的！」她說道。「一切都要重新剪過，太太！」

她帶著指責的神情看著我的頭髮，然後發出一個短短的口哨聲。

「您的頭髮很多很漂亮，這很不錯了。應該可以做出個樣子來。」

說實話，我的理髮師是個和藹可親的女子。她找藉口生氣，目的是要樹立她的權威——再說，重複自己職業上慣用的臺詞是很有必要的。發完脾氣後，她便以友善的態度、愉快的心情幫我剪頭髮。

一頭濃密的髮絲，除了長得太長時必須將它們剪短外，我們還能對它們做什麼呢？這是我先前對修剪頭髮的信念。把濃密的髮絲雕塑成有形有狀，這是我今後對頭髮的最新概念。

「您的頭髮真的很漂亮，」理髮師剪完頭髮後，一邊說，一邊在欣賞她的傑作，看起來非常滿意她的成果。「您的頭髮很多而且很柔軟。您不應該隨隨便便找人理髮。」

髮型能把人改變到這種地步嗎？我不敢相信在鏡子中看到的自己。以前框住一張可憎臉孔的黑髮，現在成了在臉孔四周嬉戲的輕盈海浪。而且這張臉孔也不再那麼醜陋了。這個髮型讓我看起來有一種……很體面的樣子。我甚至於都覺得自己有點像是羅馬時代的貴族仕女。

「這……真不可思議，」我一邊說，一邊心想，如何不讓大樓住戶的人看見我這未經深思熟慮的莽撞之舉呢。

真無法想像這麼多年來時時刻刻不讓人注意，最後卻在貴族仕女的髮型下完全失敗。

我貼著牆偷偷摸摸地走回家。運氣真是好，一路上沒碰著任何人。可是我發現列夫好像用很奇怪的神情看著我。當我靠近牠時，牠把雙耳往後翻，似生氣或困惑。

「喔，」我對牠說道，「你不喜歡嗎？」——接著，牠使勁地在我周圍嗅來嗅去。

原來是洗髮精。我全身有股鱷梨和杏仁的味道。

我用一條圍巾把頭髮包起來，然後忙著一些無聊的工作，最煩的就是要把電梯間所有的黃銅門把擦得發亮。

接著，一點五十分了。

再十分鐘，曼奴菈就會在空蕩的樓梯上出現，到我這兒來做校閱工作。

我沒多少時間去考慮。我解開頭上的圍巾，匆忙地脫掉衣服，穿上那件死人生前的淺褐色連身裙，這時我聽見有人敲門。

花枝招展

「哇，去他的，」曼奴菈說道。

我從來沒聽過曼奴菈說過一句粗話。她口中這句驚嘆詞和不拘小節的俗語聽起來，就好像是忘形的教皇對紅衣主教們說：那個他媽的皇冠在哪兒？

「別開我玩笑，」我說。

「開玩笑？」她說道。「說真的，荷妮，您真是好看！」

她很激動，於是坐了下來。

「看起來就是道道地地的貴婦，」她又加了這麼一句話。

我擔心的就是這點。

「打扮成花枝招展的樣子去人家家裡吃晚飯，一定會給人很滑稽的感覺，」我一邊說，一邊燒茶。

「才不哪，」她說道，「這是很自然的一件事，穿著整齊地去人家家裡吃晚飯，每個人都會覺得這很正常的。」

「沒錯，可是這個呀，」我一邊說，一邊把手放在頭上，心中的感受就跟摸到膨膨鬆鬆的東西時一樣。

「您做完頭髮後就用圍巾包著頭，後面完全都塌下去了，」曼奴菈一邊皺著眉頭說話，一邊從手提袋裡拿出一個小小的紅紙包。

「是炸麵團，」她說道。

好的，讓我們轉個話題吧。

「結果怎麼樣？」我問道。

「啊，真可惜您沒看到這一切！」她嘆著氣說，「我還以為她會心臟病發作哪。我說：帕列何太太，很不好意思，以後不能繼續替您工作了。她瞪著我看，不懂我在說什麼。我還不得不跟她解釋了兩遍！後來她坐在椅上，對我說：那我以後怎麼辦？」

曼奴菈說到這裡停了一下，一副很生氣的樣子。

「只要她說：沒有您，那我以後怎麼辦？我是可以留下來繼續做的。算她運氣好，我把羅絲介紹給她。要不然的話，我會對她說：帕列何太太，您想怎麼辦就怎麼辦吧，我管……」

教皇說：管你他媽的皇冠。

羅絲是曼奴菈眾姪女中的一個。我知道曼奴菈這麼做用意何在。她是想給自己留一條後路，肥水不落外人田，像葛內樂街七號這麼好的地方必須留給自家人。——因此她引薦羅絲，以備萬一哪天想再回去。

天啊，沒有曼奴菈的話，那我以後怎麼辦？

「沒有您的話，那我以後怎麼辦？」我笑著對她說。

我們兩人突然笑得眼淚直流。

「您知不知道我的想法是什麼？」曼奴菈一邊問，一邊拿一條有點像鬥牛士用的大紅手帕擦眼淚。「離開帕列何太太，這是個好兆頭。我看以後會往好的方面發展。」

「她有沒有問您為什麼？」

「這是最有意思的地方，」曼奴菈說道。「她不敢問。良好的教育，有時候啊，反而是個問題。」

「她一定很快就會知道的，」我說道。

「沒錯，」心情愉快的曼奴菈吭了一聲。「不過您知不知道？」她又繼續說道，「再過一個月，她會對我說：曼奴菈，您的姪女羅絲真是能幹啊。換她接手真是做對了。哼，這些有錢人……真是幹！」

教皇生起氣來：幹他媽的皇冠。

「不管發生什麼事，」我說道，「我們都是朋友。」

我們相視而笑。

「是的，」曼奴菈說，「不管發生什麼事。」

深刻思想第十二章

這是一個和命運有關的問題
這些思想早熟的文章
是給某些人
而不是給另一些人

真是左右為難，要是放火燒房子的話，很可能會波及到小津先生的房子。搞亂一個目前認為唯一值得尊重的大人的生活，這畢竟不是一件很得體的事。不管怎樣，放火燒屋仍然是我一心一意想執行的計畫。

今天，我認識了一個非常令我感興趣的人。我到小津先生家喝茶。他的秘書保羅也在那兒。小津先生在大廳碰到媽媽、我，還有瑪格麗特，他便邀請我和瑪格麗特到他家玩。瑪格麗特是我最要好的朋友，兩年來，我們都是同班同學。我們第一次認識就一見如故。我不曉得您對現在巴黎高級住宅區的初中學校有沒有一點概念，老實說，那不會比馬賽北邊平民住宅區的學校更令人羨慕，也許還更糟糕。因為只要有錢的地方就有毒品——而且不是只有一點，也不是類似。

每當媽媽六八學運[1]的朋友們慷慨激昂地回述他們的暴力示威，和抽車臣煙斗的經歷時，我就覺得好笑。想到以前的青少年只躲在廁所裡嗅膠水氣味，那蜀葵的味道聞起來真的很香。現在在學校裡（我讀的還是公立初中，因為我父親擔任過部長），什麼都買得到：愛他死、快樂丸、快克、安公子等，我班上有些同學嗑愛他死就跟吃巧克力一樣。最糟糕的是，有毒品的地方就有性。您不要大驚小怪：現在這時代，年輕人很早就有性關係。有些六年級的學生（好，不是很多，但是畢竟有幾個）已經有過性經驗。

這很令人感慨。第一點，我認為性就跟愛一樣，是件神聖的事。我不是古板的戴博格利，但是我要是一直活到青春期以後的話，我會把性當做絕妙的宗教聖事看待。第二點，效仿大人的青少年再怎麼樣還是個青少年，以為晚上和朋友們聚會吸毒，跟人上床睡覺就能變成個百分百的大人，這就等於化裝成印第安人就以為自己是道地的印第安人一樣。第三點，藉著模仿大人所有最不好的缺點來讓自己變成大人，這實在是很奇怪的人生觀……。我呢，整天看我母親吃抗憂鬱藥和安眠藥，這就讓我一輩子對類似的東西都擁有免疫力。最後一點，年輕人以為模仿大人就可以讓自己變成大人，可是大人們的心智卻仍然像個孩子，而且對人生採取逃避的態度。

這真是令人傷感。想想看，如果我是班上的性感美女康奈兒・瑪丹的話，那除了吸毒外，我整天能做什麼？她的命運已經寫在臉上。十五年後，一心要嫁個有錢人的她已經跟有錢人結婚。她的丈夫會欺騙她，因為他要在其他女人身上尋找他十全十美、冷漠、輕浮的妻子永遠不能給他的東西──也就是人情味以及美滿的性生活。因此康奈兒會把所有的精力放在家裡和孩子身上，並且在潛意識的報復心理下，把孩子變成自己的翻版。她會把女兒打扮成跟高級妓女一樣，讓她們和隨便哪個大富翁睡覺，會叫自己的兒子跟父親一樣征服世界，和不三不四的女人私通，欺騙自己的太太。

您是不是以為我在胡言亂語？每當我看著康奈兒和她金黃色輕盈的頭髮、藍色的大眼睛、蘇格蘭迷你裙、非常貼身的T恤、迷人的肚臍，我向您保證，我對她未來命運清楚得就好像這些事已經發生在她身上。

目前，班上所有男生都對她垂涎三尺，因此她以為這些青春期少男對她這個理想性對象的崇拜是她本人美貌的證明。您是不是認為我很惡毒？一點都不，看到她這個樣子，其實我心裡很痛苦的，我替她感到難過，真的替她感到難過。

可是當我第一次看到瑪格麗特……，瑪格麗特原籍是非洲人，她叫做瑪格麗特，不是因為她住在巴黎奧黛門附近，而是因為那是菊花的名字。她的母親是法國人，父親是尼日利亞人，在外交部工作，可是他跟我們認識的外交官完全不同。他人很單純，一副很喜歡自己工作的樣子。他一點都不像犬儒主義者。他有一個美若天仙的女兒瑪格麗特，她是個道地的美人，膚色光滑，笑容可掬，還有一頭令人羨慕的頭髮。她一天到晚都在笑。當第一天阿基（全班女生最喜歡的人物）對她唱一首歌：「梅麗莎[2]，伊比薩島[3]的混血兒，全身總是光溜溜。」她立刻反擊，而且帶著大大的笑容：「哈囉，媽媽呀，我痛痛，妳怎麼把我生得醜溜溜。」這個呀，就是我欽佩瑪格麗特的地方，那不是具有什麼觀念性或者是邏輯性的刻薄話，但是她答辯敏捷的能力非常驚人。這是一種天賦。

我呢，在天資上我是絕等聰明，在機智上，瑪格麗特是出色人物。我要是能跟她一樣就好了；我呀，我的反應總是慢五分鐘，因為得把對話在心裡想一遍。有一次，瑪格麗特第一次到我們家玩的時候，鴿蘭白對她說：「瑪格麗特，這名字很好聽，不過這是老祖母的名字。」她不假思索，立刻回應：「最起碼，這不是鳥的名字。」鴿蘭白一聽，愣得嘴巴張得大大的，那真是有趣的一幕！

她前前後後花了好幾個鐘頭反覆思考瑪格麗特那句話的涵義，不得不對自己說，那也許是隨意說說的——不過她畢竟還是很困惑。同樣的事情，有一次，媽媽的好朋友羅森太太對她說：「像妳這樣的頭髮應該不好梳理。」（瑪格麗特的頭髮很蓬很捲，活像母獅的髮鬃，）她回道：「白膚太太講的話我有聽沒有懂。」

愛情是我和瑪格麗特兩人最喜歡的聊天內容。愛是什麼？怎麼個愛法？要愛誰？什麼時候開始愛？為什麼會愛？對此，我們兩人的看法不同。很奇怪的，瑪格麗特對愛情有著知識分子的遠見，而我是個不可救藥的浪漫主義者。她認為愛情是理智上的選擇（有點像www.ourstastes.com），而我認為愛情是美好的衝動。但是我們都一致同意：愛不該是手段，愛應該是目的。

和命運有關的前景是我們另一個喜歡的聊天內容。康奈兒．瑪丹被丈夫欺騙拋棄後，把女兒嫁給一個富翁，鼓勵兒子背叛妻子，最後在夏杜一個月八千歐元的房間內度過晚年。阿基．葛蘭－費內：他染上海洛英毒癮，二十歲時到戒毒中心接受治療，後來接管爸爸的塑膠製造工廠，和一名把頭髮染成金色的女子結婚，生了一個有精神分裂症的兒子，一個有厭食症的女兒，最後變成酒鬼，四十五歲時死於肝癌⋯⋯。讓我再告訴您，最可怕的並不是我們玩這個遊戲，而是這本身不是一個遊戲。

不過回到正題，小津先生在大廳碰到瑪格麗特、媽媽和我時，說道：「我一個外甥孫女今天下午會到我家來，妳們要不要也一起來？」我們還沒來得及哦一聲，媽媽就說：「好，好，那當然。」同時心中感覺到，輪到她下五樓去的時候不遠了。

因此，我和瑪格麗特到小津先生家去。他的外甥孫女叫作YOKO，是他的外甥女愛麗絲的女兒。愛麗絲是他的妹妹滿里子的女兒。五歲的YOKO是地球上最漂亮的小女孩，而且非常討人喜歡。她一張嘴嘰嘰喳喳，牙牙學語，還不停地格格笑，看人的神態就跟她的外叔公一樣友善、開朗。我們一塊兒玩捉迷藏，當瑪格麗特在廚房裡的櫥櫃找到她時，她笑得不得了，結果把尿撒在褲子上。後來，我們一邊吃巧克力蛋糕，一邊和小津先生聊天。她就在旁邊聽我們說話，睜著一雙大眼睛靜靜地看著我們（巧克力還一直沾到眉毛上）。

當我看著她時，我心想：「她是不是也會變得跟其他人一樣呢？」我試著想像她十年以後的樣子：滿臉世故，腳穿長筒靴，嘴裡叼根菸。再過十年，在一間一塵不染的房子內等她的孩子們回家，做個日本典型的賢妻良母。可是這些想像行不通。

這時，我心中有一股強烈的幸福感。這是我生平第一次遇見一個未來無法被我預測到的人，一個未來的人生道路仍是很寬廣的人，一個充滿著新鮮和各種可能性的人。「啊，對，YOKO，我想看著她長大。」我很清楚這並不是因為她的稚齡讓我產生這種幻想，因為我父母親朋友的孩子當中，從來沒有一個讓我產生相同的感覺。小津先生小時候應該也是這個樣子，我在想，那時候是否有人看著他，就跟我現在看著YOKO一樣，帶著喜悅和好奇的心理，等待蝴蝶脫繭而出，對蝴蝶翅膀的圖案顏色毫無概念，可是又充滿著信心。

因此，我自問：為什麼？為什麼是這些人而不是另一些人呢？

還有一個問題：我呢？我的命運是不是已經寫在我的臉上呢？我之所以要死，那是因為我確信我的命運已被註定。

可是，如果在這世上有機會能讓自己成為尚未成為的樣子……，那我是否能抓住這機會，讓我的生活變成一個和我祖先完全不同的園地呢？

1 六八學運，一九六八年反對戴高樂總統的法國學生運動，戴高樂因而下臺。
2 梅麗莎是加勒比海群島黑膚女子常見的名字。
3 伊比薩島（Ibiza），西班牙小島。

糟糕透頂

晚上七點，我半死不活地往五樓走去，緊張得全身關節幾乎爆裂，心中不斷禱告，希望不要撞到任何人。

大廳沒人。

樓梯上沒人。

小津先生門前的走廊沒人。

換作平常，我會很喜歡這種寂靜空蕩的氣氛的。可是，此時此刻，我卻有不好的預感，我非常想逃走。突然間，陰暗的門房就像個溫暖舒適、光輝絢爛的避難所，想到列夫躺在電視前的情景，竟然懷念起來，電視也不讓我覺得是那麼的罪惡。說來說去，我有什麼好失去的？我可以轉身，走下樓梯，再回到我的房間去。沒有什麼比這更容易的了。沒有比這更合理的了，這頓晚餐簡直近乎荒謬。

六樓傳出一個聲音，就在我的頭上。這聲音打斷了我的思路。恐懼之下，我全身開始冒汗——真巧啊——同時，在想都沒想的情況下，我使勁地按門鈴。

我的心還沒開始跳，門就開了。

小津先生滿面笑容地接待我。

「晚安，太太！」他大聲地說，好像是帶著真誠的喜悅。

糟糕透頂，六樓傳來的聲音變得很清晰：那是有人關門的聲音。

「哦，晚安，」我說完後，急忙進入屋內，差點把主人給撞到。

「把您的東西給我吧，」小津先生一邊說，一邊繼續笑著。

我把手提包遞給他，同時打量著其大無比的門廳。

我看到一件事物。

暗金色

就在面對門口的地方，在一道光線照耀下，我看到一幅畫。

當時的情況是這樣的：我，荷妮，五十四歲，雙腳長繭，出身低賤，而且註定一輩子都是低賤，不過是犯了一個錯誤，也就是在聽到《安娜．卡列尼娜》小說裡的一句話時跳了起來，因此便上一個有錢的日本人家吃晚飯。而我是他大樓的門房，我心中百般驚恐，一想到身處此地是不合禮儀，而且是褻瀆神聖時，我幾乎要昏厥過去，我心裡明白，儘管我腳能踩在這個地方，但這地方是不屬於我的世界，而且這地方不是門房該來的。我，荷妮，無意中把眼光投在小津先生身後，一幅被陽光照亮、鑲著暗色木框的小圖畫。

只有藝術的光輝才能解釋為什麼我在突然間忘卻了鄙陋身分，為眼前看到的美神魂顛倒。我不再認識自己。我繞過小津先生，完全被圖畫吸引住。

那是一幅靜物畫，畫中有一張擺好餐具的桌子，桌上放著一些牡蠣和麵包這類清淡小吃。近景中，有一只銀製碟子，碟子上放著一個被挖掉一半的檸檬，和一把帶著雕紋把手的小刀。遠景中，有兩個沒開的牡蠣，一個可以看到珍珠光面的貝殼碎片，還有一只也許是放胡椒的錫製碟子。在前後兩景當中，有一只倒在桌上的杯子，一塊被撕開來的小麵包，左邊有一只盛著淡金色液體盛到一半的大酒杯，杯子呈凸肚形，像倒過來的圓拱形屋頂，杯腳很寬，呈圓錐形，鑲著玻璃圓片。靜物的色差從黃色一直到灰黑色。畫的背景是有點濁的暗金色。

我非常愛好靜物畫。我曾把圖書館所有的相關書籍都借來看，捕捉這類作品的精髓。我參觀過羅浮宮、奧塞美術館[1]、現代藝術博物館[2]，而且我還看過——既是啟示也是讚嘆——一九七九年在小皇宮[3]舉辦的夏丹[4]作品展覽。但是夏丹所有的作品加起來都比不上十七世紀荷蘭畫家的一幅傑作。克拉艾茲[5]、黑達[6]、卡夫[7]，以及貝爾特[8]的靜物畫是這類作品中的傑作——也是藝術傑作，為了這些畫，我可以毫不猶豫地拿義大利文藝復興所有的畫交換。

我也毫不猶豫地認出眼前這幅畫是克拉艾茲的畫。

「這是複製品，」完全被我遺忘的小津先生在我背後說道。

這個人非要再把我嚇一跳不可。

我嚇了一跳。

定了定神後，準備說一些像這樣的話：

「這畫好漂亮啊，」這句話對藝術來說，就等於是「處理一下『給』這個」這句話對語言之美的侮辱一樣。

我完全恢復鎮靜後，準備重新扮演愚蠢的門房角色，來這麼一句話：

「現在的人什麼事都幹得出來。」（回答那句話：這是複製品。）

我也準備來個殺手鐧，讓小津先生不再有任何懷疑，永遠地確信我是個低俗之人：

「這些杯子好奇怪喔。」

我考慮來，考慮去。

最後準備說：

「是什麼的複製品啊？」但這句最適合的話卻卡在喉嚨裡出不來。

我沒這麼說，我說的是：

「真美啊。」

1 奧塞美術館（Musée d'Orsay），位於巴黎塞納河左岸，以展覽印象派作品為主。
2 現代藝術博物館，位於巴黎十六區東京大廈內，以展覽現代畫為主。
3 小皇宮（Le Petit Palais），位於巴黎香榭麗舍大道旁，一九〇〇年萬國博覽會場地。
4 夏丹（Chardin, 1699-1779），法國人物畫與靜物畫名畫家。
5 克拉艾茲（Pieter Claesz, 1597-1661），荷蘭靜物畫家。
6 克拉艾茲—黑達（Willem Claesz-Heda, 1594-1680），荷蘭靜物畫家。
7 卡夫（Willem Kalf, 1622-1693），荷蘭靜物畫家。
8 貝爾特（Osias Beert, 1580-1624），法蘭德斯靜物與花卉畫家。

迭合線在哪兒？

當面對某些藝術作品時，我們心中產生的讚嘆感是怎麼來的呢？欽佩之心是第一眼就會油然而生。如果我們鍥而不捨地去尋找原因的話，那我們會發現到，美都是藉著精湛的技巧而表達出來的，這些技巧只有在仔細地觀察筆觸才能明白。畫家以高超的技藝，用畫筆馴服了陰影與光線，描繪出形狀與紋理：玻璃的透明光彩、牡蠣殼的凹凸不平、檸檬的柔和色澤。但這一切都不能解釋，為什麼偉大作品會讓人一看就產生讚嘆之心的祕密。

這是個永遠不斷出現的謎：偉大的藝術傑作是一種美的模式，這模式能夠在我們心中產生永恆的恰到好處感。藝術家創造出某些擁有特殊風格的模式，不僅能夠橫跨藝術史，而且這些代表個人天才的模式還構成了人類藝術天才的多樣面貌，這點非常令人感到困惑。克拉艾茲、拉斐爾[1]、魯本斯[2]、以及霍柏[3]這些畫家的畫，它們的迭合線在哪兒呢？儘管畫中主題、畫具、繪畫技巧完全相異，儘管只是因應某個時代、某個文化下所出現的人文成果都微不足道，而且瞬間即逝，儘管鑑賞眼光都具有獨特性，因為每個人只能以自己的學養去欣賞，因此眼光都是褊狹而且貧乏，但是具有才華的大畫家卻識破了奧秘，以各種不同的外貌發掘出同樣的絕美模式，而這模式便是我們在藝術產品中所追尋的。

克拉艾茲、拉斐爾、魯本斯、以及霍柏，他們的迭合線在哪兒呢？我們的眼睛不需要刻意去尋找，便會看到一個讓您覺得具有恰到好處感的模式，因為就是恰到好處感讓人覺得那是美的本質，沒有任何變數，也沒有任何保留，沒有背景條件，也不需要付出任何努力。所以，就在畫有檸檬的靜物畫裡，畫家發揮至極限的技巧將恰到好處感給迸發出來，給人一種就是應該這麼擺的感覺，讓人體會到靜物的力量和它們之間的相互關係，讓人看到靜物彼此之間的緊密結合，以及將它們互相吸引或是互相排斥的磁場，這磁場是無法抹滅的連接物，它將靜物交織在一起，並且產生一股力量，這種無法解釋的神秘震波來自於模式的張力和平衡狀態——因此恰到好處感被迸發出來，物體與食品在獨特的安排位置下符合了普遍共通的原理：恰到好處的模式具有永恆性。

1 拉斐爾（Raphaël, 1483-1520），義大利人物畫家。
2 魯本斯（Rubens, 1577-1640），法蘭德斯畫家。
3 霍柏（Hopper, 1882-1967），美國畫家，為寫實主義先鋒。

無期限的存在

藝術有何用處呢？藝術是在時間的巨輪中，打開一道對動物而言似乎是永遠不可少的情感空間，替我們提供一個短暫，但像電光石火般的茶花幻覺。藝術是如何誕生的呢？它來自於心智對感官領域所擁有的雕塑能力。藝術替我們做了些什麼呢？它讓我們的情感擁有外形，讓情感可以被看見，並且將人類傑作共有的永恆印記銘刻在情感上。所有的傑作都是透過某種特殊的外形，成為人類共同情感的化身。

永恆的印記……，畫上的那些菜餚、碟子、桌巾、酒杯，它們令我們聯想起什麼樣的生活呢？在圖畫的框框之外，那也許是生活上的波濤和煩惱，對未來計畫做永不休止、徒勞無益的疲憊奔波——可是在圖畫的框框之內，那是從充滿著覬覦心的時間中脫逸而出的懸空時刻，而這時刻十分圓滿。

覬覦心！我們永遠無法停止渴望，這不但崇揚了我們，也謀殺了我們。渴望！它讓我們繼續生存，也讓我們受苦受難，它每天都把我們帶到昨晚失去而太陽再現時，似乎又可以再度逐鹿的戰場上去；渴望，儘管我們明天就會死亡，它仍促使我們去建築註定要灰飛煙滅的帝國，就好像明知帝國馬上會崩垮這件事對現在要興建帝國的飢渴心而言一點份量都沒有；渴望激發我們的欲求，使我們更進一步地想獲得所未能擁有的東西，並且在清晨時分，將我們推落在屍橫滿地的疆場上，因此直到死前，渴望都讓人抱著一連串的計畫。可是，永遠不停地渴望是多麼地令人感到疲勞啊⋯⋯，很快地，我們憧憬著不帶覓求心的享樂，我們夢想著沒有開始也沒有終止的幸福境界，並且在這境界中，美不再是完成品，也不是草圖，而是人類本性的事實表徵。

這個境界就是藝術。因為畫中的桌子，我應該把它擺起來嗎？桌上的菜餚，我應該覬覦它們才能看到它們嗎？在某處，在他處，有某人要享用這頓飯菜，想喝透明玻璃杯裡的飲料，想繼續品嚐鹹鹹的柔軟牡蠣加上檸檬汁的滋味。必須要有這個構思，這個嵌在其他一百多個構思當中，並且讓其他一千多個構思湧現出來的構思，必須要有準備和享受牡蠣盛宴的這個意願——必須要有某個人的構思，真正的構思，才能實現一幅圖畫。

當我們看一幅靜物畫時，當我們在無特意的追求心下，為美麗且靜止的物體外形所帶來的美感而欣喜時，我們是正在享受著我們心中未覬覦的事物，我們是在觀看著我們未企圖佔有的物體，我們是在珍惜著我們並未渴求的東西。靜物畫，它是把和我們內心欲望溝通的美用形象表達出來，但是這美是出自於另一個人的欲望；靜物畫不僅和我們的享樂意願吻合，而且和我們的任何計畫都沒有關聯；靜物畫呈現在我們面前，可是不需要我們付出努力。靜物畫是藝術精髓的化身，這藝術精髓便是永恆的擔保。在無聲無息，沒有生命也沒有動作的靜物畫中，出現了沒有被未來計畫所佔據的時間，不受期限和貪婪羈服的完美——也就是不帶欲望的享樂，無期限的存在，不帶意志的美。

因為藝術就是不帶情慾的感動。

世界動態日記第五章

動還是不動

今天，媽媽帶我去看她的心理醫生。理由是：我躲起來。這就是媽媽對我說的話：「我親愛的，妳知道我們為妳這樣躲躲藏藏的事感到很頭痛，尤其是上次妳說過一些話後。我想妳最好跟我一起去泰德醫博士那裡談一談。」我必須說，其一，泰德醫博士只有在我母親那個不正常的小腦袋瓜裡才是個醫博士。他跟我一樣既不是什麼醫治病人的醫生，也不是什麼博士論文的作者，但是很顯然地，「醫博士」這字眼讓媽媽心中產生很大的滿足感，這是因為他擁有治好母親的抱負，不過他是慢慢來（十年）。他原先是個左派分子，在南特爾大學平平靜靜地唸了幾年書，後來在天命安排下，認識了一名佛洛伊德派大師，因此皈依心理分析學說。其二，我不明白問題出在哪裡。「我躲躲藏藏」這句話其實不正確，我只是獨自處在別人找不到我的地方。我只是要安安靜靜地寫我的《深刻思想》，還有我的《世界動態日記》，而且在書寫之前，我不過是想要能夠安靜地思考，不要受到姊姊的干擾，譬如她在說蠢話，聽收音機或是音響，也不想受到媽媽的打擾，跑來對我說：「奶奶來了，我親愛的，過來跟她親一親。」這是我所有最無趣的句子中的其中一句。

當爸爸生氣地瞪著眼睛問我：「說真的，妳為什麼老愛躲起來？」在一般情況下，我都不回答的。我要說些什麼呢？「因為你們讓我覺得煩，而且我在死前有重大的作品要寫」？當然囉，我是不能這麼說的。因此爸爸最近一次問我時，我企圖用幽默的方式回答，目的是想讓事情不要被看得太嚴重。我擺出一副有點迷惘的神態，然後雙眼看著爸爸，有氣無力的說道：「那是為了我腦海裡的那些聲音。」作夢也沒想到，這句話立刻引起了一場全體戰鬥總動員！爸爸一聽，嚇得目瞪口呆，連忙去找媽媽和姊姊，兩人立刻跟爸爸來到我面前。三個人同時對我說話：「我親愛的，沒關係，我們會幫妳解決問題的。」（爸爸），「我立刻打電話給泰德醫博士。」（媽媽），「妳聽到幾個聲音在說話啊？」（鴿蘭白），等等，等等。

媽媽的神色好像是大日子來臨一般，又是擔心又是興奮：萬一我女兒是醫學上的一個案例？這多可怕啊，不過這也是多麼光榮啊！行，當我看到他們嚇得那副德性時，我說：「我是開玩笑的！」可是我必須重複好幾遍才讓他們聽到我在說話，而且還要重複更多遍才讓他們相信我的話。而且，我還不敢確定他們是不是相信我的話。

長話短說，媽媽打了個電話給泰德醫博士替我訂了個約會，所以我們今天到他那兒去。

我們首先是在一間很高雅的候客廳裡等著。廳裡放了許多不同時期的雜誌：有十年前的《地理》，還有擺在最上面最近一期的《她》。接著，泰博士來了。他和相片上（登在一本媽媽給所有人看過的雜誌裡）的樣子一樣，不過是真正的本人，也就是有顏色有味道：栗子色和菸絲味。他大概五十歲左右，身材矯健，衣著講究，但是頭髮、短鬚、膚色（塞席爾島居民[1]的顏色），毛衣、長褲、鞋子、錶帶：全都是同一色調的栗子色，也就是說像一顆真正的栗子。或者說是像枯葉。除此之外，他身上散發出的味道是高級菸絲的味道（金色菸絲：帶蜂蜜和乾果的香味）。行，我心中自忖，咱們也來個小小的談話吧，就像有教養人士在秋天時，坐在火爐旁聊天一樣，聊一些文雅，有建設性，甚至於是很柔（我很喜歡這個形容詞）的話題。

媽媽跟我一起進去。我們分別坐在他辦公桌前面的椅子上，他坐在辦公桌後面一張有把手的旋轉椅上。旋轉椅的椅背帶著很奇怪的靠枕，跟電視影集《星際迷航記》[2]裡的太空椅有點像。他雙手交叉放在肚子前面，看著我們兩人，然後說道：「我很高興見到妳們，見到妳們二位。」

啊，一開頭就不對。一聽到那句話我就立刻怒火中燒。那句話就跟超級市場的推銷員，為了向站在推車後面的太太和她的女兒推銷雙面牙刷時說的話一樣，這畢竟不是我們對心理醫生所期待的。可是，當我發現到一件很有趣的事，可以做為《世界動態日記》的題材時，我的怒氣立刻消失。我看得很專心，集中全力觀察，並且對自己說：不會的，這是不可能的。可能的，可能的！這是可能的！真不可思議！我完全被迷住了，因此媽媽在講她那些無聊的芝麻小事時（我女兒老愛躲起來，我女兒令我們感到害怕，因為她說她聽到腦子裡有聲音，我女兒都不跟我們說話，我們很替我女兒擔心），而且張口閉口「我女兒」前前後後大概有一百多次，可是我就在她旁邊十五公分的地方，我幾乎無法專心聽。因此當泰博士一開口對我說話時，我嚇得差點跳了起來。

我得先跟您解釋一下。我很明白這個泰博士是個活人，因為他在我前面走動過，坐在椅子上，還有張口說話。但是除此之外，他也可以說是個死人：因為他動也不動。當他在他的太空椅坐定後，全身就再也不動了，最多就是說話時嘴唇動一動，但他也是以最省力的方式說話。至於他身子的其他部位，是靜止不動，完完全全地靜止不動。一般來說，當我們在講話時，我們不是只有嘴唇在動而已，因為說話的動作會牽引身體其他部位跟著動：臉部的肌肉、雙手、脖子、肩膀都會連帶地有些輕微動作。而且，就算是不在說話時，也很難保持完全靜止不動的狀態，身體的某個地方總會稍微抖動一下，眼皮眨一下啦，腳輕微地動一下啦，等等。

可是呀，他一點動作都沒有！沒就是沒！無就是無！沒有就是沒有！簡直是一尊活彫像！難以置信！「哦，小女孩，」他對我說話，同時還嚇我一跳，「妳對這些事怎麼個說法？」我沒辦法集中思考，因為我完全被他的靜止狀態吸引住，因此，我花了一些時間才回答他的問題。媽媽坐在椅上扭來扭去，好像她屁股長了痔瘡似的。可是這個醫博士眼睛眨也不眨地直看著我。

我心想：「我一定要讓他動一下，我一定要讓他動一下，總會有件事能讓他動一下的。」於是我說：「只有在我的律師面前我才開口說話。」我希望這句話能達到效果。徹底失敗：他一動也不動。媽媽嘆了一口氣，就好像是受苦受難的聖母瑪利亞一樣，然而另一個人卻是完全靜止不動。「妳的律師……嗯……」他動也不動地說道。好，這下子精彩了。他動還是不動？我決定全力以赴，投入這場戰鬥中。「這裡不是法院，」他繼續說道，「妳是很清楚的，嗯。」我呀，我在想：我要是能讓他動一下的話，單單這件事就很值得了，我這一天就沒有白白浪費掉！「好，」活彫像又說道，「我親愛的索蘭茲，我要跟這位小女孩單獨談一談。」我母親站起身，像長毛垂耳狗一樣，用淚汪汪的眼神看著他，然後做了許多不必要的動作（也許是要彌補一下），離開房間。

「妳媽媽很替妳擔心，」他撇頭就這麼說，同時還完成一項壯舉，他的下嘴唇絲毫都沒被牽動到。我考慮了一會兒，思考改用挑撥方式，成功的機會不會很大。您想要讓您的心理醫生更加肯定他自己的自制能力嗎？那麼就挑撥他，就跟青少年挑撥自己的父母一樣。我決定換個策略，用非常嚴肅的態度對他說：「您認為這和父姓被排除之事有關嗎？」您是否認為這句話讓他動了一下呢？

一點都沒有。他還是靜止不動，而且面不改色。不過我發現到他眼睛有點不同，好像在顫抖。我決定繼續使用同樣的策略。「嗯？」他說道，「我不認為妳能懂妳剛剛所說的話。」「啊，我懂的，我懂的，」我說道，「不過，拉崗[3]的理論中，有些東西我不太懂，也就是他和結構主義的關係，這之間的真正本質是什麼。」他嘴巴張開一半準備回答，但是我的速度比他更快。「啊，哦，是的，還有mathèmes也是一樣。那些結都有點不清不楚。您呢？您懂那是在說什麼嗎？長久以來大家都知道那是騙人的玩意兒，不是嗎？」

啊，我發現有很大的進展。他沒有時間把嘴巴給閉上，他的嘴巴一直張開著。之後，他恢復原先的姿態，在他那張死邦邦的臉孔上出現了一個不帶任何動作的表情，意思是：「我的小姑娘，妳想跟我玩這個？」當然囉，我的冰糖栗子，我就是要跟你玩這個。我在等他回話。

「我知道妳是個很聰明的小女孩。」他說道（這項訊息是我親愛的索蘭茲轉達的，代價是：每半個鐘頭六十歐元）。「不過，我們可以一方面很聰明，一方面又很缺乏，妳懂吧，非常睿智，可是非常不幸。」他可是不苟言笑。

你是從兒童漫畫書《兔寶寶玩具》[4]裡找到這句話的嗎？我差點想這麼問他。我突然心血來潮，想施一招更狠的殺手鐧。這十年來，坐在我前面的這傢伙每個月都要花掉我家六百歐元，得到的效果眾所周知：我媽每天都要花三個鐘頭的時間澆花，還得吃一大堆要花錢的藥。我越想越火，再也按捺不住。我將身子往前靠，用很低沉的嗓音說道：「你好好的聽著，現場冷凍先生，咱們來個小小的交易。你別找我麻煩，交換的條件是，我不在巴黎政治界和商業圈散播對你不利的謠言，摧毀你這個見不得人的小生意。你要是有能力看得出來我有多聰明的話，你就知道我不是在蓋你，這種事我完全有能力幹得出來。」按照我的看法，我這句話不可能發生效果。我不認為會有作用。只有真正的蠢蛋才會相信這些蠢話。可是真不可思議啊，我居然成功了：老實的泰德醫博士臉上掠過一層焦慮的陰影。我想他是相信了我的話。真是天方夜譚：如果有一件事情是我永遠不會去做的，那就是造謠傷害人家。我那個共和主義思想的父親早替我打了道義學的病毒，儘管我覺得這跟其他的事一樣荒謬，我還是非常嚴格地遵守家訓。可是，只能從媽媽身上來推測我們家人心理的老實醫博士似乎認定這個威脅是真實不假。

啊，奇蹟出現：他動了一下。他舌頭喀嗒了一聲，張開交叉的雙臂，一隻手往桌子伸過去，將手心打在山羊皮做的墊板上，那是憤怒也是恐嚇的手勢。接著，他站起身，所有溫柔和善意的表情完全消失。他走到門口叫媽媽，跟她胡扯一通，說我的精神狀況很好，一切都會恢復正常，然後叫我們立刻滾蛋。

起先，我倒是為我自己感到高興，因為我居然能成功地讓他動。但是隨著天色漸晚，我越來越覺得消沉。當他在動的時候，那前後經過的一切很不美，很不高尚。我雖然知道有些大人戴著一副溫柔甜蜜，文雅莊重的假面具，但骨子裡是很醜陋，很冷酷，我雖然知道只要在面具上刺個洞就可以讓面具掉下來，但是，當這種事是以如此殘暴的方式發生時，我還是覺得很難過。當他把手敲在桌上的墊板時，那意思是說：「很好，既然妳看到真正的我，那就沒有必要繼續演戲，好，咱們就一言為定，我接受妳的交易，妳立刻給我滾開。」

喔，這很讓我難過，是的，很讓我難過。我雖然知道這世界很醜陋，但是我也不想看到這醜陋的世界。

是的，讓我們離開這個世界吧，在這個世界中，凡是在動的都揭露出醜陋的一面。

1 塞席爾島（Seychelles）是共和國，位於馬達加斯加島東北，經濟以農業、旅遊業為主。

2 《星際迷航記》（*Star Trek*），一九六〇～七〇年代流行的美國科幻電視影集。

3 拉崗（Lacan, 1901-1981），法國心理學家，提出「鏡像理論」，創出mathèmes新詞，曾設立佛洛伊德學院。

4 《兔寶寶玩具》（*Pif Gadget*），法國兒童月刊，七歲至十三歲的兒童讀物。

一股希望

指責現象學家是心中無貓的自閉症患者，這是很令人愉快的事；我把生命都奉獻在追求永恆上。

但是追求永恆者註定很孤獨。

「是的，」他一邊說，一邊把我的皮包拿過去，「我也是這麼覺得。這幅畫是最樸實的畫之一，可是呢，非常的和諧。」

小津先生的家非常大，非常美。聽過曼奴菈的描述後，我已有心理準備，知道他家的佈置是日式風格。他家的確是有滑門、盆景、鑲灰邊的黑色厚地毯，還有許多來自亞洲的器皿——一張黑色生漆茶几，一排多得不得了的窗子上，掛著拉開程度不等的竹簾，為房間帶來一股東方氣氛。但是，除此之外，也有屬於歐洲風味的長沙發、短沙發、架子、燈具、書架。看起來非常的……高雅。然而，就跟曼奴菈和羅森太太所說的，他家沒有一件東西是多餘的。但也不是像我想像中的那麼精簡、空蕩，就跟小津安二郎電影裡的日本家庭一樣，只是層次較為奢侈，可是仍然具有日本文化的樸素特點。

「請跟我來，」小津先生對我說道，「我們別老是站在這裡，這太拘禮了。我們在廚房吃晚飯。附帶一提，是我做菜。」

我發現他身上綁著一條蘋果綠的圍裙，裡面穿的是栗色圓領套頭毛衣和淺褐色棉褲，腳上穿著一雙老舊的黑皮鞋。

我跟在他後面快步地走到廚房內。天啊。在這樣設計精美的廚房內，我可是願意每天做菜，包括給列夫做貓食。在廚房內做的任何一件事都會顯得很神奇，就連開一個貓罐頭都會覺得很美妙。

「我為我的廚房感到很驕傲，」小津先生很爽直地說道。

「是該值得驕傲，」我回他的話，不帶任何諷刺的意味。

小津先生的廚房全是白色和淺色的鑲木，有很長很長的料理台，還有裝滿著藍、黑、白三色瓷製餐具的大碗櫥。廚房正當中擺的是烤爐、電熱爐、帶三個水槽的洗碗槽和一張圍繞著許多高腳椅的大吧檯。我坐在其中的一把高腳椅上，面對著在火爐旁忙碌的小津先生。他在我面前放一小瓶熱過的清酒，以及兩只非常漂亮，有碎紋的藍瓷杯。

「我不曉得您是否懂得日本菜，」他對我說道。

「不怎麼了解，」我答道。

我心中湧起一股希望。您也許注意到，直到目前為止，我和小津兩人之間沒交換過二十句話，但是我的舉止態度活像是他的老友，看著身穿蘋果綠圍裙的他忙著做菜。而在這之前，我曾為一幅荷蘭畫著迷，此事沒有人去做任何註解，而且也徹底被遺忘了。

今晚很可能只是亞洲菜的啟蒙。什麼托爾斯泰，還有一大堆的懷疑，見鬼去吧。對階級區別不是很了解的新住戶小津先生，邀請他家的門房吃一頓富有異國情調的晚餐。他們談論著沙西米，以及豆瓣醬麵。

還有比這更平凡粗俗的事嗎？
就這時發生了一件很糟糕的事。

小膀胱

首先，我必須坦誠我有一個小膀胱。否則該怎麼解釋一小杯茶就讓我勤跑廁所呢？而按照茶壺的容量，一壺茶會不斷地讓我重複這件事呢？曼奴菈是個不折不扣的駱駝，她可以把喝下去的所有茶水全留在體內，屁股不離椅子地吃她的乾果餅乾，前後達數小時之久，而我卻必須來回好幾次上廁所。可是在自己家裡，在六十平方公尺的房子內，廁所的位置總是不會太遠，而廁所的所在地老早就瞭若指掌。

就這個時候，我的小膀胱發出了信號。今天下午喝了好幾壺茶，我明白這個信號的意思：禁尿能力減低。

在交際場合中，這種事要怎麼問呢？

「廁所在哪兒？」奇怪的是，我覺得這句話不很得體。

用相反的方式說：

「您可不可以告訴我那地方在哪兒？」不把事情明說出來是件很斯文的事，怕的是別人聽不懂，因此，接下來反而會更尷尬。

「我想尿尿。」這句簡單明瞭的話是不能在餐桌上說出來的，更不能對陌生人開口。

「化妝室在哪兒？」這句話讓我為難，因為聽起來很冷漠，好像是在鄉下餐館。

「衛生間在哪兒？」衛生間這個詞不僅讓人聯想起童年，也讓人想起花園深處的木屋，但是也有個不可磨滅的涵義，它會讓人聯想到一股臭味。

就這時我靈機一動。

「拉麵是麵條再配上中國式的湯汁，日本人經常在中午吃這個，」小津先生正在說這句話，同時把一大堆剛剛放在冷水裡的麵條撈起來。

「請問方便的地方在哪兒？」這是我唯一找到回答他的話。

我承認這句話是有點粗魯。

「啊，真不好意思，我沒有事先告訴您，」小津先生用非常自然的態度回答。「就在您身後的那道門出去，走廊右手邊的第二道門。」

萬事是否都一樣簡單呢？

應該不是。

世界動態日記第六章

內褲還是梵谷？

今天，我和媽媽一起上聖多諾黑街[1]去逛商店拍賣。簡直是人間地獄。有些商店前面還大排長龍。我想您是知道聖多諾黑街都是些什麼樣的商店：用堅韌不拔的精神去搶購一些打折、但價格還是跟梵谷畫一樣貴的圍巾或是手套，這實在是令人瞠目結舌。那些女士們不但樂此不疲，甚至於連舉止都有點不高雅。

但是我也不能對今天一整天完全採取抱怨的態度，原因是我發現到一個很有趣的動作，儘管，哎，這動作不怎麼美觀。不過，話說回來，很有強烈感，沒錯！而且也很好玩。或者說很悲慘，我說不出來。說實話，自從我開始寫這本日記後，我把標準降低了很多。剛開始我是想發現人體動作的和諧美，結果卻碰到一些出身良好的女士為了一條花邊內褲大打出手。不過呢……不管怎麼說，我是不相信會有和諧美的。既然要寫，那麼不如好好的消遣一下……

事情前後經過如下：我和媽媽一起走進一間專賣精細內衣的商店。精細內衣，單就名字來說就已經很有趣了。要不然的話，怎麼去稱呼它呢？難道叫粗厚內衣？行了，老實說，那是指性感內衣，在這種商店裡是找不到老祖母的舊式棉內褲的。再說，既然是在聖多諾黑街，可想而知，內衣褲準是超級性感，有手鉤花邊的胸罩和內褲，有絲質的丁字褲，有精紡喀什米爾羊毛的連身內衣。我們不需排隊就進入店裡，但還是排隊的好，因為裡面啊，水泄不通。我感覺像是進入一座脫水機。更絕的是，媽媽立刻渾然忘我，在一大堆顏色不正統（黑紅相間，或是黑藍相間）的內衣裡翻來翻去。我自忖，在她找到一件絨布睡衣之前（希望不大），是否有什麼地方可以讓我躲一躲，避一避，於是我鑽來鑽去，往更衣室的後面走過去。

我不是獨自一人。有一個男人站在那兒，唯一的男人，神色看起來很不幸，就跟涅普頓沒有成功搭在戴安娜的屁股時一樣。這是「親愛的，我愛妳」的壞策略。這個可憐男子被女友架到這裡來陪她試穿性感內衣，結果身陷敵境，三十多個發狂的女人把他撞過來又撞過去，而且不管他是站在什麼地方，都用惡狠狠的眼光瞪著他。說到他那個溫柔可愛的女友，早就變成了復仇女神，為了一件海棠紅的三角褲隨時隨地可以大施殺手。

我向他拋過去一個同情的眼光，他回應我的驚恐眼神就跟被追捕的野獸一樣。我站立的地方正好居高臨下，可以看到整個商店，也可以看到正在為一件胸罩垂涎不已的媽媽。那件胸罩非常非常的小，鑲有白色的花邊（最起碼還有這個），可是也有許多紫色的大花朵圖案。我母親四十五歲了，身上多出了好幾公斤，不過她不怕紫色大花朵，反倒對樸素高雅的淺褐色避之唯恐不及。長話短說，媽媽好不容易地從格子裡抽出一件和她身材似乎相稱的帶花迷你胸罩，同時在下三層的格子裡抓住一條配套的內褲。她信心十足地要拿起這條內褲時，突然，她眉頭皺了起來：內褲另一頭另有一位女士，也要拿這條內褲，她一樣皺起眉頭。她們互相看了對方一眼，然後又看了格子一眼，發現這條內褲是一整天拍賣下來後碩果僅存的一條，於是兩位女士開始準備廝殺，互相較勁。

這就是有趣動作的前兆：一條一百三十歐元的內褲，說穿了也不過是幾公分長的精緻花邊而已。為這條內褲，必須向對方嫣然一笑，同時手要將內褲緊緊地握住，把它往自己身上拉過來，還不能把它撕破。我先直截了當地告訴您，如果在我們的宇宙中，物理定律是恆數的話，不把內褲撕破是不可能的事。這兩位女士試了幾秒不見勝負後，心中暗自向牛頓喊阿門，可是誰也不肯讓步。因此，必須採取別的策略繼續決戰，換言之，也就是改以外交攻勢（爸爸最喜歡引用的話之一）。這連帶產生下一個有趣的動作：必須假裝不知道自己緊緊地拉著褲子，同時要假裝說話很客氣，用言辭來爭取這條褲子。

媽媽和那位女士突然間都沒了右手，也就是拿住褲子的那隻手。就好像那隻手不存在似的，就好像那位女士和媽媽都很平靜地討論仍然放在格子上的內褲，沒有人企圖用武力將它佔為己有。那隻右手在哪兒呢？跑啦！飛走啦！不見啦！現在是外交掛帥！

大家都知道，當雙方實力相當的時候，外交策略必定失敗。從來就沒有一個強者會去接受另一方的建議。因此，兩個談判員從開始異口同聲地說：「啊，親愛的太太，我想我的動作比您快。」到最後也都沒得到任何具體結果。當我走到媽媽旁邊時，談判的情況是：「我絕不放棄。」不用說也知道，這兩個交戰者說到就會做到。

當然囉，最後是媽媽輸了。當我走到她身旁時，她突然想起來她是高尚家庭的主婦，是為人之母，而且她也不可能伸出左手往對方的臉上一拳打過去，而不在我面前失去尊嚴。因此她的右手又開始活動，將褲子放下。戰果是：一方帶走褲子，另一方帶走胸罩。吃晚餐的時候，媽媽的情緒很惡劣。爸爸問她怎麼回事，她回答：「你是國會議員，你應該特別注意整頓道德風俗之事。」

言歸正傳，談談那個有趣的動作吧：兩位精神完全正常的女士突然間不知道自己身體某部位的存在。這看起來非常的奇怪，就好像跟現實生活脫了節似的，就跟科幻小說裡描寫的一樣，在空間和時間中出現了一個黑洞。那是一個負極動作，也可以說是空虛的舉動。

我心想，如果我們能夠假裝不知道自己有右手，那有多少事物我們也可以假裝它們不存在呢？我們是否可以擁有一顆負極的心，一個空虛的靈魂？

1 聖多諾黑街（Rue Saint-Honoré），位於巴黎第一區，是高級服飾商店街。

其中一卷

廁所行動的第一階段發展順利。

我找到走廊右手邊的第二道門。由於實在等不及，因此我連企圖打開其他七道門的念頭都沒有。我坐上馬桶盡情解放，哪管自己好不好意思。如果真向小津先生詢問他的衛生間在哪兒的話，那可能是件很魯莽的事，因為衛生間是不會如雪一般白的，這裡從牆壁到馬桶都是白色，甚至連馬桶座墊都白得讓人不敢坐在上頭，唯恐把它給弄髒了。但是所有的白色都被柔化——因此在裡面方便就不會顯得太像是診療行為——白色被一道很厚、柔軟、光滑、溫和的亮黃色地毯所柔化，讓衛生間看起來不會像是一座手術台。從這些觀察的結果，我對小津先生欽佩不已。簡簡單單的白色，既無大理石，也無浮華的裝飾——這些都是喜歡把所有瑣事都弄得很富麗堂皇的有錢人的通病——白色的單純，再加上陽光色地毯的柔和，以廁所而言，這兩者正是構成恰到好處感的條件。進入廁所時，我們在尋找什麼呢？明亮，免得我們想起要一起結盟的既幽暗且深長的大小腸和下水管，還有地上的一些暖意，能夠讓我們完成差事而不會讓雙腳活活受凍，尤其是晚上。

衛生紙也很渴望被列入聖品。我認為它比義大利高級跑車瑪莎拉蒂或者是英國頂極房車積架，更能做為富有的象徵物。用來擦屁股的衛生紙要比許多財富象徵更能劃分階級之間的差距。小津先生家的衛生紙不但厚，柔軟，細緻，而且還帶著清香，能夠尊重地滿足身上某部位的需求，這一部位比身上任何其他部位都更需要衛生紙。一卷衛生紙到底要多少錢呢?我一邊在想,一邊按抽水箱上的按鈕。我按的是上面有兩朵蓮花的按鈕,我的膀胱禁尿能力不大,但是容量卻不小。一朵花的水量對我來說可能不是很夠,三朵花也未免太誇張了。

就這時候發生了一件事。

一陣驚天動地的聲音傳入我耳內,差點沒把我當場嚇昏。令人驚恐的是,我不知道這聲音是從哪兒來的。這不是來自抽水馬桶,因為我連抽水的聲音都沒聽到,這聲音來自上面,然後落在我頭上。我的心臟跳得很激烈。您知道大難當頭時有三個f選擇,fight,flee,freeze。我是freeze,當場僵住。我很希望能夠flee,趕快逃走,可是突然間,我不知道如何開門。我腦裡是否正在猜測這是為什麼呢?也許吧,但不是很清晰。我在想,我是否把排泄量估計錯誤,按錯了鈕——真是自命不凡,真是驕傲自負,荷妮啊,那麼一點尿就想用兩朵蓮花的水量——因此,我遭受天譴,雙耳被驚雷襲擊?我是否享受太久——荒淫啊——享受在裡面方便的樂趣?而我們應該把這當做不潔之事的。我是否任憑渴望支配,覬覦豪奢無比的擦屁股紙,所以立刻被提醒我犯了一個罪過?我一雙做粗工的僵硬手指是否在潛意識的憤怒之下,把靈敏的蓮花按鈕按得太重,結果引起一場水管大災難,讓五樓有崩垮之危?

我想盡辦法逃離現場,可是雙手不聽使喚。我抓住銅製門鈕,按理,門鈕一轉,門應該會打開,將我解放出去的,可是該發生的都沒發生。

這時,我真以為自己有錯覺,或者是到了九重天,因為先前不明晰的聲音開始變得很清楚,而且做夢都想不到,這聲音聽起來很像是莫札特的曲子。

說得更清楚些，很像莫札特《安魂曲》裡的〈受判之徒〉。

許多美麗動人的嗓音在唱著：「惡有惡報，烈火煎熬！」

我真的瘋了。

「米榭太太，一切都好吧？」門後有個聲音在問，是小津先生，或者是把守天堂之門的聖彼得，後者的可能性還更大些。

「我啊……」我說，「我沒辦法打開門！」

我絞盡腦汁，設法讓小津先生認為我是愚蠢之人。

這下可是如願以償了。

「您也許是把門鈕轉錯方向了，」聖彼得非常禮貌地向我提出建議。

我想了一下他說的話，我的腦神經變得很遲鈍，費了九牛二虎之力才完全明白意思。

我把門鈕倒轉。

門開了。

莫札特的〈受判之徒〉立刻停止。一股安詳的寧靜籠罩著我重獲新生的身軀。

「我……」我對小津先生說道，「我……哎……您曉得，是《安魂曲》？」

我應該把我的小貓稱作語言遲鈍者。

「哦，我打賭您一定是嚇了一跳！」他說道。「我應該事先提醒您的。這是日本式的作風，我女兒要把這作風帶到這裡來。只要一拉抽水馬桶，音樂就會自動播放，這比較……漂亮，您懂嗎？」

我特別懂的是我和他正站在廁所前的走廊，打破所有荒謬情況的紀錄。

「啊……」我說道，「哦……我是很吃驚（我把剛才犯下的罪過撇過不提）。」

「您不是第一個，」小津先生用友善的口氣說道，而且嘴唇上毫無一絲取笑的意味。

「《安魂曲》……在廁所裡……選這個曲子……很特殊，」我回答他的話，想掩飾自己的窘態，我立刻為我的表達方式感到害怕，而且我們都尚未離開走廊，兩人面對面，雙臂搖搖晃晃，不知道下一步該怎麼做。

小津先生看著我。

我看著他。

我感覺到胸腔內有件東西控制不了，還發出了一個喀嚓的聲音，就好像是活門打開又立刻關上的聲音。接著，我無法自制，胸膛不斷的顫抖，而且，就這麼巧合，我發現站在我面前的那個人的肩膀好像也開始有顫抖的傾向。

我們兩人互相看著對方，心中遲疑不定。

接著，從小津先生的口裡傳出一陣很輕，很低的呵呵呵。

我發覺這個很輕很低的呵呵呵也毫無拘束地從我的喉嚨裡冒出來。

我們兩人輕輕地呵呵笑，互相看著對方，心中都懷疑不定。

接著小津先生的呵呵聲越來越大。

我的呵呵聲也開始像警報聲那麼響。

我們還是互相看著對方，同時胸膛裡冒出來的呵呵聲越來越放肆。每次笑聲稍微靜下來後，我們互看一眼，接著又開始笑了起來。我笑得腰都彎了，而小津先生笑得眼淚直流。

我們站在廁所前面縱情大笑，前後到底有多少時間呢？我不知道。但是我想時間一定相當長，才會讓我們累倒。最後，我們有氣無力的呵呵笑了幾聲後，與其說是笑夠，不如說是笑累，我們開始認真起來。

「我們回到客廳去吧，」最先恢復正常呼吸的小津先生說道。

文明野蠻人

「跟您在一起不會覺得無聊，」這是我們回到廚房後，舒舒服服地坐在高凳上，喝著我覺得相當難喝的溫清酒時，小津先生對我說的第一句話。

「您是個不平凡的人，」他一邊說，一邊將一個裝滿餃子的白盤子擱在我前面，這些餃子看起來既不像是炸，也不像是蒸，可是兩者都有一點。他還在盤子旁邊擺了一個裝有醬油的碟子。

「我們吃餃子，」他特別說明。

「相反地，」我答道，「我認為我是一個很平凡的人。我是個看門的。我的生活是再平凡也沒有了。」

「一個門房看托爾斯泰的小說，還聽莫札特的音樂，」他說道，「我倒不曉得您這個行業有這種作風。」

說完，他向我眨了一眼。接著，不拘小節地坐在我旁邊，拿起筷子吃他份內的餃子。

我這一生從來沒有覺得這麼舒服過。怎麼解釋呢？這是我生平第一次覺得自己很放心，儘管此時此刻我不是獨自一人。就算是和我的知己曼奴菈在一起，我也沒有心有靈犀的絕對安全感。吐露生活的一切並不等於是託付心靈。我喜歡曼奴菈，就如同她是我的姊妹一般。但是我無法和她分享隱藏在我內心深處，不為人所知的那一點兒理性和感性生活。

久。

我用筷子吃包有韭菜和肉餡的餃子，同時非常自在地和小津先生聊天，就好像我們已經認識很久。

「總得要消遣一下，」我說道，「我常到區政府圖書館去，把我想看的書都借回家。」

「您喜歡荷蘭畫嗎？」他問我，還沒等我回答又繼續說道：「如果讓您在荷蘭畫和義大利畫之間做個選擇，您要拯救哪一派的畫？」

我們假裝脣槍舌戰了一會兒。我毫無顧忌，熱烈支持維梅爾的畫——不過很快地，我們兩人是英雄所見略同。

「您認為這是褻瀆神聖嗎？」我問道。

「一點都不，親愛的太太，」他一邊回答，一邊將筷子上夾著的餃子在盤子上晃過來又晃過去，「一點都不，您想我會請人模仿一幅米開朗基羅的畫，然後掛在我的門廳上嗎？」

「要把麵放在醬裡沾著吃，」他一邊說，一邊在我前面放了一個裝滿麵條的柳條邊大盤子，和一個藍綠色，非常美麗的大碗。碗裡傳出一股……花生的香味。「這是拉麵冷麵，拉麵配上帶點甜味的花生醬。告訴我您喜不喜歡。」

說完話後，他遞給我一條麻料餐巾。

「側邊有點裂縫，小心您的衣服。」

「謝謝，」我說道。

之後，我也不知道為什麼，又添了一句話：

「這不是我的衣服。」

我深深地吸了一口氣，然後說道：

「您知道嘛，好久以來我都是獨自生活，而且從不出門。我擔心我有點兒……野蠻。」

「這麼說，是個很文明的野蠻人囉。」他笑著回答我。

蘸著花生醬的麵條吃起來真是美味可口。但是我不能保證瑪麗亞的衣服能保持原狀。要把一公尺長的麵條放在半液體狀的醬汁裡，然後狼吞虎嚥地吃而不把衣服弄髒，這可不是件容易的事。小津先生吃起麵來非常有技巧，但是發出許多唧唧喳喳的聲音，我也就不覺得尷尬，於是興致勃勃地大咬大嚼我的長麵條。

「說真的，」小津先生對我說道，「您不覺得很神奇嗎？您的貓叫做列夫，我的貓叫做吉蒂和列文，我們都喜歡托爾斯泰的小說和荷蘭畫派的畫，而且都住在同一棟樓。像這樣的事，機率有多大？」

「您不該破費送我那本精裝書的，」我說道，「這沒必要的。」

「親愛的太太，」小津先生回道，「您是否為此感到高興呢？」

「哦，」我說，「我是很高興，但是也讓我感到害怕。您知道嘛，對我另一面的生活我很堅持保持隱密的，我不希望住在這裡的人認為……」

「……您是什麼樣的人，」他接口道，「那是為什麼？」

「我不想惹是生非。沒有人會要一個自命不凡的門房。」

「自命不凡？可是您沒有自命不凡呀，您有品味，有見解，有很多優點！」

「可是我是個看門的呀！」我答道，「再說，我沒受過什麼教育，我是活在不同的世界裡。」

「煩死人！」真沒想到小津先生會跟曼奴菈一樣，用同樣的方式講話，我忍不住笑了起來。

他揚起一道眉毛，意思是問我為何而笑。

「那是我最要好的朋友喜歡說的一句話，」我向他解釋。

「那您最要好的朋友，她對您的……隱密有何看法呢？」

天啊，我可是一點都不知道。

「您認識她，」我說道，「她就是曼奴菈。」

「啊，是羅佩斯太太？」他問道，「她是您的朋友？」

「她是我唯一的朋友。」

「她是位高貴的女士，」小津先生說道，「是位女貴族。您知道，不是只有您一個人背叛社會規範的。這有什麼不對呢？我們現在是二十一世紀，真是的！」

「您的父母親是做什麼的？」我問他，我被他的階級不分弄到有點生氣。

小津先生也許以為特權階級隨著左拉的奮鬥而消失了。

「我父親是外交官。我沒見過我母親，我生下來沒多久她就去世了。」

「對不起，我不該提起這事，」我說道。

他擺手做了個姿勢，表示那是很久以前的事了。

我繼續跟尋我的思路說話。

「您是外交官之子，我是貧寒的農家女。簡直無法想像我今晚會在您府上吃晚飯。」

「然而，」他說道，「您今晚是在這兒吃晚飯。」

接著，他帶著友善的笑容說道：

「我覺得很榮幸哪。」

我們兩人就這樣繼續交談下去，氣氛非常友好和自然。我們先後談論：小津安二郎（是他的遠親）、托爾斯泰，還有在草原上和農夫們一起開荒的列文，放逐以及文化的無法磨滅性，此外，還有許多其他主題。我們東拉西扯，聊得很起勁，同時還品嚐著剩下的一些麵條，而更令我們回味的，是我們居然具有共同的鑑賞眼光。

最後，小津先生對我說道：

「我希望您能夠叫我格郎，這不會顯得那麼拘謹。您介不介意我叫您荷妮呢？」

「一點都不，」我說道——我的確是這麼認為。

我怎麼會突然擁有與人默契相處的能力呢？

清酒讓我變得有點遲鈍，這個問題也就一點都不急了。

「您知道紅豆是什麼嗎？」小津先生問道。

「京都山脈……」我一邊說，一邊為這永不休止的回憶笑了起來。

「怎麼啦？」他問道。

「京都山脈的顏色跟紅豆布丁一樣，」我回他的話，同時盡量讓我的發音清楚些。

「那是電影裡的一段情節，是不是？」小津先生問道。

「沒錯，是電影《宗方姊妹》裡的最後一幕場景。」

「喔，這部電影我很久以前就看過了，不過我不太記得這個情節。」

「您不記得廟堂青苔上的茶花嗎？」我問道。

「不記得，一點都不記得，」他答道。「您這麼一說，我倒很想再看一遍這部電影。我們哪天一起看這部片子，也許明後天，您覺得怎麼樣？」

「我有錄影帶，」我說道，「我還沒還給圖書館呢。」

「就這個週末吧，如何？」小津先生問道。

「您有沒有錄影機呢？」

「有的，」他帶著笑容回答。

「那麼，就這麼說定，」我說道。「不過我提議：就這個禮拜天，我們在喝下午茶的時間看電影，我帶甜點過來。」

「一言為定，」小津先生答道。

天色漸晚，我們聊天聊個不停，完全不去理會談話內容的連貫性和時間，同時還不斷地啜飲帶有海藻味的花草茶。想當然，我又得去找雪白色的馬桶和陽光色的地毯。這次我選擇只有一朵蓮花的按鈕──信息一被接收──我帶著內行人的平靜心情接受如雷貫耳的〈受判之徒〉。小津先生令人感到既困惑又神奇的是，他既有青春少年的熱忱、坦誠，又有大智者的關懷、友善。我很少見到這種與人相處的態度；他好像是以容忍、好奇的眼光看待世人，而我周遭所認識的人，對人的態度不是提防、友善（曼奴菈），就是天真、友善（奧林匹斯），要不然就是傲慢、殘忍（所有其他人）。好奇心，睿智，寬宏大量，這三項的結合形成了空前未有，並且很耐人尋味的混合體。

接著，我眼光落在我的錶上。

凌晨三點。

我立刻跳了起來。

「天啊，」我說道，「您知道現在幾點了嗎？」

他看了他的錶，然後抬頭望著我，滿臉焦慮。

「我忘了您明天一大早還得工作。我是退休的人，已經不去理會時間了。還行吧？」

「行的，當然行，」我答道，「不過我總得睡一會兒覺。」

有件事我沒說。一般人都知道年紀大的人睡得很少，我儘管屬於年紀大的人，但最起碼還得躺在床上睡足八個小時，隔天才有精神處理事情。

「禮拜天見，」小津先生站在門口對我說再見。

「很謝謝您，」我說道，「我過了很愉快的一晚，真是太感謝您了。」

「該說謝謝的是我，」他說道，「好久沒這麼痛快地大笑一場，也沒這麼愉快地聊天過。要不要我送您回去？」

「不用了，謝謝，」我答道，「沒這個必要。」

樓梯上可能會有個帕列何家的人蕩來蕩去。

「那，禮拜天見了，」我說道，「說不定我們會先碰面。」

「謝謝，荷妮，」他說道，同時笑得很開懷。

回到家後，我關上門，背靠著門，發現列夫躺在電視機前的短沙發上呼呼大睡，這時，我察覺到一件不可思議的事：這是我平生第一次交了一個朋友。

然後

然後，一陣夏雨。

煥然一新的心

那一陣夏雨，我記得很清楚。

一天又一天，我們在生命中漫步，就好像在走廊上漫步一樣。

不要忘了替小貓買牛肺……您有沒有看到我的滑板，這是我第三次被偷了……雨下得真大，還以為是晚上呢……時間剛好夠，電影是一點鐘上演……把妳的雨衣脫下來好嗎……一杯苦茶……寧靜的下午……我們任何事都是太過，我們也許有病……那些胖仔都得澆水……那些生活放蕩的少女……啊，下雪了……那些花是叫什麼名字啊……可憐的小貓咪，牠到處小便……秋日的天空看來真是傷感……現在天黑得很早……垃圾的臭味幹嘛會傳到院子裡去……您知道該來的就會來……我對他們沒有特別的認識……他們跟這裡的其他戶人家一樣……真會以為那是紅豆布丁……我兒子說支那人很難搞……他的貓叫什麼名字……您有能力接收洗衣店送來的包裹嗎……這些耶誕節，這些歌曲，這些辦貨，真累人……要吃核桃啊，一定要擺桌布……他的鼻涕一直流，天啊……天氣已經相當熱了，可是都還不到十點鐘……我把洋菰切得很薄，然後放在湯裡一起喝……她把髒內褲隨便擱在床下……掛毯必須重新做過……

然後，一陣夏雨……

一陣夏雨，您還記得那是什麼嗎？

首先，那是劃破夏日天空的純美，將心靈完全征服的敬畏感，讓人在崇高絕美中覺得自己是如此的渺小，是如此的脆弱，整個人被莊嚴偉大的事物所佔滿，被宇宙的豪放所驚懾，所攫獲，所迷住。

之後，在走廊裡漫步，突然之間，進入一個陽光燦爛的房間。那是另一個境界，信念恰好誕生。在新的誕生下，身軀已不再是個粗糙的外殼，思維停留在雲彩上，力量如水一般的勇猛，幸福的日子開始來臨。

然後，有時候，就跟飽滿，有力，孤獨的淚珠留下一道長長的、不協調的淡淡痕跡一樣，夏雨把靜止不動的灰塵洗刷殆盡，使人的靈魂再生，就跟永不停止的呼吸一般。

因此，在我們的心中，有些夏雨就好像是一顆和別人一起共鳴的煥然一新的心。

甜美的失眠

這甜美的失眠前後整整兩個鐘頭，之後，我安詳地入睡。

深刻思想第十三章

誰以為
能生產蜂蜜
而能不遭受和蜜蜂同樣的命運？

每天，我都對自己說，我的姊姊不可能越陷越深，比以前更卑鄙，可是每天我都很驚奇地發現，我姊姊又比以前更卑鄙。

今天下午放學後，家裡一個人也沒有。我在廚房裡拿了榛果巧克力，帶到客廳裡吃。我一邊吃巧克力，一邊思考我的下一個深刻思想。在我的想法中，這個未來的深刻思想是和巧克力，或者是和吃巧克力的方式有關，探討的主題是：巧克力好吃的地方在哪兒？是巧克力本身好吃，還是在於牙齒啃嚼巧克力時所使出來的技巧。

我認為這個主題相當有趣，值得深思，可是我沒料到姊姊比平常早回家，而且一回家就立刻嘮叨她的義大利，把我的一切生活都搞臭。自從鴿蘭白和迪貝爾的父母一起去過義大利的威尼斯後，她開口閉口就是講這件事。更不幸的是，上週六他們兩人和迪貝爾的父母葛蘭帕爾一起去一個朋友家吃晚飯。這個朋友在義大利托斯卡尼[1]擁有一座很大的莊園。只要一說到「托斯卡尼」，鴿蘭白就如痴如狂，媽媽也在旁拍手附和。老實跟您說，托斯卡尼不是什麼有千年歷史的地方。它只是替鴿蘭白、媽媽、葛蘭帕爾等這一類的人帶來一股擁有財產的激情罷了。「托斯卡尼」在他們心中的地位，就跟了不起的文化、藝術，和所有字母開頭能夠大寫的東西一樣。

說到托斯卡尼，我已經聽膩了有關驢子、橄欖油、夕陽、恬美生活等一些廢話，還有許多陳腔濫調，姑且不提。可是，就跟平常一樣，我一個人靜靜地躲起來，因此鴿蘭白不能夠在我面前談論她最喜歡的事。當她發現坐在客廳長沙發上的我，她立刻快馬加鞭，大說特說，把我品嚐巧克力的樂趣和下一個深刻思想的構思完全破壞。

在迪貝爾父母的朋友家的莊園裡，有許多蜂箱，每年可以生產一百公斤的蜂蜜。那個朋友僱用一名養蜂工人，負責一切工作，將採獲的蜂蜜以「佛利巴吉莊園」的產名銷售出去。當然囉，那不是為了錢。但是「佛利巴吉莊園」產的蜂蜜被認為是全世界最好的蜂蜜之一，因此這更抬高了莊園主人（他們是靠利息生活）的名聲，許多大餐館裡的大廚就是用他們的蜂蜜搞出許多吃的名堂出來……鴿蘭白，迪貝爾，還有迪貝爾的父母就跟品嚐名酒一樣，很榮幸地能夠品嚐蜂蜜。之後，鴿蘭白總是滔滔不絕，不厭其煩地述說百里香蜂蜜和迷迭香蜂蜜的不同。祝她好運。當她說到這點時，我心不在焉的聽她說話，腦海裡想著「咬一口巧克力」，同時心中還自忖，她要是說到這裡就閉嘴的話，那我也就算是好運了。

千萬不要冀望和鴿蘭白在一起會碰到這種好事。她說著說著，突然間帶著惡意的神態，開始跟我描述起蜜蜂的習性。很顯然地，他們聽了一堂完整的蜜蜂課程，因此呢，腦筋不是很清楚的鴿蘭白為了女王蜂和雄蜂的交配過程感到特別吃驚。然而，她對令人驚嘆的蜜蜂社會結構卻一點印象都沒有。我倒認為這是非常有趣的事，尤其是蜜蜂擁有牠們的溝通代碼，打破了只有人類才擁有語言天賦的定義。可是這些呢，鴿蘭白對這些一點都不感興趣，她是個在讀哲學碩士班，而不是讀職業訓練班的人。蜜蜂的性行為反倒令她興奮莫名。

讓我從頭道來：當時機成熟時，女王蜂會往高處飛，身後一大群雄蜂追求牠。第一個追上牠的雄蜂和牠交配，之後便死亡，因為交配完後，雄蜂的性器官會卡在雌蜂體內，性器官斷裂，因而喪生。第二隻追上女王蜂的雄蜂必須先用爪子把雌蜂體內的性器官取出，然後再交配，當然囉，牠的命運跟第一隻雄蜂一樣。就這樣一隻隻雄蜂再接再厲，重演相同的事，直到十或十五隻的雄蜂把女王蜂的精液囊裝滿為止。在四到五年的期間內，女王蜂靠這些精液可以每年產下二十萬個卵。

這就是鴿蘭白告訴我的故事。她在描述時，還用惡毒的神態看著我，口裡不斷地說一些不要臉的話：「女王蜂一生就只有這麼一次機會，哼，所以牠就消磨了十五隻雄蜂！」如果我是迪貝爾的話，我可不太喜歡我的女朋友到處跟人講這件事。因為呀，嗯，一般人會忍不住做一些最簡單的心理分析的：當一個情緒激動的女子在說一隻雌蜂需要十五隻雄蜂才能滿足，而且事後還要把雄蜂的性器官給軋斷、將牠殺死時，這會讓人覺得她有問題。鴿蘭白以為她這麼做，她就能變成一個「用很自然的態度看待性交行為的自由大方的女子」。但是她也正好忘了一件事。她告訴我這件事的目的只是要嚇唬我。此外，這故事的涵義不可等閒視之。其一，像我這樣一個把人當做動物看待的人而言，性行為不是一件荒淫無恥之事，而是一件科學行為。我覺得這是件很有趣的事。其二，我向大家提醒一下，鴿蘭白每天要洗三次手，而且疑神疑鬼，只要在浴室裡發現有任何類似毛髮的東西（不可能會有真正看得到的毛髮），她就要大吼大叫。我不知道怎麼解釋，我覺得這和女王蜂的性行為很相襯。

但是最主要的一點是，人類對自然的詮釋很不可思議，而且還認為自己能擺脫自然的支配。鴿蘭白之所以會用那種方式敘述那件事，那是因為她認為那件事與她無關。她之所以會嘲弄雄蜂的悲慘結局，那是因為她確信自己不會遭受同樣的命運。可是我呢，我認為女王蜂的交配和雄蜂的下場既不奇怪，也不荒淫，因為我深刻地覺得我和那些蜜蜂一樣，儘管我的性觀念和牠們不同。生存、飲食、生育，完成我們為之而生，為之而死的任務：這毫無意義，沒錯，可是萬物就是如此。人是多麼狂妄自大啊，認為自己能夠征服自然，擺脫萬物的生理命運……人是多麼愚昧啊，不明白自己的生活方式、相愛形態、傳宗接代、自相殘殺等這些行為都充滿著殘忍或是暴力。

我認為只有一件事必須去做：找出我們為之而生的任務，然後盡我們所有的能力，所有的力量去完成這項任務，不要自尋煩惱，也不要相信我們動物的本性中具有神聖的特點。只有這樣，我們在死神降臨時，才會有正在做一件充滿著建設性的工作的感覺。什麼自由，決定，意願，這些啊，這些都是幻想。我們以為我們能生產蜂蜜，而可以不遭受和蜜蜂同樣的命運；其實，我們和蜜蜂一樣，註定要完成任務，然後死亡。

1 托斯卡尼（Toscane），位於義大利西北，多山，礦產豐富，景色秀麗，多大地主，主要城市有佛羅倫斯、比薩等，是文藝復興發祥地。

芭洛瑪

Paloma

敏銳

當天早上七點鐘，有人按我的門鈴。

我花了一陣子時間才迷迷糊糊地清醒過來。兩個鐘頭的睡眠實在無法讓人打起精神，還抱著和藹可親的態度。而且，正當我忙著套衣服，穿鞋子，用手整理蓬鬆異常的頭髮時，門鈴還不斷地響了好幾聲，這更不能激起為人服務的精神。

我打開門，站在前面的是鴿蘭白。

「哦，怎麼回事，」她對我說道，「您塞車啦？」

我實在不敢相信我聽到的話。

「現在才七點鐘。」我說道。

她瞪著我看，然後說道：

「是啊，我知道啊。」

「門房是八點鐘才開。」我勉強說出這句心裡不願說出的話。

「怎麼說，八點鐘？」她聽了很驚奇，問道，「還有時間規定的呀？」沒有。門房是禁衛森嚴的神殿，既不知何謂社會進步，也不知何謂薪資法。

我回道：「是。」我實在無法多說一個字。

「啊，」她帶著懶散的口氣說道，「那，反正我已經在這裡了……」

「……您晚點再過來。」我一邊說，一邊把門關上，然後去廚房燒熱水。

透過門窗，我聽到她大聲喊叫的聲音：「哼，真是太過份了！」接著她掉頭就走，拚命地按電梯的按鈕。

鴿蘭白是喬斯家的長女。鴿蘭白也是金髮，高個兒，穿著打扮像個貧窮流浪女的那類人物。有件事情令我感到厭惡的，就是有錢人喜歡穿鬆鬆垮垮、垂垂邋邋的老舊衣褲，戴一頂灰色毛線帽，穿一雙破舊的厚鞋，一件花襯衫，外面套件磨損不堪的套頭毛衣，把自己打扮成窮人的倒錯心態。這看來不僅醜陋，而且是一種侮辱。再沒有比富人對窮人欲望的蔑視更令人蔑視的了。

不幸的是，鴿蘭白的學業也很優秀。今年秋天，她進入高等師範學院主修哲學。

我一邊準備茶和塗上黃香李果醬的土司，一邊設法控制自己的情緒，不讓雙手發抖。然而一股刺痛直穿我的頭。我隨便地沖了澡，換上衣服，給列夫準備粗劣的食物（豬頭肉糜和已經發潮的剩豬肉皮），然後到院子裡去，把垃圾桶拉到外面，把在垃圾間裡的涅普頓趕出去。八點鐘時，我已經被這些工作弄得很疲乏，於是再度回到廚房。可是心情一點也靜不下來。

喬斯家還有個么女，名叫芭洛瑪，人很內向文靜，玲瓏剔透，因此儘管她每天出門上學，我覺得好像從來沒看過她似的。想不到，八點整的時候，她被鴿蘭白派到我這兒來。

真是可鄙的伎倆。

這可憐的小女孩（她多大了？十一歲？十二歲？）直挺挺地站在我門口的鞋墊上。我深深地吸了一口氣——不要把被惡人惹的氣出在無辜者身上——然後盡量讓自己笑得很自然。

「早啊，芭洛瑪。」

她雙手不停地扭捏著粉紅色背心的下襬，同時觀察我的反應。

她用細細的嗓音說道：「您早。」

我仔細打量她。我以前怎麼會沒注意到她這點呢？有些小孩會讓成人覺得很難親近，言行舉止沒有一個地方符合他們的年齡，他們太老成，太嚴肅，太沉著，同時也太敏銳，沒錯，敏銳。當我更提高警覺，詳細端詳芭洛瑪時，我發現她非常敏感，洞察力很強。我想，以前之所以把她的洞察力當成是一種謹慎持重的態度，只是因為我無法想像鴿蘭白這種低俗之人會有一個像人類判官的妹妹。

「我姊姊鴿蘭白要我來告訴您，會有人送一份很重要的信件給她。」芭洛瑪說道。

「我知道了，」我回她的話，同時不讓自己的說話口氣變軟，不像許多成人對小孩子說話時，口氣特別溫柔。事實上，這也是蔑視的標記，就跟有錢人的乞丐裝完全一樣。

芭洛瑪又繼續說：「她想知道您可不可以把信件送到家裡去。」

我說：「好的。」

芭洛瑪說：「那就這麼說。」

可是她仍然站著不走。

這倒很有意思。

她站在那裡平平靜靜地看著我，絲毫不動，兩隻手臂垂得直直的，嘴巴略微張開。她的髮辮很細，戴著粉紅色鏡框的眼鏡，一雙藍眼睛又大又亮。

「我請妳喝杯巧克力好嗎？」我找不出話說，只好這麼問她。

她點頭，態度仍然是那麼沉著。

「請進，」我說道，「我正好在喝茶呢。」

我把門開著，免得人家懷疑我誘拐小孩。

「我也想喝茶，您不會介意吧？」她問我。

「不會，當然不會，」我有點驚訝。有關她的資訊開始多了起來：人類判官，姿態美妙，喜歡喝茶。

她坐在椅子上，一雙腳在空中晃來晃去，看著我替她倒茉莉花茶。我把茶杯放在她前面，然後坐在我杯子前面的椅子上。

「我每天都設法讓我姊姊把我當傻瓜看，」她很老道地喝了一大口茶後，對我宣佈，「我姊姊啊，她整個晚上都和朋友們一起抽菸、喝酒、聊天，就跟郊區的年輕人完全一樣，因為她認為她的才智無庸置疑。」

這跟乞丐裝束很搭配。

「我被派來傳話是因為她很鄙陋，而且又很膽小，」芭洛瑪接著這麼說，同時一雙明澈的眼睛一直盯著我看。

「不過呢，這給我們一個互相認識的機會，」我很禮貌地回她。

「我以後可以再來這裡嗎？」她問我，嗓音帶著一種懇求的口氣。

「當然可以囉，」我答道，「我會很歡迎妳來的。不過我擔心妳在這裡會覺得很無聊，我這裡沒什麼好玩的。」

「我只不過是要安靜，」她回答我。

「妳的房間不能讓妳安靜嗎？」

「不能，」她說道，「要是每個人都知道我在哪兒的話，我就不能安靜。以前我都是躲起來。可是現在，我所有能躲的地方都被發現了。」

「妳要知道，我也是經常被打擾的。我不知道這兒是否能讓妳靜靜地思考。」

「我可以坐在那裡（她指著聲音開得很小的電視機前面的一把短沙發）。來這裡的人都是來找您，他們不會打擾我的。」

「我是沒問題的，」我說道，「不過妳要先問過妳媽媽，看她是否同意。」

八點半上工的曼奴菈從開著的門口探進頭來。她正要對我說些話時，發現芭洛瑪坐在我這裡喝著熱茶。

「進來啊，」我對她說道，「我們正在吃東西聊天哪。」

曼奴菈翹起一道眉毛，那意思是說：她在這裡幹嘛？我輕微地聳了下肩膀。她抿著嘴，心中不解。

「怎麼樣啦？」她沒辦法等待，還是開口問我。

「您等一下會過來嗎？」我張著大大的笑容問她。

她看到我大大的笑容，於是說道：

「啊，很好，很好，是的，我再過來，就跟平常一樣。」

然後，她看著芭洛瑪，說道：

「好啊，我待會再過來。」

接著，她很禮貌地說：

「再見，喬斯小姐。」

「再見，」芭洛瑪一邊說，一邊露出笑容，這是我第一次看到她笑。這個不常有的微笑看得讓我心酸。

「妳該回家去了，」我說，「妳家人會擔心的。」

她站起身，拖著腳步往門口走去。

「很明顯地，」她對我說道，「您是個很有才智的人。」

我一聽之下，心中發愣，什麼都沒說：

「您找對地方躲了。」

看不見的事物

專差送到我門房要交給那個自以為是女王的社會渣滓鴿蘭白的信件是開著的。

完全是開著的，從來就沒封過。信封的折口還貼著保護黏膠的白紙。信封就像舊鞋子一樣敞開，可以看到裡面有一疊用螺旋夾裝訂的稿子。

為什麼不費點心把它封好呢？我不認為這是對專差和門房的正直抱有信心，我倒是認為這是因為發信人確信信封裡的東西不會引起他們的興趣。

我對天發誓，這是我第一次做這種事，我也希望能考慮到諸多因素體諒我（睡眠不足、夏雨、芭洛瑪，等等）。

我小心翼翼地把信封裡的稿子拿出來。

鴿蘭白．喬斯，《上帝的絕對潛能之論》，碩士論文，指導老師索邦—巴黎第一大學馬利安教授。

封面上有一張用迴紋針夾著的卡片：

親愛的鴿蘭白．喬斯，

附上我的評語。謝謝您派專差。

我們明天在蘇刷爾見面。

誠心誠意，馬利安

單看標題我就知道這本論文是討論中古世紀哲學思想，而且是討論十四世紀神學邏輯學家，聖方濟會修士奧坎思想的碩士論文。說到蘇刷爾，那是一間「宗教科學暨哲學」圖書館，位在巴黎十三區，由道明會管理。這間圖書館擁有許多中古世紀的文獻，我保證裡面還藏有奧坎用拉丁文寫成，一共十五冊的全部作品。我是怎麼知道的呢？那是因為幾年前我去過那裡。為什麼？沒為什麼。我在一本巴黎地圖發現到這個好像是對外開放的圖書館，於是到那裡去找些資料。圖書館的走廊我都繞過，人數相當少，全是道貌岸然的老學究，要不然就是自命不凡的研究生。

有些人能以堅韌克己的精神，將大部份的精力投入在尋找虛無的東西，以及把一些毫無意義，無聊荒謬的思想綜合在一起，這種事一直都令我迷惑不解。我曾經跟一個研究希臘聖師著作的博士研究生談論過，那時的我自問，為什麼那麼多的年輕人能夠把生命白白浪費在虛無上。其實，我們要是仔細地思考最令靈長動物關切的事，也就是性、疆土、階級地位，那麼研究奧古斯丁[1]禱告詞的意義會顯得毫無價值。當然，也許有人會辯解，那是因為人類對不屬於衝動範圍的意義抱著嚮往。但是我要說的是，這一方面很對（要不然文學有何用途？），一方面也不對：因為意義本身也是一種衝動，甚至可說是執行程度最高的一種衝動，因為它是利用最有效的辦法，也就是理解力來達到目的。脫離了獸性的人類在智慧的啟蒙下，設法給自己找到存在的理由。但是追求意義與美並不是人類高傲本性的標記，而是一把磨得很尖銳的武器，好用來達到粗俗和現實的目的。當武器把自身當作研究對象時，這個人類特有的思想工作所得到的直接結果便使得我們和其他動物截然不同，同時這個思想工作也讓我們藉著才智這個有效方法去爭取生存，因此給我們提供了許多可能性，譬如沒有任何根據的複雜理論，沒有任何用途的思想，沒有任何功能的美。就跟當機一樣，那是我們腦皮層的微妙性所產生的無結論之結論，也是白白消耗許多精力所做出的無謂的反常行為。

即使所追求之事並非上述所說的那麼荒唐，那也是屬於獸性的一種需要。比方說，文學就具有實用性功能。就跟所有的藝術形式一樣，文學的使命就是讓我們人類能夠忍受執行生命義務這件事。對一個憑藉思考和自反思考來塑造自己命運的生物而言，比如人類，得自於上述行為的知識具有一個特點，也就是它能讓人徹底清醒。而這是難以忍受的。我們曉得，我們只是擁有求生武器的生物，而不是以本身思想來塑造世界的上帝，因此我們需要某些事物來忍受這種洞察力，讓我們擺脫既殘忍又永恆的生理命運。

所以我們發明了藝術，這是屬於靈長類動物的另一種求生方法，好讓我們這個品種能夠繼續存在。

真理只能深入淺出，簡單明瞭，這是鴿蘭白在閱讀中古文獻時所應吸取的教訓。然而，只是為了寫而寫，搞出一些稀奇古怪的概念，這似乎是鴿蘭白在從事學術研究中唯一得到的心得。這是屬於無用的論文之一，也是白白地糟蹋資源，包括專差和我本人。

我瀏覽了這份應該是定本，評注不多的論文稿後，心中很懊惱。這位小姐的文筆相當不錯，儘管還是有點嫩。可是中等階級人士辛勤工作，用自己的汗水和納稅錢來資助這等無意義，自命不凡的研究，這實在令我氣憤。許多秘書、工匠、職員、基層公務員、計程車司機、大樓門房等，每天起大早，在灰濛濛的天色下出門上班，為的就是讓有房子住，和有薪水拿的法國年輕菁英分子，將所有人一大早的工作成果浪費在荒謬的學術研究上。

然而，初看之下，這題目應該很有趣的：是共相性存在，還是單一物體存在。據我所知，這是奧坎畢生精力所研究的主題。這個問題很讓人迷惑：每樣事物是否是個別的實體——如果是如此，那麼一樣事物和另一樣事物的類似只不過是一種錯覺，還是以借助文字、概念，並且能將許多個別物體概括在一起的語言效果？——或者是個別物體實實在在地具有共通性形狀，而不單單是語言的效果？當我們在說：一張桌子，當我們講出桌子這個名詞時，當我們腦海裡形成桌子的概念時，我們只是在指這張桌子，還是我們實實在在地在指桌子的共相性實質，而這共相性讓所有存在的個體桌子成為一種事實？桌子的概念是是真實存在的呢？還是屬於我們心中的想法？如果是後者，為什麼有些物體彼此之間是很相像的呢？是語言為了讓溝通方面，以人為方式將物體併歸分類呢？還是所有的特殊形狀都具有一個共相性形狀呢？

對奧坎而言，物體是單一性的，共相性的實在論是錯誤的。只有個別的事實，概括性只不過是思維的產物。假設共相事實的存在，這是化簡為繁。可是我們能這麼肯定嗎？我昨晚還在問，拉斐爾和維梅爾的畫，這兩者之間的迭合線在哪兒？只要用眼睛觀察，就會發現兩者之間具有共同的模式，也就是美的模式。而我確信美的模式一定是個事實，並不是純屬人類思維的權宜之計，為了了解而併歸，為了領悟而分類：理由是，我們無法歸類不能歸類之事，無法集合不能集合之事，無法組合不能組合之事。一張桌子永遠不會是《台夫特之景》[2]。

人的思維是無法製造出相異性的，同理，它也無法孕育出將靜物畫和聖母抱嬰畫像交織在一起的相聯性。就跟每張桌子具有它特定形狀的本質一樣，所有的藝術作品均具有能讓它被稱為藝術作品的共通性。當然，我們不是以直接的方式體驗到這個共通性的：這也是為什麼許多哲學家不願把本質認為是事實的原因，因為我看到的只是這張桌子，而不是「桌子」的共相性形狀；我看到的是這幅畫，而不是美的本質。然而……然而美的本質就在那兒，就在我面前：荷蘭大畫家的每幅畫都是美的化身，那是如同電光迅雷般的顯現。這顯現我們只能透過單一的畫去觀賞，但是它能讓我們進入永恆境界，進入無時間的絕美模式裡。

永恆，那就是我們在看中所看不見的事物。

1 奧古斯丁（Augustin d'Hippone, 354-430），非洲迦太基主教，是哲學家與語言學家，對歐洲宗教思想影響很大。
2 台夫特之景（Vue de Delft），維梅爾的作品。

具正義感的聖戰

可是您認為一心一意要在學術上脫穎而出的鴿蘭白對上述之事感興趣嗎？

一點也不。

鴿蘭白對美或者是桌子定義的命運都未做任何有條理的剖析。她只是隨著毫無意義的文字遊戲，嘔心瀝血地在探討奧坎的神學思想。最令人驚嘆的，是她意圖支配研究工作。她的論文主題是把奧坎的哲學理論判斷成是他對上帝行止的觀念所得到的結果，把奧坎畢生對哲學的研究成果打入他次要的、贅生的神學思想的層次。這著實是天馬行空，像劣酒一樣容易令人喝醉，特別是反映出大學的運作情形：如果要有所成就，那就研究一本冷門、少有人探討的外國著作《奧坎邏輯概論》，蔑視原文的字面意義，在字裡行間尋找作者本人都未發現到的意圖（眾所周知，無知覺之下的概念要比所有意識明顯的企圖更具威力），把書中原意歪曲，直到和新創的論文主題類似的地步（是上帝的絕對潛能建立出一個邏輯性分析，而邏輯性分析的哲學賭注一直被忽視），與此同時，把你心中的宗教聖像全部燒燬（無神論，對理智的信仰與信仰的理智之對立，熱愛智慧，以及一些社會主義人士所推崇的美德），把你一年的光陰花在浪費公款的文字遊戲上，然後在七點鐘時吵醒納稅人，並且派專差去你的指導教授那兒。

才智如果不是以服務為目的，那才智有何用途？我不是在讚揚表面上看起來像是奴役的工作，也就是政府官員的工作。政府官員把他們的工作當作是品德的標記一樣引以為榮：外表謙虛，其實那是虛榮和傲慢。艾謙・戴博格利每天早上都刻意擺出政府公僕的謙虛態度，但我長久以來深深明白，他是為他的階級地位感到驕傲。我認為特權階級是要盡到真正的義務的。身屬小小圈子內的菁英分子，其服務精神就應該和特權階級所帶來的榮譽，以及物質條件的充裕相當。

如果我和鴿蘭白一樣，是個前途無量的年輕師範生呢？那我就應該關心人類的進步，替生存，舒適，提高人類層次這些重要問題尋找解決之道，注意到在這世界上美的發生，或者是替真正的哲學進行正義感的聖戰。這不是一個神職工作，這是有選擇的，範圍非常的廣。研究哲學並不是跟進入神學院一樣，把宗教信條當成寶劍，而未來只擁有一條路。那我們是否要研究柏拉圖，伊比鳩魯、笛卡兒、史賓諾莎、康德、黑格爾，或者是胡塞爾的哲學呢？是否要研究美學、政治、道德、知識論、形上學呢？是否要把畢生精力奉獻在教學、著作、研究、文化上呢？無關緊要。因為在同樣的問題上，只有意圖才重要：我們是要提高思想的層次，替人類的共同利益做出貢獻呢？還是從事以延續自己為唯一目的，以製造無益人生的菁英分子為唯一功能的學術研究呢？——大學就是因此而變成了褊狹的宗派。

深刻思想第十四章

去安裘莉娜茶館
好了解
為什麼車子被燒

今天發生了一件很有趣的事！我到米榭太太家去，請她收到專差送來要交給鴿蘭白的信件後送到家裡來。其實，那是鴿蘭白有關奧坎的碩士論文。那是她的初稿，她的指導教授讀過，並且給些評語後，派人送回給她。非常好玩的是，鴿蘭白被米榭太太攆出去，因為她在七點按她的門鈴，想要請她把信件送到家裡來。米榭太太一定臭罵了她一頓（門房八點才開始工作），因為鴿蘭白氣沖沖地回來，嘴裡不停地大聲叫罵，說門房是個老不死的，她以為自己是什麼人啊？真是活見鬼。媽媽好像突然想起來的樣子，是啊，其實呢，在一個進步、文明的國家裡，是不能夠在白天和晚上，不管時間限制，隨時隨地打擾門房的（她要是在鴿蘭白下樓之前想起來就好啦）。不過我姊姊聽了仍然很憤怒，嘴裡嚷嚷叫叫，並不能因為她搞錯了時間，那個微不足道的人物就有權力給她吃閉門羹。媽媽讓她繼續發牢騷。鴿蘭白要是我女兒的話（多虧達爾文保護了我），我就會給她兩個耳光。

十分鐘後，鴿蘭白帶著甜蜜的笑容來到我房間。天哪，這種事我是無法忍受的，我寧可她對我大吼大叫。她柔情蜜意地問我：「芭洛瑪，我的小可愛，妳可不可以幫我一個大忙？」我回答：「不行。」她深吸了一口氣，心中很遺憾我不是她的奴隸，如果是，她會叫人用鞭子打我，她會覺得這樣舒服多了，因為這個小丫頭真惹我生氣。我又說道：「我要來個談判。」她神情有點輕蔑地駁我：「妳都還不知道我要什麼哩。」我說道：「妳要我去米榭太太那裡。」她聽了目瞪口呆。她老是認為我是個傻蛋，結果她還真以為是。「行，只要妳一個月之內在房間聽音樂不要太大聲。」鴿蘭白說：「一星期。」我說：「那，我就不去。」鴿蘭白說道：「好，妳去跟那個廢物說，馬利安派人送來的信件一到，就立刻拿給我。」話一說完，她就出去，還把門砰的一聲給關上。

所以我就上米榭太太那裡，結果她請我喝茶。

目前，我是在測驗她。我沒有說太多的話。她用很奇怪的神情看著我，就好像她是第一次看到我似的。她沒有提到任何有關鴿蘭白的事。如果是個真正的門房，那她會講一些像這類的話：「行，哦，妳那個姊姊啊，總不能以為自己想怎麼樣就怎麼樣。」她沒這麼說，相反地，她還請我喝杯茶，很客氣地跟我說話，就好像我是個真正的人。

門房內有台電視機是開著的。她沒有在看。電視正在報導郊區年輕人焚燒車子的事件，我心中自問：是什麼原因使得一個年輕人去燒車子呢？他的腦袋到底是怎麼想的呢？之後，我想起一件事：那我呢？我為什麼想把房子燒掉呢？記者說年輕人是因為失業和貧窮，而我是因為家人的自私與虛偽。可是這些都是廢話。失業和貧窮的問題，以及令人討厭的家庭，這些總是會有。然而，話說回來，不是每天早上都有人燒車子和房子的！最後，我想，這一切只不過是個虛假的理由。為什麼有人要燒車子呢？為什麼我想放火燒房子呢？

在我和阿姨艾蓮、表妹蘇菲一起逛街之前，我都沒找到答案。我們一起逛街的目的是要給下禮拜天過生日的媽媽買生日禮物。我們假裝是要一起上戴裴爾博物館[1]看展覽，其實是去第二區和第八區的家飾品商店。我們想找到一個別致的傘筒，同時買一個我準備送給媽媽的禮物。

說到傘筒，那簡直是沒完沒了。前前後後一共花了三個鐘頭的時間，事實上，依我之見，所有我們看過的傘筒全是同一個樣子，要嘛，就是傻里傻氣的圓筒形，要嘛，就是帶有鑄鐵花飾，看起來像古董的傘筒。所有的傘筒都貴得嚇死人。這不會讓您覺得有點不對勁嗎？一個傘筒要兩百九十九歐元？這就是艾蓮掏錢買下的一個看起來很做作的傘筒。這個傘筒的材質是用所謂的「舊皮革」（胡扯，明明是用鐵刷磨過的，沒錯），用馬鞍縫製方式做出來的，就好像我們住在馬房裡似的。

我呢，我在亞洲商店裡給媽媽買一個裝安眠藥的黑色蠟漆小盒子。三十歐元。我覺得這已經夠貴了，可是艾蓮還問我是不是要再多買一些東西。艾蓮的丈夫是腸胃科醫生，我跟您保證，在醫生很吃香的國家裡，腸胃科醫生可不是最窮的人……不過我還是很喜歡艾蓮和克羅德，因為他們……哦，我不知道應該怎麼說……他們很完整。他們很滿意他們的生活，我想是的，也就是說他們不再做不屬於他們本人的另一個人。此外他們有個女兒蘇菲。我的表妹蘇菲有唐氏症。我不是一個在唐氏症患者面前會欣喜欲狂的人，不像我的家人一樣，覺得這麼做是一種教養（連鴿蘭白也這麼做）。每個人的論調都是一致：他們雖然是殘廢，可是他們非常討人喜歡，非常有感情，非常令人感動。說實話，我覺得和蘇菲在一起是件很痛苦的事：她老是流口水，喊喊叫叫，賭氣，耍性子，而且什麼都不懂。但這不是說我不贊成艾蓮和克羅德。他們自己也說她很煩人，有個唐氏症的女兒是活受罪，可是他們很愛她，把她照顧得很好，我想是的。從這一點，再加上他們完整的人格，所以我很喜歡他們。只要看看在扮演稱職現代婦女的媽媽，或者是在扮演「打從搖籃起就是個資產階級者」的羅森太太，和她們比起來，艾蓮不裝模作樣，滿足於自己所擁有的一切，這點讓人對她很有好感。

長話短說，我們買到傘筒後，便到麗弗里街[2]的安裘莉娜茶館吃點心，喝巧克力。您也許會說，這裡絕不會讓人想起郊區年輕人燒車子的事。那您就完全弄錯了！在安裘莉娜茶館看到的一些事可以讓我明白其他的事。在我們隔壁的一張桌子，有一對夫婦和他們的小孩。這對夫婦是白人，小孩是亞洲人，是個名字叫作泰歐的男孩。艾蓮跟他們彼此很有好感，互相聊了一陣。當然，他們彼此產生好感是因為他們都有個與常人不同的孩子，就是因為如此，所以他們互相注意到對方，然後開始交談。

泰歐是收養的孩子，從泰國被帶到法國來時，只有十五個月大，他的父母親和兄姊全都喪身於那場大海嘯中。我看看周圍的一切，心中自忖：他以後怎麼辦呢？我們是在安裘莉娜茶館，即使如此，這些衣冠楚楚，斯斯文文地吃著貴得不得了的甜點的人，他們在這裡只是為了……哎，為了這個地點所代表的意義，也就是屬於一個特定的世界，有他的信仰，他的法規，他的未來計畫，他的歷史，等等。換言之，這地點具有象徵性。當我們在安裘莉娜茶館喝茶時，我們是在法國，在一個富裕，有等級分別、理智、有邏輯思想，有文明的世界裡。

小泰歐，他以後怎麼辦呢？他生命的前幾個月是在泰國的一個小漁村度過，那是東方世界，有他本身的價值標準和情感，在那個世界裡，從屬感的象徵也許是在敬奉雨神時的鄉村廟會，在那裡，小孩都是沐浴在迷信的信仰中，等等。但他現在在法國，在巴黎，在安裘莉娜茶館，在沒有任何過渡的情況下，沉浸在完全不同的文化中，身處完全不同的世界：從亞洲到歐洲，從窮人的世界到富人的世界。

突然，我心想：泰歐，他以後也許會想燒車子，因為那是憤怒和挫折的表現。也許，最令人憤怒，最令人感到挫折的不是失業，不是貧窮，不是茫然的未來，而是沒有文化的感覺，因為他夾在兩種不同的文化，兩種完全不能並容的象徵之間。如果不知道自己在哪兒的話，那怎麼生存下去呢？是否要同時接受泰國漁民的文化和巴黎大資產階級的文化？同時做移民之子和歷史悠久的保守國家的公民之子？那就燒車子吧，一個人如果沒了文化，就不是文明的動物，只是一頭野獸。而一頭野獸，他會燒，會殺，會搶。

我知道這想法不是很有深度，不過稍後我還是得到一個深刻思想：我呢？我的文化衝突在哪兒？在哪方面我是夾在不能並容的信仰裡？在哪方面我是一頭猛獸？

就那時，我得到一個啟示：我想起媽媽對花草的細心照顧，鴿蘭白的潔癖，爸爸因為奶奶住在養老院而有的心理壓力，以及諸如此類之事。媽媽認為只要噴一下水就可以替花草消災解厄，鴿蘭白認為只要勤奮洗手就可以消除煩惱，爸爸認為他是個會得到懲罰的壞兒子，因為他拋棄母親。說來說去，他們都擁有迷信的信仰，那是原始民族的信仰，不過和泰國漁民不同。但是他們不能承認他們迷信，因為他們是「有邏輯思想、有錢、有教養的法國人」。

而我呢，我也許是這個矛盾中的最大受害者，因為不知何故，我對凡是不調和的事物都特別敏感，就好像我有一隻聽力超強的耳朵，專門聽走調、矛盾的聲音。這個矛盾以及其他的所有矛盾……突然，我發現我不屬於任何一個信仰，不屬於任何一個矛盾的家庭文化。我也許是家庭矛盾的徵兆，因此我應該消失，好讓家人過得如意。

1 戴裴爾博物館（Le Musée Dapper），位於巴黎十六區，是非洲藝術博物館。
2 麗弗里街（Rue Rivoli），位於巴黎第一區，在羅浮宮旁，是商業中心。

基本格言

曼奴菈下午兩點在戴博格利家打完工後才會到我這兒來，因此我有的是時間把碩士論文稿放回信封袋裡，然後送到喬斯家去。

送信的時候，我和索蘭茲．喬斯有個很有意思的交談。

別忘了，對大樓所有的住戶而言，我這個蠢門房是進不了他們高高在上的視線內的，只能站在他們視野的模糊邊角上。就這方面來說，索蘭茲也不例外，不過她先生是社會黨派的國會議員，她還是盡了一些努力。

她開門後，一邊接著我遞給她的信件，一邊對我說：「早。」

這就是她盡的努力。

她又說道：「我跟您說，芭洛瑪是個有許多怪癖的小女孩。」

她看著我，想判斷我對詞彙的認識程度。我不做任何反應。這是我最喜歡的表態之一，可以讓人做各種不同的詮釋。

索蘭茲是個社會黨人士，不過她對人沒有信仰。

「我的意思是說她有點古怪，」她把每個字的發音都發得很清晰，就好像是對重聽的人說話似地。

「她人很好，」我說，並且強迫自己語氣友善些。

「是的，是的，」索蘭茲說話的口氣，就像一個急著要把話轉到正題，可是必須先解決對方學養不夠一樣。「她是個很好的小女孩，可是她的行為很奇怪。比方說，她總是愛躲起來，連續好幾個鐘頭都不見人影。」

「是的，」我說道，「她跟我說過。」

這有點冒險。平常我的策略是什麼都不說，什麼都不做，什麼都不懂。不過我想我還是能繼續扮演我門房的角色，不露出馬腳。

「啊，她跟您說過？」

索蘭茲的口音突然變得很含糊。如何能知道門房對芭洛瑪的話懂了些什麼呢？這個讓她絞盡腦汁的問題使得她心神不寧，一副心不在焉的樣子。

「是啊，她跟我說過，」我回答她的方式可說是簡潔無比。

這時，我看到在索蘭茲身後，養尊處優，麻木不仁的憲法腳步遲緩地走到門口。

「啊，小心貓，」她說道。

接著，她離開門口，站在走廊上，並且把門帶上。不讓小貓出來，不讓門房進屋，這就是社會黨女仕的基本格言。

「長話短說，」她繼續說道，「芭洛瑪對我說，她希望有時候能到您那兒去。這小孩子愛做夢，喜歡待在一個地方，然後什麼也不做。老實跟您說，我寧可她留在家裡胡思亂想的。」

「啊，」我說道。

「不過，有時候到您那兒去，如果這不打擾您的話……這樣的話，最起碼我知道她在哪兒。我們為了到處找她都快被弄瘋了。鴿蘭白對於整天花一大堆時間翻天覆地找她妹妹，感到很厭煩。」

接著，她把門半開，確定憲法是不是已經離開。

「您不會介意吧？」她問道，心中已經在想其他的事了。

「不會的，」我說道，「她不會打擾我的。」

「啊，那很好，那很好，」索蘭茲的心思已經完全被另一件更緊急，而且更重要的事所佔據。

「謝謝，謝謝，您真是很客氣。」

然後她就把門關上。

對蹠點

接下來，在做完門房該做的工作之後，好不容易第一次有了時間靜靜地沉思。我想起昨晚的事，回味的感覺相當奇怪。除了喉嚨裡還留有花生的醉人香味外，心中也有一股說不出來的焦慮感。為了不去想這些事，我專心一致地替大樓每層樓梯上的花草澆水。對我而言，這工作是人類才智的對蹠點。

再一分鐘就兩點了，曼奴菈來到我門房。她神情專注得跟涅普頓在檢查遠處一塊黃瓜皮時的神情一樣。

「怎麼啦？」她一見面又撇頭問我同樣的話，同時遞給我一籃裝在柳條邊小圓籃裡的瑪德蓮小蛋糕。

「我又需要您幫我一個忙，」我說。

「啊，是嘛？」她抑揚頓挫地說這句話，同時把尾音拉得很長。

我從來沒看過曼奴菈這麼興奮的樣子。

「我們禮拜天要一起喝茶，我準備帶甜點過去，」我說。

「喔ㄜㄜㄜㄜㄜ，」她喜氣洋洋地說道，「甜點！」

她立刻恢復實際的態度。

「我必須給您準備一些能夠保存的東西。」

曼奴菈工作到禮拜六中午。

她想了一會兒，然後說道：

「禮拜五晚上，我為您做一個咕嚕託福蛋糕。」

咕嚕託福蛋糕是亞爾薩斯的特產，有點油膩。

但是曼奴菈做的咕嚕託福蛋糕可是天堂美食。所有亞爾薩斯油膩、難消化、乾肉、乾果之類的東西在她手裡就變成了香噴噴的傑作。

「您有時間嗎？」我問她。

「當然有啊，」她高興地說道，「我總是有時間給您做咕嚕託福的！」

之後，我把昨晚前後的經過全部告訴她：抵達他家、靜物畫、清酒、莫札特、餃子、拉麵涼麵、吉蒂、《宗方姊妹》等等。

朋友只要有一個，但是要交對朋友。

「您真是了不起，」曼奴菈聽完之後說道，「大樓裡有這麼多蠢蛋，而您呢，第一次有個好先生住進來，您就被他請到家裡去。」

她狼吞虎嚥地吃了一個小蛋糕。

「哈！」她突然喊了起來，同時把「ㄏ」的音吐得很重。「我順便給您做幾個威士忌塔！」

「不用了，」我說道，「您別那麼辛苦，曼奴菈，一個……咕嚕託福就很夠了。」

「我辛苦？」她答道，「荷妮啊，這幾年來多虧您，我的生活才變得很愉快的！」

她思考了一會兒，終於想起一件事。

「芭洛瑪來這裡幹嘛？」她問我。

「哦，」我說道，「她想離開一下家人休息一會兒。」

「啊，」曼奴菈說道，「可憐的孩子！有那樣的姊姊……」

曼奴菈對鴿蘭白一點好印象也沒有。如果有機會的話，她是會把她的乞丐裝燒掉，把她打入勞改營，來個小小的文化大革命的。

「小帕列何每次看到她嘴巴都張得大大的，」她繼續說道，「可是她連看都不看他一眼。他肯定是頭上套了個垃圾袋。唉，這棟大樓所有的小姐要是都跟奧林匹斯一樣……」

「說得也是，奧林匹斯人很好，」我說道。

「是啊，」曼奴菈說道，「她是很好的女孩子。我跟您說，禮拜二的時候涅普頓狂拉肚子，她還替牠看病呢。」

「我知道，」我說，「我們只是損失大廳的一條新地毯。明天會有人送地毯過來。這沒什麼不好，原先的太醜了。」

「我跟您說，」曼奴菈說道，「那件衣服您可以留著。那位太太的女兒跟瑪麗亞說全留著吧。瑪麗亞要我轉告您，那件衣服送您了。」

「喔，」我說，「她人真好，可是我不能接受。」

「啊，別再來這一套，」曼奴菈生氣地說，「不管怎麼說，是您要付給洗衣店錢。看看這個，真會以為你們昨晚痛喝大桔。」

大桔也許是大酒的美稱。

「那麼，替我向瑪麗亞說謝謝，」我說道，「我真的很感動。」

「這樣說就對了，」她說道，「會的，會的，我會替您跟她說謝謝的。」

有人輕輕地敲了兩下門。

La basse portouce

是小津先生。

「您好，您好，」他一邊說，一邊衝進我的門房。當他看到曼奴菈時，又說道，「喔，您好，羅佩斯太太。」

「您好，小津先生，」曼奴菈幾乎是喊著答話。

曼奴菈是個很熱情的人。

「我們正在喝茶，您要不要一起來？」我說道。

「啊，太好了，」小津先生一邊說，一邊抓起一把椅子。他看到列夫，說道：「喔，好漂亮的小貓！我上一次沒仔細看清楚。真像個相撲力士！」

「來個瑪德蓮蛋糕，這是加上酒子做的，」曼奴菈一邊說，一邊把小籃子推到小津先生前面。

她把詞彙都給顛倒了。

酒子也許是桔子的變形惡稱。

「謝謝，」小津先生一邊說，一邊拿起一個小蛋糕。

他一口吃完後就說道：

「太好吃了！」

曼奴茳在椅子上扭來扭去，一付很滿意的樣子。

他一連吃了四個小蛋糕後，說道：「我來這裡是想請教您的看法。」他向我遞了一個亮麗的眼色，然後繼續說：「我和一個朋友在辯論有關歐洲文化優勢的問題。」

曼奴茳聽了嘴巴張得大大地。她最好是對小帕列何多點包容心。

「他傾向英國，我當然是傾向法國。於是我跟他說我認識一個人，她可以替我們做個評論。您要不要當個裁判？」

「那我既是法官又是當事人了，」我一邊坐下一邊說，「我不能投票決定的。」

「不是的，不是的，不是的，」小津先生說道，「不是要您去投票。您只要回答我的問題：法國文化和英國文化的兩項大發明是什麼？羅佩斯太太，我今天下午運氣好，如果您願意的話，也請您說說您的看法。」

「英國人啊……」精神奕奕的曼奴茳開始說話，接著住口不語。然後她又說道：「還是您先說吧，荷妮。」她突然採取謹慎態度，也許是因為她想起她是葡萄牙人。

我想了一會兒：

「就法國來說，是十八世紀的語言，以及好吃的乳酪。」

「那英國方面呢？」小津先生問我。

「布丁格[1]？」曼奴茳提出她的看法，還把這字照英文原字發音。

小津先生大笑。

「還需要另外一項，」他說道。

「那就是橄欖球了，」她說道。

「哈哈，」小津先生大笑。「我完全同意！那，荷妮，您的看法呢？」

「L'habeas corpus[2]和草坪，」我笑著說道。

這句話讓我們大家笑得不可開交，包括曼奴菈在內。她把那句拉丁文聽成「La basse portouce」，這沒有任何意思，但也讓人覺得好玩。

就這時候有人在敲門。

真沒想到這個昨天沒有任何人感興趣的門房，今天好像變成了世界的焦點。

我正聊得意興當頭，想都沒想就說道：

「請進。」

索蘭茲從門口探進頭來。

我們三個人都帶著疑問的神情看著她，就好像我們是宴會裡的貴賓，被不禮貌的女佣打擾似地。

她張口想說話，接著又改變主意。

芭洛瑪從門的鑰匙高度之間探頭進來。

我恢復鎮靜，站起身。

「我可不可以讓芭洛瑪在您這裡待上一個鐘頭左右？」喬斯太太問道。她也一樣恢復鎮靜，不過好奇心可是其大無比。

「您好，親愛的先生，」她對站起身，走過去要跟她握手的小津先生說。

「您好，親愛的太太，」他很禮貌地回答，「妳好，芭洛瑪，很高興看到妳。哦，親愛的朋友，她跟我們在一起沒問題的，您可以放心地把她留在這裡。」

如何用很有風度的方式，而且只要一句話就把人給打發走呢。

「嗯……那……是的……謝謝，」索蘭茲說完後，慢慢地往後退，人還是有點恍神。

她腳踏出去後，我便把門關上。

「妳要不要來杯茶？」我問芭洛瑪。

「好啊，」她回答我。

政黨幹部家的真公主。

我替她倒了半杯茉莉花茶，曼奴茲把剩下的瑪德蓮小蛋糕放在她前面。

「根據妳的看法，英國人的發明是什麼？」小津先生問她。他的心思還在文化競賽上頭。

芭洛瑪專心思考，然後說道：

「象徵心理僵硬症的帽子。」

「太棒了！」小津先生說道。

我發現我太低估芭洛瑪了，在這方面我必須多加點心思。可是，命運之神一定敲三次門的，而且所有的密謀者到最後一定會被揭穿。這時，又有人在輕輕地敲我的門，於是我把心中的事擱在一邊。

是阮保羅。他是第一個一點也不感到驚訝的人。

「您好，米榭太太，」他對我說，接著又說，「大家好。」

「啊，保羅，」小津先生說道，「我們把英國批評得一文不值。」

保羅笑得很親切。

「很好啊，」他說道，「令嫒剛剛打電話過來。過五分鐘後，她會再打過來。」

「知道了，」小津先生回答，「那麼，各位女士，我必須告辭了。」

他向我們大家鞠躬。

「再見，」我們大家異口同聲地說，好像是少女合唱團似地。

「啊，很好，」曼奴菈說，「已經完成一件好事了。」

我問她：「哪一件？」

「所有的瑪德蓮小蛋糕都吃光了。」

我們都笑了起來。

她若有所思地看著我，滿臉微笑。

「真不可思議，嗯？」她對我說。

是的，真不可思議。

今後有兩個朋友的荷妮不再是那麼膽怯了。

可是，今後有兩個朋友的荷妮也開始有一股說不出來的恐懼感。

曼奴菈離開後，芭洛瑪不拘小節地縮在電視機前小貓躺的沙發上，她瞪著一雙大大的，嚴肅的眼睛看著我，問我：

「您認為生命有意義嗎？」

1 布丁格（pudding），即布丁。

2 拉丁文，意思是人身保護令。

深藍色

當我把衣服送到洗衣店時，曾被店裡的女員工說了一頓。

「把質料這麼好的衣服弄到這麼多污點，」她嘴裡嘀嘀咕咕的埋怨，同時給我一張靛藍色的號碼單。

今早我去拿衣服時，收我號碼單的是另一位年紀較輕，看起來沒那麼靈光的女子。她在一排排掛滿衣服的架子前找個不停，最後找出來一件很漂亮，外面套著透明塑膠膜的紫紅色痲料洋裝，遞給我。

我心中遲疑了一下，然後接下衣服，對她說：「謝謝。」

在我幹下的卑鄙勾當中，現在又得加上一項，也就是將不屬於我的衣服佔為己有，是從死人那兒偷來的衣服。惡之源就在我的遲疑態度。如果因為不想霸佔別人的財產而產生這種遲疑的話，那我還是可以哀求聖彼得饒恕的；可是我怕的是，這個遲疑只是時間上需要，好讓我決定這件事行不行得通。

下午一點，曼奴菈把咕嚕託福送到我們房來。

「我本來是想早點過來的，」她說，「不過戴博格利太太，她一直瞟著監視我。」

對曼奴菈而言，瞟著眼是令人費解的準確表達方式。

說到咕嚕託福，怎麼想都想不到，紮得精巧奪艷的深藍色絲紙，別出心裁的亞爾薩斯蛋糕，威士忌塔薄得讓人怕把它們給打碎，杏仁餅乾的邊邊烤得金黃香甜。我看了立刻垂涎欲滴。

「謝謝，曼奴菈，」我說道，「我們才兩個人而已。」

「您可以馬上吃啊，」她說道。

「我再謝謝您，說真的，」我說道，「您一定花了很多時間。」

「得了吧，」曼奴菈答道，「我全都做了雙倍份量，費爾南都說要謝謝您哪。」

世界動態日記第七章

那枝斷裂的花梗我為您而愛

我在想我是不是正在變成了一個沉思審美家。這之間還帶點禪意，同時還有點詩人龍薩[1]的意境。

讓我解釋清楚些。這是關於一個很特別的「世界動態」，因為這和人體動作無關。今天早上我正在吃早餐時，我看到一個動作。動作。完美無缺的動作。昨天（星期一），清潔婦葛雷蒙太太送了一束玫瑰花給媽媽。葛雷蒙太太的姊姊在蘇赫斯納[2]市的塞納河畔擁有一塊種花果蔬菜的園地，這是目前塞納河畔僅存的少數園地。上個禮拜天，葛雷蒙太太去她這個姊姊家，因此就帶回一束本季節最早開的玫瑰花：黃色玫瑰花，像報春花那種漂亮的黃色。葛雷蒙太太告訴我們，這種玫瑰花的名字叫作「朝聖者」（The-Pilgrim）。單是這個啊，我就感到很高興。這總比把玫瑰花取個「費加洛太太」或者是「普魯斯特之愛」（我沒騙你）的名字還要高雅，還要有詩意，而且也沒那麼矯揉造作。

好了，不囉唆葛雷蒙太太送花給媽媽的事。儘管媽媽認為她與眾不同，她和葛雷蒙太太之間的關係，就跟所有思想開放的闊太太和幫傭之間的關係完全一樣：也就是帶粉紅色社會主義思想的長期性主僕友好關係（請喝杯咖啡，薪水付得很合理，不出言斥責，把一些舊衣服和壞了的家具送給幫佣，關心她的小孩，得到的回報是玫瑰花以及手鉤的栗色米黃色相間的床罩）。可是這些玫瑰花……那非常的不一樣。

那時的我正在吃早餐，同時看著擺在廚房料理台上的玫瑰花。我想當時的我腦袋放空。話說回來，也許就是因為如此，我才能看到那個動作。如果當時的心思是放在一件事上，如果廚房不是那麼安靜，如果我不是獨自一人在廚房裡，我也許就不會那麼專注了。而那時我是獨自一人，心神寧靜，腦袋空空。因此我能夠用內心迎接那個動作。

我聽到一個很細微的聲音，也就是空氣在顫動時發出很輕，很輕，很輕的「ㄒㄩㄩㄩ」的聲音。那是一顆花苞的梗頭斷裂，花苞落在料理台時發出了一個「ㄅㄛ」的聲音，這個「ㄅㄛ」就跟超聲波一樣，只有老鼠的耳朵才聽得到，或者是在非常非常非常安靜的條件下，人耳才能聽到。當我聽到時，整個人被吸引住了，拿著湯匙的手懸在半空中。那太美了。是什麼東西那麼美呢？我無法明白，那只是一顆玫瑰花苞因梗頭斷裂而掉落在料理台上。那又怎樣呢？

我走前去看掉在料理台上靜止不動的花苞時，我明白了。這不是和空間有關，而是和時間有關。當然囉，一顆玫瑰花苞優雅地掉落下來，那總是很好看的。那很有藝術感，我們可以畫一大堆這類的畫！但並不是這點能解釋動作。動作，我們總認為它是關係到空間……

當我看到花梗和花苞掉落時，在那千分之一秒的時間內，我直覺地體驗到美的本質。是的，我，一個只有十二歲半的小女孩，我居然能有這個空前的機會，今天早上所有條件完全具備：頭腦空洞，家裡安靜，漂亮的玫瑰花，花苞掉落。我想到詩人龍薩，剛開始我不是很明白為什麼，原來這是和時間以及玫瑰花有關。所謂美，就是當美出現時我們所抓住的。也就是事物的美和死亡被我們在同一個時間看到時，這個事物的剎那形態。

啊呀，啊呀，啊呀，當時我心想，這是不是在說我們要以這種方式過生活呢？在美和死亡之間，在動作和消失之間取得平衡？

也許就是這個吧，活著，就是要追捕消逝的剎那時光。

1 龍薩（Ronsard，1524-1585），法國詩人，他最有名的一首詩開頭是：我們去看玫瑰花……。

2 蘇赫斯納（Suresnes），位於巴黎西北郊塞納河畔。

一小口一小口

接著，禮拜天到了。

下午三點時，我爬樓梯上五樓。紫紅色的洋裝太大了一點——對要大吃咕嚕託福的今天來說，這可是天降的好事——可是我卻良心不安，心臟緊縮得就跟捲成球狀的小貓一樣。爬到四樓和五樓之間時，我碰到薩賓娜。好幾天來，每當她碰見我時，她總是毫不客氣地，而且一副不以為然的樣子打量我的新髮型。大家總有一天會習慣我的新面貌的。可是她那種明顯的態度還是讓我不自在。

「您早，太太，」我一邊說，一邊繼續往上走。

她滿臉嚴肅地跟我點頭回禮，還看著我的頭髮。接著她突然發現我穿的衣服，立刻在樓梯上停住不動。我恐慌不已，全身開始冒汗，身上偷來的衣服很有被汗水濕透的可能。

「既然您要上去，可不可以請您順便澆一下樓梯上的花？」她用惱火的口氣對我說。

我是不是該提醒她？今天是禮拜天。

「這些都是糕點嗎？」她突然發問。

我手上拿著一個大托盤，上面擺著曼奴菈用深藍色絲紙包裝的甜點。我明白過來，我身上的衣服其實被甜點給擋住了，引起太太不滿的並不是我身上穿的衣服，而是她料想中我這個窮人做的點心。

「是的，有人突如其來的送這些東西來，」我說道。

「那麼，您就趁這個機會順便澆澆花，」她說完後，滿懷不樂地繼續下樓梯。

到了五樓後，我好不容易伸出手按門鈴，因為我手上還拿了錄影帶。不過小津先生很快就跑來開門，而且立刻把我手上的托盤拿過去。

「啊，我的天啊，」他說道，「您還不是說說而已，我的口水都要流出來了。」

「您要謝謝曼奴菈，」我一邊說，一邊隨他進入廚房。

「真的嗎？」他一邊問一邊解開層層道道的包裝紙，把咕嚕託福拿出來。那實在是道道地地的珍品。

我突然聽見微微的音樂聲，是從藏在隔板裡的麥克風播放出來，然後傳到整個廚房內的。

Thy hand,lovest soul,darkness shades me,
On thy bosom let me rest.
When I am laid in earth
May my wrongs create
No trouble in thy breast.
Remember me,remember me,
But ah ! forget my fate.

這是亨利．普賽爾[1]的歌劇《狄多與阿尼亞斯》裡的狄多之死。這是全世界最美的一首歌。這首歌不僅很美，而且高雅絕倫，主要的原因是整首歌的聲調連貫得非常的緊密，就好像是被一股隱形力量纏住似地，好像是每個聲音彼此之間雖然分開，但是又完全融合在一起，聽起來不像人聲，近乎動物的哀號——但是那歌聲的美是動物叫聲永遠無法達到的，那美是來自於被破壞的咬音規則，違背一般說話時將聲音分辨清楚的習慣。

打破步伐，融合聲音。

藝術，就是生命，不過是另一種韻律。

小津先生在一只黑色大托盤上擺了茶杯、茶壺、糖、紙巾，然後說道：「來吧！」在走廊上我走在前頭，按照他的指示，打開左手邊的第三道門。

「您有錄影機吧？」我曾這麼問小津先生。

「有的，」他那時是帶著神秘的笑容回答我。

我打開左手邊的第三道門，裡面是一間小型電影院。有一張很大的白色螢幕，許多閃著燈，神奇的儀器，三排各有五張跟電影院裡一樣，套著深藍色絲絨的椅子。第一排椅子前面還有一張很長的矮桌子，此外，牆壁和天花板都張掛著深色絨布。

「老實說，這是我以前的工作，」小津先生說道。

「您以前的工作？」

「前前後後有三十年，我將名牌高級音響進口到歐洲來。這是很賺錢的生意——不過對喜歡電子儀器的我來說，也非常好玩。」

我坐在一張軟綿綿、很舒適的椅子上，然後開始看電影。

如何形容此時此刻的極端喜悅呢？我們坐在幽暗溫馨的房間裡，背靠在柔軟的椅背上，欣賞投射在大螢幕上的《宗方姊妹》，一邊吃咕嚕託福，一邊心滿意足地啜著茶。有時候小津先生會把電影停住，我們斷斷續續地討論廟堂青苔上的茶花，人在艱難的生活下所面臨的命運。我一共上了兩次廁所，去找我的朋友〈受判之徒〉，然後回到小電影院，那感覺就好像回到溫暖舒適的床上一樣。

這是在時間之內的時間之外……。我第一次體驗到這種只有兩人在一起時才能有的坦然忘我，是在什麼時候呢？當獨處時心中感受到的寧靜，在孤獨中得到的寧靜，這種感受是和與人相處，有好友為伴時的隨意去，隨意來，隨意說是完全無法相比的……。我第一次體驗到和一個男人在一起時的這種幸福解脫感是在什麼時候呢？

今天，這是我生平第一次。

1 亨利・普賽爾（Henry Purcell, 1659-1695），英國作曲家，《狄多與阿尼亞斯》是其代表作。

桑娜伊

看完電影後，我們繼續聊天喝茶。七點時我準備告辭回家。我們經過大客廳時，我注意到在長沙發旁邊一張矮几上有一幅相框，照片裡的女子非常漂亮。

小津先生發現我在看這張相片，於是溫柔地說道：「那是我的妻子。她十年前癌症過世。她叫作桑娜伊。」

「我很抱歉，」我說道，「她是個……很漂亮的女子。」

「是的，」他說道，「很漂亮。」

一時之間我們兩人都沉默了。

「我有一個女兒，她住在香港，」他又說道，「我已經有兩個孫子了。」

「您一定很想念他們。」我說道。

「我常去看他們，我很喜歡他們。我其中一個孫子傑克（他爸爸是英國人），今年七歲，他今天早上打電話告訴我，他昨天釣到第一條魚。這是這個禮拜的大事，想想也是！」

我們又沉默了一會。

小津先生送我到門廳時，問我：「我想，您是寡婦吧。」

我說道：「是的。我丈夫已經過世十五年了。」

我心情難過了起來。

「我丈夫呂西安。他也是死於癌症……」

我們站在門前，感傷地看著對方。

小津先生說道：「祝您晚安，荷妮。」

接著，他一副又恢復愉快的樣子，說道：

「今天過了很愉快的一天。」

一股無比的抑鬱像超音速一樣突然襲上我心頭。

黑雲

「妳真是傻瓜，」我一邊說，一邊脫掉紫紅色洋裝，發現一個鈕釦孔上沾上了威士忌塔的糖漬。「妳在想什麼？妳不過是個窮門房而已。不同階級之間是不可能存在友誼的。妳這個瘋子，妳在想什麼？」

「妳這個瘋子，妳在想什麼？」我一邊洗澡，一邊不斷地這麼對自己說。臨睡前，為了把霸佔床的列夫趕下去，我還跟牠打了場小仗，然後才鑽進被窩，心中還是不斷地對自己說這句話。

我閉上眼，腦海裡出現小津桑娜伊那張美麗的臉孔，覺得自己像一個突然被拉回殘忍現實的老太婆。

我在滿懷煩惱的情況下入睡。

隔間早上醒來，我覺得嘴巴近乎乾燥遲鈍。

不過，接下來的禮拜過得倒是非常地有勁。小津先生有時候會突如其來地跑來找我，要我給他做個仲裁（冰淇淋還是水果冰？大西洋還是地中海？）。雖然我心中被一道默默無聲的黑雲籠罩著，我仍是很高興和他在一起。

曼奴菈看到我的紫紅色衣服時笑得不得了。芭洛瑪到我這兒來坐在列夫的沙發上。

「我以後要當門房。」她對把她送到這兒來的母親說。當索蘭茲把她女兒送到我這兒時，她是用新的，帶點謹慎的眼光看我。

「但願不是如此，」我一邊回答，一邊很友善地對著喬斯太太笑。「妳將來會是個公主的。」

芭洛瑪身上穿的是一件和她的新眼鏡顏色搭配的粉紅色T恤，滿臉好鬥的神情，一副「我將來會當個門房，我會不顧一切，抗拒一切，特別是我母親」的樣子。

「這是什麼味道啊？」芭洛瑪問道。

我浴室的水管有問題，因此房子裡就跟士兵們的房間一樣聞起來很臭。

「是下水道的味道，」我回她，心裡不是很願意做太多的解釋。

「這是經濟自由主義的失敗。」她說道，就好像我剛剛沒回答她的問題似地。

「不是的，」我說道，「是下水管塞住了。」

「這就是我跟您說的呀，」芭洛瑪說道，「為什麼水管工還不過來呢？」

「因為他客戶太多了？」

「一點都不是，」她反駁道。「正確的答案是，因為他不是非來不可。為什麼他不是非來不可呢？」

「因為他的競爭者不夠多，」我說。

「完全正確，」芭洛瑪一副勝利的表情說道，「因為工作調節不夠。鐵路員工太多，可是水管工不夠多。就我個人而言，我是比較喜歡集體農場經濟體制的。」

唉，就這時候有人敲門，打斷了這個有趣的話題。

是小津先生。他的表情帶著一種說不出來的隆重感。

他進屋後看到芭洛瑪。

「喔，妳好，小妹妹，」他說道。「那麼，荷妮，我是不是晚一點再過來呢？」

「好吧，」我說，「您好嗎？」

「很好，很好。」他答道。

接著，他突然決定說出想說的話：

「明天晚上我請您吃飯好嗎？」

「哦，」我說道，同時感覺有股莫大的恐懼感佔據我的心靈，「是這樣的……」

就好像是最近幾天來模模糊糊的預感現在突然成形似地。

「我想請您去一家我很喜歡的餐館吃飯，」他用非常期待的神情說道。

「上餐館？」我問道，心裡越來越害怕。

我聽到在我左手邊的芭洛瑪微微地在笑。

「您聽我說，」似乎有點不好意思的小津先生說道，「我非常誠心地請您接受我的邀請。明天是……是我的生日，我會很高興有您作伴。」

「噢，」我說道，我說不出其他的話。

「我下禮拜一要去我女兒那裡，當然，我會在那兒和家人一起慶祝我的生日，不過……明天晚上……希望您能夠……」

他停了一下，用充滿期待的神情看著我。

這只是一種感覺嗎？我好像覺得芭洛瑪在練習停止呼吸。

「您聽我說，」我說道，「說真的，我很抱歉。我覺得您這個主意不太合適。」

「怎麼會呢？」看起來很困擾的小津先生問道。

「您人很好，」我一邊說一邊設法讓一直低下去的嗓音聽起來堅定有力些，「我很感謝您，不過我不想接受，謝謝您。我相信您有很多朋友可以一起慶祝生日的。」

小津先生愣愣地看著我。

「我……」他終於開口說話，「我……沒錯，當然的，不過……好吧，說實在的，我真的很希望……我不懂。」

他皺起眉頭。

「好吧，」他說道，「我不明白。」

「這樣比較好，」我說道，「事實就是如此。」

我朝他走過去，輕輕地把他推到門邊，然後又說道：

「我們會有很多機會在一起聊天的，這是肯定的。」

他往外走，帶著不知所措的神情。

「真可惜，」他說道，「我還很高興要請您呢。畢竟……」

「再見了，」我話說完後，輕輕地把門關上。

雨

我心想，最危險的事總算過去了。

那是沒把具有粉紅色前途的人考慮在內：當我轉身時，芭洛瑪就站在我面前。

她看起來很不高興的樣子。

「請問您在玩什麼遊戲？」她問我，說話的口氣讓我想起小學最後一個老師畢佑太太。

「我沒有在玩任何遊戲，」我低聲地回答，內心明白我剛剛的舉動很孩子氣。

「明天晚上您有特別的事嗎？」她問道。

「其實沒有，」我說，「不過呢，不是為了這點……」

「那您能告訴我真正原因是什麼嗎？」

我答道：「因為我覺得這不怎麼好。」

我的政治警察追問：「那是為什麼？」

為什麼？

說實話，我自己是否知道呢？

就這時候外面突然下起雨來。

姊妹

那些雨……

冬天的故鄉總是下雨，印象中那裡從沒有晴天的日子，只有雨，黏腳黏鞋的爛泥巴，以及寒冷。即使是靠在壁爐前，我們的衣服和頭髮總是有一股濕氣。從小至今，有多少次回想起那個下著大雨的夜晚？四十多年來，有多少次，回憶起在今天傾盆大雨中突然再度湧現的悲劇？

那些雨……

我父母給我姊姊取的名字是夭折的長姊的名字，而這長姊被取的名字又是一個已經過世的嬸嬸的名字。李絲特非常地漂亮，儘管我年紀尚小，還無法看出美的模式，只能大略地看出美的輪廓，但是我也已經知道她長得很美。由於我們家人很少說話，因此從來沒有人提過這事。可是左鄰右舍卻喋喋不休。每當我姊姊經過時，鄰居們總是要對她的美貌說長道短。在上學的路上，我老是聽到針線商店的女老闆說：「長得這麼漂亮，家裡卻這麼窮，命運真是作弄人。」當時我呢，相貌醜陋，身心可說是殘廢，我緊緊握著姊姊的手，而李絲特頭抬得高高的，步履輕盈地往前走，不理會旁人盡說那些不吉利的話，對她的指指點點。

十六歲時，她離開家到都市裡去替有錢人家看小孩。我們前前後後有一年多的時間沒見到她。

聖誕節她會回家和我們一塊兒過節，並且帶來許多奇怪的禮物（香料蜂蜜麵包、色彩鮮艷的絲帶、薰衣草小香袋），神情看起來就像個女王。她的氣色是那麼紅潤，那麼興奮，那麼地完美，有誰能勝過她呢？那是第一次有人跟我們說故事。我們全神貫注，急切地想從她口中聽到一些讓我們感到神奇的新鮮事。從農家女變成有錢人女佣的她，對我們描述一個陌生，五彩繽紛，光鮮燦爛的世界。

當我回想這些時，我體會出我們家的貧窮程度。我們住的地方離都市只有五十公里遠，而且在十五公里遠處就有一個小鎮，可是我們好像仍然活在封建時代似的，沒有任何舒適設備，沒有任何希望，內心認定自己永遠是農民。當然，現今在某些偏僻的鄉下，也會有一些不了解現代生活的一切，和現實社會脫節的老人。可是我們是個年輕、勤奮的家庭。當李絲特在描述聖誕節都市街道張燈結彩的情況時，我們才知道原來還有一個想都沒想到的世界。

李絲特後來又離開家。之後幾天內，我們像機器的慣性作用一般，繼續談論這些事。整整好幾個晚上，父親在餐桌上評論他女兒說的故事。「這些啊，真不敢相信，真是好玩。」日子一久，沉默和斥責就像黑死病襲擊窮人一樣，又再度降臨在我們身上。

當我又在想這些事時……那些雨，那些逝去的死者……李絲特背著兩個死者的名字；我只是背著一個，也就是在我出生前就過世的外祖母的名字。我兄弟們都背著死在戰場的堂表兄弟的名字，而我母親的名字是她從來沒有見過、死於難產的表姊的名字。我們就是這樣默默地活在死人的世界裡。有一天，十一月的一個晚上，李絲特離開都市再回到這個世界中。

我記得那些雨……雨點打在屋頂上的聲音，淌著流水的鄉間道路，農舍門前的一堆爛泥，黑漆漆的天空，刮著的風，無止無境的潮濕帶來的難受感，這種壓在心中的難受感就如同生命壓在我們身上一樣，沒有覺悟，也沒有不平。我們全家人坐在火爐旁擠在一起，突然，我母親站起身，把大家撞得東倒西歪。大家都吃了一驚，看著她往門口走去。她好像被一股說不出來的衝動所支配似地，一股腦兒地把門打開。

那些雨，喔，那些雨……李絲特就在門口前呆呆地站著，眼神呆滯，濕透的頭髮黏在臉上，衣服全濕了，鞋子被泥巴給蓋住。我母親為什麼會知道呢？為什麼像她這樣一個儘管不曾虐待我們，但是從未用手勢或是語言表示過她是愛我們的女子，為什麼像她這樣一個生育子女就跟耕耘土地或是餵雞一樣的女子，為什麼像她這樣一個不識字，愚蠢得從來都沒用我們的名字叫我們的女子，而這些名字還是她替我們取的，我甚至懷疑她是否能記得，為什麼她知道她半死不活的女兒在傾盆大雨中，呆呆地站著，不開口說話，雙眼瞪著門，也沒想到要敲門，傻傻地等人替她開門，把她帶進暖和和的屋裡去呢？

是母愛嗎？這種對悲慘命運的預感，這種即使活得跟動物一樣也會保有的情感火花。這就是呂西安對我說的：一個愛自己孩子的母親，當她的孩子受苦時她總是會知道的。對我而言，我不怎麼贊成他的看法。我對這個不是母親的母親也沒有什麼感恩之心。貧窮就跟收割機一樣，完全割除了我們所有與人溝通的能力，使我們內心空無所有，毫無情感，好讓我們能忍受眼前的所有不幸。可是我也沒有崇高母愛的想法。我母親的那個預感中並沒有母愛的成份，她只是將確定苦難已經降臨的心理用手勢表達出來而已。那可說是一種深植在內心的天生直覺，提醒像我們這樣的窮人家總會有一個被欺騙的女兒在雨濛濛的晚上從外頭回家等死。

李絲特一直到孩子出生後才過世。如我們所預料的，新生兒不到三個鐘頭就夭折。我父母好像把這項悲劇看成萬物發展的自然趨勢，因此他們一點也不哀傷，就好像失去一隻小羊似的。這項悲劇讓我確定兩件事：強者生，弱者亡，他們的享樂與痛苦程度和他們各自的階級地位相當。漂亮的李絲特是那麼貧窮，聰慧的我也是那麼貧窮，我如果不顧階級身分想發揮我的才智，我必會遭到跟李絲特一樣的懲罰。話說回來，我也不能不做我自己，因此我的未來似乎就是一條隱密的道路：我必須對我的一切緘口不言，而且絕不能把腳踩在另一個世界。

我從保守祕密的女孩，變成了一個生活隱密的人。

突然，我意識到我是坐在我的廚房裡，在巴黎，在一個完全不同的世界。在這世界裡我挖鑿了一個外人看不到的小窩，並且小心翼翼地不和這個世界打交道。我發現我熱淚盈眶，而此時有個雙眼充滿著關懷的小女孩握著我的手，輕輕地撫摸我的手指——我也發現我什麼都說，什麼都講：李絲特，我的母親，雨，被凌辱的紅顏，以及到最後，總讓為了想改變命運而死去的母親生下死產兒的命運鐵手。我抽抽搐搐地哭泣，熱淚直流，內心雖感到羞愧，但是當看到芭洛瑪那雙哀傷、嚴肅的眼神變成充滿溫情的兩道目光，讓我感到無比溫暖時，心中卻有種無法解釋的幸福感。

「天啊，」我一邊說一邊讓自己稍微靜下來，「天啊，芭洛瑪，瞧瞧我這個傻樣子！」

「米榭太太，」她答道，「我要跟您說，您給了我希望。」

「希望？」我一邊說一邊傷感地用鼻子吸了一下氣。

「是的，」她說道，「命運好像可以改變。」

我們前後有好一陣，就這樣手握著手，默默無語。我變成了一個十二歲善良女孩的朋友。我心中對她感激不盡，儘管我們之間年齡、條件，以及環境差異很大，這種不得體的依戀心也未能改變我的情感。當索蘭茲來到門房要接回她女兒時，我們兩人帶著不可磨滅的友誼情感互看了一眼，互道再見，心裡明白我們會很快地再會面。

當我關上門後，我坐在電視機前的沙發上，手放在胸膛，突然大聲地說：生活，也許就是如此。

深刻思想第十五章

如果妳要治療妳
先治療
別人
對命運的奇妙轉變
微笑或是哭泣

您知道什麼嗎？我在想我是不是錯過了一些事情。有點像一個交友不慎的人，在認識了一個很好的人之後，發現了另一條道路。我的壞朋友就是媽媽、鴿蘭白、爸爸，以及所有的親戚朋友。可是今天我確實是認識了一個很好的人。米樹太太把她的傷痛告訴我：她逃避小津先生是因為她的姊姊李絲特被有錢人家的兒子勾引、拋棄後，傷心而死。為了不死於有錢人的手中，從那時起，不跟有錢人來往變成了她的生存手段。

在聽米樹太太說話時，我在想一件事：最令人傷痛的事是什麼？一個因為被拋棄而過世的姊姊？還是這個事件所帶來的持久影響？也就是說害怕因為沒有遵守自己的本份而死去。對她姊姊的死，米樹太太是可以克服這個傷痛的；可是我們能夠克服懲罰自己的各種想像情節嗎？

而且更重要的是，我體驗到另一件事情，體驗到一種新的感情。當我在寫這些字時，我心情非常激動，我甚至把筆擱下來，哭了兩分鐘。當我在聽米樹太太說話時，當我看著她流淚時，尤其是當她在對我吐出內心話，感覺到她的心情是多麼好過了些時，我明白了一些事情：我明白我在受苦，因為我不能替我周圍的人做些好事。

我明白我之所以怨恨爸爸，媽媽，特別是鴿蘭白，那是因為我沒辦法替他們做些有益的事，因為我對他們無能為力。他們病得太深，而我太弱小。我很清楚他們的症狀，但是我沒有能力治療他們，因此，我跟他們一樣有病，只是自己不知道而已。所以，當我握著米樹太太的手時，我感覺到我也有病。不管怎樣，我能肯定的是，我不能藉著懲罰我治不好的人來治療我自己。我也許應該重新考慮放火燒屋和自殺的事。再說，我必須承認一件事：我不再那麼想死了，我想再看米樹太太、小津先生，還有他那個難以斷定未來的外孫女YOKO，向他們請求協助。

喔，當然囉，我不會跑到他們前面，對他們說：please，help me，我是個想自殺的小女孩。可是我很希望別人能做一些對我有益的事，畢竟，我只不過是個可憐的小女孩。就算我是個絕頂聰明的人，這也不能夠改變事實，不是嗎？一個可憐的小女孩在危急的時候有機會認識一些好人，在道德上我是不是有權利白白放過這個機會呢？

哎。我一點也不知道。話說回來，那椿故事是個悲劇。勇敢的人還是有的，心情愉快一點吧！我想對我自己這麼說，可是說來說去，好令人傷感啊！他們在雨下終結一生！我不知道該想些什麼。剎那間，我想我找到了我的理想，我想我明白一件事，如果要治療我自己，那麼就必須先治療別人，也就是治療「能被治療者」，治療一些可以拯救的人，不要因為不能拯救他人而哀傷。這麼說來，我應該當個醫生囉？或者當個作家？這兩種職業差不多是一樣的，不是嗎？

而且，相對一個米榭太太來說，有多少個鴿蘭白？有多少個可悲的迪貝爾？

煉獄小徑

芭洛瑪走後，心情激動的我坐在沙發上好長一段時間。

接著，我鼓起勇氣，伸手撥了小津先生的電話號碼。

第二聲一響，阮保羅就把電話接起來。

「啊，您好，米榭太太，」他對我說道，「有什麼事嗎？」

「哦，是這樣的，」我說，「我想跟小津先生說話。」

「他不在家，」他對我說，「要不要請他一回來就給您回電話？」

「不用，不用，」我說道，同時為了能跟中間人講話鬆了口氣，「您能不能轉告他，如果他沒改變心意的話，我很樂意明晚和他一起吃飯？」

「我一定會告訴他的，」阮保羅說道。

掛上電話後，我又再度倒回沙發上。大概有一個鐘頭的時間，我滿腦子都在想一些沒條沒理，可是又很有趣的事。

「哎喲，您家有股臭味，」我背後響起一個很溫柔的男人聲音。「有沒有人來替您修理過啊？」

這人開門時動作非常的輕，以至於我完全沒聽見聲音。這人很年輕，長得很好看，棕色頭髮有點雜亂，身上穿一件全新的牛仔外套，一雙大眼就跟個性溫和的長毛垂耳狗一樣。

「尚恩？尚恩．亞爾登？」我開口問他，心中不太相信眼前看到的一切。

「是啊，」他一邊說一邊偏著頭，就跟以前一樣。

想不到這就是以前那個墮落、身形削瘦，白白浪費生命的年輕人。以前近乎無可救藥的尚恩．亞爾登顯然選擇了一個新的生活。

「您的氣色真是好得驚人！」我一邊說，一邊開懷地對他笑。

他也很友善地對我微笑。

「嗨，您好，米榭太太，」他說道，「我很高興看到您。您這髮型很好看，」他指著我的頭髮說。

「謝謝您，」我說道。「是什麼風把您吹來的呢？要不要喝杯茶？」

「啊……」，跟以前一樣，他答話時總帶點遲疑的態度，「好的，非常謝謝。」

我在廚房燒茶時，他坐在一張椅子上，目瞪口呆地盯著列夫看。

「這隻貓，牠以前就這麼胖嗎？」他問我，口氣毫無惡意。

「是的，」我說道，「牠不是很愛運動。」

「臭味不是牠身上發出來的吧？說不定呢。」他一邊問，一邊用鼻子嗅列夫，一副很痛心的樣子。

「不是，不是，」我答道，「這是水管的問題。」

「您一定很奇怪我怎麼突然來這裡，」他說道，「何況我們從來沒談過很多話，嗯，我以前不是很愛說話，那是在……嗯，在我父親還活著的時候。」

「我很高興看到您，特別高興的是，您看起來很好，」我很誠心誠意地說。

「是啊，」他說，「……我是從地獄邊緣回來。」

我們兩人同時喝了兩口熱茶。

「我已經治好了，最起碼，我想我是已經治好了，」他說道，「希望有一天能夠真的治好。不過我不再吸毒，其實呢，我認識一位很好的女子，應該說是非常出色的女子（他的雙眼變得很明亮，一邊看著我，一邊用鼻子吸氣），此外，我還找到一份很有意思的工作。」

「您的工作是什麼呢？」我問他。

「我在一家船艇配件商店工作。」

「船艇的配備零件？」

「是啊，這工作很有意思。在那裡，我有點像在度假的感覺。客人到我店裡來，談談他們的船，他們要去的海，他們剛去過的海，我喜歡這些，而且，我很高興能夠工作。」

「您的工作，準確地說，到底是什麼呢？」

「我幾乎什麼都做，打雜，跑腿，一些時間後，我學得很好，所以現在呢，老闆開始交給我一些比較有趣的工作，比如說，修理風帆、纜索，開avitaillement[1]的清單。」

您是否能體會這個字的詩意呢？我們替船隻做avitaillement，替城市做ravitaillement。凡是不了解語言美妙是來自於這些微妙之處的人，我得先做下述請求：請您注意逗點。

「您也一樣，您看起來很好，」他一邊看著我，一邊友善地說道。

「啊，是嗎？」我說道，「是有一些新的變化對我很有幫助。」

「我要跟您說，」他說道，「我來這裡不是要看以前的房子，也不是探望住在這裡的人。我甚至不能確定他們是否認得我。再說，我還把身分證帶在身上，準備萬一您認不得我的話，可以拿給您看。」他繼續說道，「我來這裡是因為有件事我一直想不起來。這件事在我生病時，還有後來在我病癒期間給我很大的幫助。」

「那我能幫您想起來嗎？」

「是的。有一天，您告訴我那些花的名字。在那個花圃上，就是那兒（他伸手指了指院子後方），有許多漂亮的小白花和紅花，這些花是您擺的，不是嗎？我問過您那些花的名字，可是我忘了花名。我不曉得為什麼我經常在想那些花。那些花很漂亮，當我狀態很不好時，我就想那些花，這讓我覺得很舒服。所以，剛剛經過這附近時，我心想，為什麼不去問米榭太太呢？」

他在觀察我的反應，有點不好意思。

「您一定覺得很奇怪，嗯？我希望這段花的故事沒嚇著您。」

「不會的，」我說，「一點都不會。我要是知道那些花對您有這麼大的好處……我會到處都擺的！」

他笑得跟幸福孩子一樣。

「啊，米榭太太，您知道嘛，那些花可說是救了我。這已經是個奇蹟了！您是不是可以告訴我那些花的名字？」

是的，我的天使，我可以告訴您。煉獄小徑，洪流之下，目瞪口呆，心腸欲嘔，一道微弱的光芒：那是茶花。

「可以，」我說道，「那是茶花。」

他雙眼睜得大大地瞪著我看。接著，一顆眼淚沿著他那重獲新生的孩子般的臉頰流下來。

「茶花……，」他整個人沉浸在回憶裡。接著，他再次看著我，說道，「茶花，是的。就是這個。茶花。」

我感覺一顆眼淚也沿著自己的臉頰流下來。

我握住他的手：

「尚恩，您今天到我這兒來，您不曉得我有多高興。」

「啊，是嗎？」他看起來很驚訝。「為了什麼？」

為了什麼？

因為一朵茶花能改變一個人的命運。

1 法文，意思是：替船隻供應糧食物品。

從走廊到小徑

我們在明知會打敗仗的情況下所進行的戰爭是什麼樣的戰爭呢？一個早上又一個早上，已經被降臨在身上的戰爭弄得疲憊不堪的我們，又要再度面臨日常生活的恐懼，面臨一條無止境的人生走廊。臨死之前，我們在人生走廊的長久漫步將成為我們命運的註腳。是的，我的天使，這就是日常生活：陰鬱、空虛、滿懷痛苦。煉獄小徑也不例外。有一天，我們會因為在痛苦的走廊停留太久而跌在煉獄裡。從人生走廊到煉獄小徑，墮落就這樣發生，沒有衝突，沒有驚訝。每天，我們都要再度面臨人生走廊的悲哀，一步又一步地走在無法逃脫的陰霾道路上。

他是否經歷過煉獄小徑呢？墮落之後如何能夠重生呢？他曾被焚焦的雙眼中是帶著什麼樣的新眼珠呢？戰爭是從哪兒開始的？奮鬥是從哪兒結束的？

那麼，看看茶花吧。

他滿是汗水的肩膀上

晚上八點，阮保羅雙手捧著許多包裹到我們房來。

「小津先生還沒回來——因為簽證的問題在大使館耽擱了——所以他請我送來這些東西，」他滿臉是笑地說道。

他把包裹放在桌上，同時遞給我一張卡片。

「謝謝您，」我說道，「您要不要喝點什麼呢？」

「不了，謝謝您，」他說道，「我還有很多事情要做。您的邀請我就保留到下次機會。」

他又再度對我微笑。那笑容看起來很熱情，很幸福，讓人覺得非常溫馨。

他離開後，我獨自在廚房，坐在包裹前面，打開信封。

突然，他滿是汗水的肩膀上有一種涼快感，

起先他不明白是為了什麼原因；接著，在休息時間，

他看到飛得很低的一大片烏雲剛剛粉碎。

請您不要客氣，接受這些不成敬意的禮物。

格郎

夏雨落在割草的列文肩上……，我將手捂在胸前，心中感動不已。我把包裹一個個地打開。
一件有小小豎領的珍珠色洋裝，胸前交叉，用黑絲絨腰帶扣住。
一條紫紅色絲質披肩，跟風一樣輕，一樣濃密。
一雙跟很低的黑色皮鞋，質料是那麼細緻，那麼柔軟，我忍不住用臉頰去撫摸。
我看著洋裝，披肩，皮鞋。
我聽到被關在門外的列夫用爪子刮門，並且咪咪地叫，表示想回到屋內。
我心中含著一朵簌簌顫動的茶花，我低聲地，緩緩地哭泣。

有些事情必須結束

第二天早上十點鐘，有人敲門。

這人很高，很瘦，一身黑衣，頭上戴著一頂藍色毛線圓帽，腳上穿的是一雙老舊的短靴。這人是鴿蘭白的男朋友，也是禮貌省略法的世界專家。他叫做迪貝爾。

「我找小鴿，」迪貝爾對我說。

這句話真是可笑。羅密歐說，我找朱麗葉，這句有名字的話總是比較正式些。

「我找小鴿，」迪貝爾說。他只怕洗髮精。他因為太熱而不是為了禮貌把帽子脫下來時，我就知道他從不洗髮。

現在是五月天，真受不了。

「芭洛瑪跟我說她在這兒，」他又說道。

接著，他又加上一句話：

「他媽的，真討厭。」

芭洛瑪呀，妳真會找樂子。

我立刻將他打發走。之後，我沉浸在一些奇怪的思維中。

迪貝爾[1]……風度如此惡劣之人配上歷史名人的名字……我想起鴿蘭白的碩士論文，蘇刷爾圖書館裡寧靜的走廊……然後，我又想到羅馬……迪貝爾……尚恩的臉孔出其不意地在腦海中出現，我想起他父親的臉孔，還有那條不相襯的花結領巾，對荒謬的迷戀……那些追尋，那些人士……我們能夠這麼相似，而又活在各不相同的世界裡嗎？我們可能擁有同樣的狂熱心，然而卻活在不同的土地上，來自不同的家庭背景，具有不同的抱負？迪貝爾……我覺得很厭倦，確實是很厭倦，厭倦那些有錢人，那些窮人，那些無聊可笑的事……列夫從沙發上跳下來，走到我腳旁，用身子摩擦我的腿。這隻依靠我的善心才吃得這麼肥胖的小貓，牠擁有一顆善良的心，能體會到我的心情變化。厭倦，是的，厭倦……

有些事情必須結束，有些事情必須開始。

1 迪貝爾（Tibère）羅馬皇帝尼祿（14-37）的名字。

梳妝打扮之苦

晚上八點鐘，我已經準備就緒。

衣服和鞋子正好是我的尺寸（四十二號和三十七號）。

披肩是古羅馬式（六十公分寬，兩公尺長）。

我洗了三次頭髮，用吹風機吹乾，然後前後左右梳了兩遍。效果真是驚人。

我坐下又站起來，前後共四次，換言之，我現在是站著的，而且不知如何是好。再坐下來，也許吧。

我把藏在櫃子最裡面，放在折好床單後的盒子取出，從裡面拿出一副我婆婆，可怕的伊維特留給我的耳環——那是一副鑲著梨形紅寶石的銀耳環。我一共試了六次才把它戴上，而且還必須習慣有兩隻肥貓鉤在我鬆弛的耳朵的感覺。梳妝打扮之苦，五十四年來沒有珠寶的生活讓我缺少這種心理準備。我拿出一支二十年前參加一位堂妹婚禮時買的「深胭脂色」口紅，然後在嘴唇上抹了一層。就跟這世界上每天都有英勇的人死亡一樣，那些小東西的長壽總是讓我感到驚訝。我是屬於這世界上的百分之八，藉著計算數字來減輕恐懼感的人口中的一位。

小津先生在門上敲了兩下。

他很英俊，上身穿的是黑灰色，軍衣制服領，有同一色調邊飾的外套，下身是配套的直筒長褲，腳上是一雙軟皮無帶的便鞋，看起來像是高級拖鞋。非常的……歐亞式。

「喔，您真是漂亮！」他對我說。

「啊，謝謝，」我激動地說道，「您也很好看。祝您生日快樂！」

他對著我笑。我小心翼翼地把門關上，不讓鑽在門縫裡的列夫跑出來。接著，我把略微發抖的手搭在他向我伸出的手臂上。我內心在呼籲著，隱匿者荷妮的呼籲，但願不要有人看到我們。儘管我不再怕東怕西，但是我也不希望引起左鄰右舍的閒話。

可是，誰會看到我們而感到吃驚呢？

我們往大門口走過去。人還未到門就先開了。

進來的是羅森太太和摩里斯太太。

真要命！怎麼辦？

我們已經走到她們前面。

「晚安，晚安，親愛的太太們，」小津先生一邊用花俏的顫音說話，一邊緊緊地把我往左邊拉過去，快速地從她們旁邊經過，「晚安，親愛的朋友們，我們遲到了，您們好，我們先走了！」

「啊，晚安，小津先生，」被迷住的兩位太太嬌媚地回答，還一起轉頭看我們。

「晚安，太太，」她們對我露齒而笑。我從來沒有一下子看到這麼多的牙齒過。

「再見，親愛的太太，」摩里斯太太對我低聲細語地說，同時還用羨慕的眼神看著我，這時我和小津先生已經到了門口。

「當然，當然！」小津先生一邊說，一邊用腳跟推開門扇。

「運氣真不好！」他說道，「我們要是停下來的話，最起碼得待上一個鐘頭。」

「她們沒認出我，」我說。

我情緒很激動，在人行道上站住不動。

「她們沒認出我，」我再度重複這句話。

他也跟著站住不動。這時，我的手仍然搭在他的手臂上。

「那是因為她們從來沒看過您，」他對我說，「我呀，不管在什麼樣的情況下，都可以認出您。」

流水

光天化日之下就跟瞎子一樣，而在漆黑中卻可以看清事物，這種事情只要經驗過一次就可以自問有關視界的問題。我們為什麼要看？

我坐上小津先生叫來的計程車後，想著羅森太太和摩里斯太太。這兩人所看到的我只不過是她們能夠看到的我（在階級社會中，搭著小津先生的手臂）。眼睛就跟想抓住流水的手一樣，這種事實令我無比吃驚。是的，眼睛在看，但不去觀察；認為，但不去詢問；接受，但不去尋找——沒有任何欲望，沒有飢渴也沒有討戈。

計程車在逐漸黑暗的天色中慢慢地行駛，而我想著一些事。

我在想尚恩．亞爾登，他一雙眼睛，因為茶花而充滿渴望、光彩。

我在想皮爾．亞爾登，他眼神尖刻，但盲目得跟乞丐的瞎眼一樣。

我在想那些滿心貪婪的太太們，她們充滿著羨慕的雙眼卻不見事物。

我在想杰忍，他一雙沒有生氣沒有活力的眼睛，所看到的只是衰敗。

我在想呂西安，他雙眼無法看到任何事物，因為有時候黑暗的力量畢竟太強大。

我甚至在想涅普頓，牠那雙眼睛就跟松露一樣，不懂得撒謊。

最後，我在想，我是否能看清自己呢？

黑影在閃爍著

您看過《黑雨》這部電影嗎？

因為您要是沒看過《黑雨》的話——，或者是《銀翼殺手》，那您就很難明白為什麼一踏進餐館時，我就有踏進史考特[1]電影裡的感覺。在《銀翼殺手》裡，有一個蛇女酒吧的場景，戴克在這酒吧用裝在牆壁上的螢幕對講機叫喚瑞秋。在《黑雨》裡也有應召女郎酒吧的鏡頭，酒吧裡有許多金髮女郎，還有凱特．卡普蕭赤裸的背脊。這些場景鏡頭都有像是從彩繪玻璃窗透進來的朦朧光線，以及像是大教堂裡的亮光，而四周圍漆黑得跟地獄一樣。

「我很喜歡這光線，」我坐下來，對小津先生這麼說。

我們的座位是在一間很安靜，籠罩在燈光之下的小包廂，但是燈光的四周卻是閃爍不定的黑影。黑影為什麼會閃爍不定呢？黑影在閃爍著，就是如此，沒什麼可多說的。

「您看過《黑雨》這部電影嗎？」小津先生問我。

我真無法相信兩個完全不同的人會有如此相同的嗜好和思路。

「看過了，」我回道，「最起碼十二次。」

氣氛非常好，非常生動，格調高貴，靜悄悄，晶瑩閃亮。太美了。

「我們今晚吃的是壽司大餐。」小津先生很興奮地把餐巾打開。「您別怪我，我已經點了菜。

我要您嚐一嚐我認為巴黎最好的日本料理。」

「一點都不，」我瞪大眼睛，因為這時候服務生在我們前面擺了清酒，還有許許多多非常精緻的小碟子。碟子裡是各式各樣，不曉得用什麼醬醃過，看起來應該很好吃的小菜。

我們開始吃起來。我挑了一塊醃黃瓜。別看這只是一塊醃漬過的黃瓜，吃在嘴裡簡直美味無窮。小津先生用他赤褐色的竹筷夾起一塊……桔子？番茄？芒果？然後動作很靈活地把它放在嘴裡。我立刻在同一個碟子裡挑了一塊。

是甜蘿蔔，真是佳餚仙品。

「祝您生日快樂！」我舉起清酒杯。

「謝謝，非常謝謝！」他回答，同時和我乾杯。

「這是章魚嗎？」我這麼問是因為我剛剛在裝有桔黃色醬汁的碟子裡，夾起一塊鋸齒狀的觸手。

服務生送來兩個沒有邊的厚木板托盤，上面擺了生魚片。

「沙西米，」小津先生說道，「那裡面也是一樣，您會發現有章魚的。」

眼前的傑作讓我看得渾然忘我。擺設的美觀真讓人嘆為觀止。我笨手笨腳地用筷子夾起一塊灰白相間的生魚片（小津先生好心地跟我說那是菱平魚）。我決定好好地享受一番，把生魚片放在嘴裡品嚐。

我們為什麼要在虛無縹緲的空靈本質中去尋找永恆呢？這塊小小的白色生魚片就是可以觸摸得到的一小塊永恆。

「荷妮，」小津先生對我說，「很高興有您一起慶祝生日，不過我還有一個更重要的理由請您一起吃晚飯。」

雖然我們彼此認識才三個禮拜，但是我已經猜到小津先生的動機。法國還是英國？維梅爾還是卡拉瓦喬[2]？《戰爭與和平》還是那個可愛的安娜？

我又夾了一塊沙西米——鮪魚？——這塊生魚片切得很厚，說真的，它實在是可以再切成好幾小塊的。

「早先我是請您一起過我的生日，不過，這之間有人告訴我一些重要的消息。所以我要告訴您一件很重要的事。」

我全神貫注地吃那塊很厚的鮪魚沙西米，對接下來的事沒有任何心理準備。

「您不是令姊。」小津先生一邊說，一邊盯著我看。

1 史考特（Ridley Scott），美國電影導演，代表作有《異形》、《銀翼殺手》、《黑雨》等。
2 卡拉瓦喬（Caravage, 1573-1610），義大利人物畫家。

痴呆老人族

各位太太。

各位太太，哪天您要是被一個很富有、很和氣的先生請到一間非常奢侈的餐館共進晚餐的話，請您在任何情況下，舉手投足都要維持高雅的態度。就算是您吃了一驚、生氣、感到困擾，您都要面不改色，保留慣有的優雅風度。您如果聽到驚人之語，那您必須以在高等場合中該有的文雅態度去做反應。我不但沒這麼做，因為我是個吃沙西米就跟吃甘薯一樣的鄉下野人，我還一陣一陣地打嗝；不僅如此，當有塊生魚片卡在喉嚨裡時，我嚇得不顧任何禮節，就跟野蠻的猩猩一樣，設法把生魚片給當場吐出來。坐在最靠近我們的客人都默不出聲，我卻死命地咳，終於在一陣痙攣式的重咳之下，把生魚片吐出喉嚨，我連忙抓住餐巾，將生魚片拿出來。

「我是不是要再重複一遍？」小津先生說道。他的表情看起來——可惡！——好像很好玩的樣子。

「我……咳……咳……」我一直咳嗽。

這咳咳的聲音是痴呆老人族的傳統代表聲音。

「我……是這樣的……咳……咳……，」我出色地繼續說道。

接著，我的說話風度可說是達到頂峰：

「啥麼？」

「我再跟您說一遍，好讓事情清清楚楚，」他用大人對待小孩，或者應該說是對待低能者的無比耐心說話。「荷妮，您不是令姊。」

我呆呆地坐著，一直看著他。

「我再跟您說最後一遍，希望這次您不要被三十歐元一塊的壽司給卡住喉嚨，順便說一下，要吃下這些壽司需要費點精神。您不是令姊，我們可以做朋友。甚至是所有我們想做的。」

那些茶

Toum toum toum toum toum toum toum toum
Look, if you had one shot,one opportunity,
To seize everything you ever wanted
One moment
Would you capture it or just let it slip？

這是痞子阿姆的歌。身為現代菁英的先知，我承認每當聽完歌劇中的狄多之死後，有時候我會聽些他的曲子。

可是，曲子很不純。

有證據嗎？

證據如下。

Remember me, remember me
But ah forget my fate

Trente euros pièce
Would you capture it
Or just let it slip ?

我腦海裡出現這首歌，我還做了分析。有些歌曲會以奇怪的方式印在我的腦海裡，這總是讓我感到驚訝（更不要說是〈受判之徒〉了，那個小膀胱門房的好朋友）。可是這時候，我帶著誠懇，但不是很在乎的態度注意到，這回佔上風的是打油歌。

接著，我哭了起來。

如果是在巴黎西郊的「普陀之友酒吧」，一名女客人吃東西嗆住，差點窒息，好不容易把食物吐出來後，痛哭流涕，用餐巾擤鼻子，這會是難得一見的精彩好戲。可是在這個沙西米論塊而賣的高級餐館裡，我的激動情緒只能產生相反的效果。周圍有一股寧靜的氣氛，那是無聲的指責。而我嗚嗚咽咽，鼻涕直流，不得不再拿起已經包著東西的餐巾來擦眼淚，企圖掩飾我在公共場合中的失禮。

我越哭越厲害。

芭洛瑪背叛了我。

這時候，隨著淚水，我想起一幕一幕的往事，那一輩子離群索居的生活，那關在房間裡閱讀書籍的漫長歲月，那痛苦難熬的冬天，那十一月天打在李絲特美麗臉孔上的雨水，從煉獄歸來落在廟堂青苔上的茶花，帶著溫馨友誼品嚐的那些茶，年輕女老師口中說出來的美妙詞句，那些非常wabi的靜物畫，把獨特風采綻放出來的永恆藝術的精髓，還有那突然帶來歡愉的夏雨，和心靈旋律共舞的花架，浸溺在舊日本文化中芭洛瑪那張純潔的臉孔。

我在哭泣，我盡情地哭泣，一顆顆溫暖的大淚珠不斷地落下來，我覺得非常幸福。圍在我們四周的世界完全消失，只剩那個人的目光。和那個人在一起，我覺得我有份量。那個人友善地握住我的手，並且用最溫情的態度對我微笑。

「謝謝您，」我吸了一口氣，終於低聲細語地說道。

「我們可以做朋友，」他說道，「甚至是所有我們想做的。」

Remember me, remember me,
And ah ! envy my fate

牧場上的青草

在死前必須經歷的事，我現在知道是什麼了。就是這個，我可以告訴您。在死前必須經歷的事，就是轉變成陽光的暴雨。

我整晚沒睡。昨晚在餐館我雖然很失禮地縱情傾洩情感，接下來的晚餐還是吃得很愉快，很溫柔，很親密，我們不時地沉浸在長久溫馨的沉默中。小津先生送我回到門口前，他在我的手上吻了很久，然後我們告別，彼此都沒開口說話，只是帶著心電感應般的默契相互微笑。

我整晚沒睡。

您知道是為了什麼嗎？

當然囉，您是知道的。

當然囉，每個人都會猜到，除了所有其他事情，也就是說除了一場地震將突然解凍的生活從頭到尾打亂之外，有某件事在我這個五十多歲，突然變得年輕的小腦袋瓜裡，來來回回地跑。而這某件事要這麼唸：「甚至是所有我們想做的。」

早上七點，好像身上有彈簧發動一樣，我立刻起床，並且將生氣的小貓扔到床的另一頭。我很飢渴。我是指字面上的意思（一大片塗滿奶油和黃香李果醬的麵包只會更刺激我的胃口），當然抽象的意思是，我迫不及待地想知道結果如何。我像關在籠裡的猛獸一樣不斷地在廚房裡打轉，我斥責對我不理不睬的小貓，吃下第二片奶油果醬麵包，在房間裡走來走去，收拾一些根本沒必要收拾的東西，然後準備吃我的第三片麵包。

接著，八點時，我突然靜下來。

一種突如其來的平靜感貫穿我的身心。到底是怎麼回事呢?那是一種轉變。我想不出有其他的理由。有些人會不切實際，不肯面對現實，而我則是湧出智慧。

我跌坐在一張椅子上，生活又恢復軌道。

只不過，這生活是不怎麼令人興奮的，我想起來我仍然是個門房，而且九點整時，我必須到渡船街上買擦黃銅用的清潔劑。「九點整」，這也太神奇了，正確來說應該說是在早上。但是昨天在定下今天的工作表時，我就對自己說：「明天九點鐘的時候去。」所以我拿起菜籃和皮包，到大街上去找讓有錢人家的裝飾品會發亮的東西。

外面的天氣春光明媚。我遠遠地看到杰忍從他的紙箱裡鑽出來。天氣開始好轉，我替他感到高興。我突然想起這個乞丐對那個傲慢自負的飲食評論家有特別的依戀，不禁覺得好笑。我心中自道，對充滿著幸福感的人而言，階級鬥爭好像突然間變成了次要之事。我很驚訝，我的反叛意識一下子變得很軟弱。

接著發生了一件事：杰忍突然顛顛簸簸。我離他只有十五步遠，我不禁皺起眉頭，心裡有點擔心。他顛得非常厲害，就好像站在一隻前俯後仰，無法控制的船上一樣。我可以看到他的臉孔和他迷惘的神情。到底怎麼回事?我一邊大聲地問，一邊加緊腳步往這個可憐人走過去。平常在這個時候，杰忍是不會喝醉的，更何況他很能喝酒，就跟母牛很能吃牧場上的青草一樣。最不幸的是，街上幾乎沒有任何人，我是唯一發現他身子搖搖欲倒的人。他行動不靈活地往馬路方向走了幾步路，接著又停住不動，這時我距離他只有兩公尺遠，突然他往馬路衝過去，就好像有千萬個魔鬼在追他似的。

這就是結果。

就跟每個人一樣，我很希望這個結果永遠不會發生。

我的茶花

我就要死了。

我心中有個近乎預言的肯定感。我肯定我是正在死亡，我會在一個春光明媚的早晨，躺在渡船街上，因為一個叫做杰忍的乞丐突然得了舞蹈病，不顧一切地往空蕩無人的馬路上衝過去。

其實，馬路上不是那麼空蕩。

我將身上的皮包以及菜籃扔在一邊，跑到杰忍旁邊。

接著我被撞了一下。

一時之間，我完全嚇呆，也不明白發生什麼事。之後，就在我跌倒在地，尚未覺得痛楚之前，我看到是什麼把我給撞倒。我背躺在地上，進入眼簾的是一部洗衣店小貨車的側身。這部車子想要避開我，將車頭往左邊靠，但是太遲了：我撞在車子的前右側。白色小貨車的藍色廣告牌寫著：「馬拉旺洗衣店」。我要是能夠的話，我真想大笑一場。對那些以看透上帝奧祕為榮的人而言，上帝安排的道路是太明顯了……我在想曼奴菈，她會為了我的死而責怪自己一輩子的。我死在洗衣店貨車之下，這只能說是我偷竊所得到的懲罰。由於她的錯誤，所以我偷了兩次衣服……

接著，我感到痛楚佔住了我的身心。首先是軀體的痛楚，痛向全身各處洶湧襲擊，居然無法讓我判斷出痛點在哪兒，痛滲透到凡是我能有所感覺的地方。接著是心靈的痛苦，被車子撞倒後，我想到曼奴菈，我會留下她一個人，我以後再也看不到她了。想到這，我的心就像刀割，刺痛不已。

有人說，人在死前會重新看到自己的一生。我一雙睜得大大的眼睛再也無法看清楚貨車和女駕駛員，是那個把紫紅色麻料洋裝遞給我的女職員，她在哭，而且不顧一切地大聲呼喊。我也無法看清楚車禍之後趕到我身旁的路人，這些人對我說很多我不明白的話——然而在我睜得大大地，再也無法看清任何事物的雙眼前出現一張張我心愛的臉孔，每一張臉孔都令我心碎。

說到臉孔，我最先看到的是那張貓臉。是的，我第一個念頭就是想到我的那隻貓，並不是因為牠是所有當中最重要的一個，而是在我受最痛苦的煎熬，並且正式告別人世之前，我需要知道我那隻四足朋友的命運如何。一想到那隻大肥貓，我內心笑了起來。十年來，都是牠陪著我度過孤獨的寡婦生活。我笑得有點苦澀也很溫馨。因為從死亡的角度來看，我們和寵物之間的親暱關係就不再是次要的事實了。平常，這事實因為日常生活的瑣碎而顯得很平庸。我十年的生活都凝結在列夫身上。這些弱小，點綴性的貓帶著痴愚者的平靜以及冷漠的態度和我們共同生活。這些貓徹底地主宰著屬於牠們自己的美好時刻和幸福生活，哪怕是有不幸的遭遇，我現在是非常地了解這點。再見列夫，我在心中對自己說，同時也向一個我沒想到我會如此珍惜的生活說再見。

我默默地在心裡把列夫交給奧林匹斯，我很放心的，因為我肯定她會把列夫照顧得很好。

接下來我就可以面對其他人了。

曼奴菈。

吾友曼奴菈。

臨死之前，我終於用「妳」來稱呼妳了。

妳記得我們在溫馨美好的友誼下共飲的那些茶嗎？十年來我們共同品茶，彼此用「您」來稱呼，而留在我胸懷的畢竟是一股溫情，還有那股我有幸做妳朋友的強烈感激心。我不知道是要感激誰或是感激什麼，感激生命，也許吧。妳知道嗎？我那些最美好的思想都是在妳跟前時才湧現的。想不到我必須在面臨死亡時才終於領悟到這一點……那些共同飲茶的時光，那些品嚐精緻糕點的漫長時段，那個既無珠寶也無宮殿，而心胸坦坦蕩蕩的高貴女子，曼奴菈，如果沒有那些的話，我不過會是個門房而已，因為高貴的心是一種會傳染的感情，妳把這感情傳染給我，使我成為一個有能力和人交換友誼的女子……如果不是妳一個禮拜又一個禮拜地到我門房來，和我共享茶的神聖禮儀，對我傾心相待，我能夠如此自在地把我這個可憐人的飢渴轉換成對藝術的愛好嗎？我能夠對青色瓷器，簌簌作響的綠葉，憔悴的茶花，所有世間的永恆財寶，以及所有巨河前濤後浪的可貴珍珠有所熱愛嗎？

我真想念妳……今天早上，我明白了死是什麼意思：在即將離開人世的時刻，是其他人替我們而死，因為此時此刻我躺在寒冷的石板路上，我在這兒，我不在乎死亡，因為死這件事在今天早上不會比昨天更具有意義。可是我再也看不到我心愛的人。如果死就是如此，這就是我們所說的悲劇了。

曼奴菈，我的好姊妹，命運之神不讓我對妳的份量和妳對我的份量一樣：對我而言，妳是我忘掉苦難的保護牆，忘掉平庸生活的壁壘。妳要繼續下去，好好地活著，帶著愉快的心情常常想到我。

可是今後再也看不到妳了，這是我心中無窮盡的折磨。

啊，是你，呂西安，我眼前出現一個圓形相框，框裡有你發黃的相片。你在笑，你在吹曲調。在你完全消失在黑暗之前，你是否跟現在的我有同樣的體會，體會到死的是我，而不是你，體會到我倆再也無法相見的痛苦呢？當曾經一起生活的人死去這麼久之後，那生命到底留下些什麼呢？今天我有一種奇怪的感覺，那就是我背叛了你。死，好像是真正地把你殺死一樣。單單忍受親人遠去的痛苦還不夠，還必須殺死活在我們心中的人。然而，你在笑，你在吹曲調，突然我也一樣，我笑了起來。呂西安……我是非常愛你的，去吧，就是為了這個，也許吧，我應該得到安息。我們會在故鄉的小墳園內平靜地長眠。我們可以聽到遠處小溪的潺潺聲。有人在那兒釣西鮮魚，還有鮈魚。小孩子在河邊玩耍，大聲呼喊。夕陽西斜時，我們可以聽到教堂傳出來的鐘聲。

還有您，小津先生，親愛的小津先生，您一度讓我相信茶花境界的可能性……我今天只是在剎那之間才想到您。幾個禮拜的時間是不足以掌握一切的。除了您對我的好之外，我對您的認識很膚淺。對我而言，您是世間少有的大善人，您是反抗命運安排的神奇香脂。是否有其他的可能性呢？誰知道……我一想到我無法得知答案時，禁不住感到痛苦。如果有呢？如果您能繼續讓我歡笑，讓我高談闊論，讓我流淚，在建立了不可能的愛情下，洗刷這麼多年來錯誤所造成的恥辱，並且讓李絲特恢復榮譽呢？真可悲啊……您現在消失在黑暗中了，在即將和您永遠告別之前，我必須放棄知道命運是如何安排的……

死，就是這樣嗎？就是如此可憐嗎？還要多少時間呢？

如果我一直不知道的話，那就是永遠。

吾女芭洛瑪。

我最後轉向妳。妳，最後一個。

吾女芭洛瑪。

我沒有孩子，因為我沒有機會有孩子。我是否因此而受苦呢？沒有的。可是我要是有個女兒的話，這個女兒應該就是妳。我用所有的精力向天呼籲，希望妳的未來生命能跟妳的期許相當。

接著，我得到一個啟示。

那是真的啟示：我看到妳嚴肅純真的臉孔，妳粉紅色鏡框的眼鏡，還有妳擺弄背心下襬的方式，眼睛瞪著人看的樣子，以及撫摸小貓的姿態，就好像小貓會說話一般。我哭了起來。我是內心高興得哭了起來。俯身看我斷折軀體的好奇路人看到了些什麼呢？我不知道。

可是在我身體裡面，有一顆太陽。

我們如何決定生命的價值呢？有一天芭洛瑪對我說，重要的不在於死，而是在死的時候我們正在做什麼。我死的時候正在做什麼呢？我對自己問這問題，但是在我溫暖的心中已經有一個現成的答案。

我死前在做什麼呢？

我遇見另一個人，而且我就要喜歡他。

五十四年來荒蕪的感情和精神生活，這之間僅僅出現呂西安的溫情，但他不過是我屈服於命運的影子罷了；五十四年來的離群索居，孤獨寂寞的生活；五十四年來對社會與階級的憎恨，這社會與階級成為我大小挫折的發洩對象；五十四年來空虛的生活，從未認識任何人，也從未和任何人在一起，經過這五十四年之後：

曼奴菈，永遠在我心中。

還有小津先生。

還有芭洛瑪，我的知己。

我的茶花。

我真想和你們一起喝最後一杯茶。

就這時，我眼前出現一隻活潑、耳朵舌頭垂著的長毛垂耳狗。真是愚蠢……不過這讓我想笑。再見，涅普頓。你這隻楞頭楞腦的狗，真沒想到死會讓人變得糊里糊塗。你也許是我最後一個想到的友伴。如果這件事具有意義，那我完全不明白是為了什麼。

啊，不是的。噢。

最後一個影像。

真奇怪……我再也看不到臉孔了……

夏天就快到了。那是晚上七點鐘。村裡教堂的鐘在敲著。我又看到彎著腰，雙手在奮力工作的父親，他正在耕耘六月天的農地。太陽逐漸西沉。父親挺起身，用袖子擦汗，然後往家裡走回來。苦工結束了。

馬上就要九點了。

我在平靜的心情中死去。

深刻思想最後一章

面對永不
能做什麼
除了一直
在偷聽到的曲調中
尋找

米榭太太今天早晨過世了。她在渡船街附近被一部洗衣店的小貨車撞倒。我沒辦法相信我正在寫這些字眼。

是小津先生告訴我這項消息的。據他說，他的秘書保羅正好在那條街往上走。他遠遠地看到有車禍，可是當他趕到時，已經太遲了。米榭太太想要援助走在渡船街轉角處，醉酒醉得東倒西歪的乞丐杰忍。她往他身旁跑過去，可是她沒看到小貨車。聽說還必須把貨車女駕駛員送到醫院去，因為她整個人歇斯底里。

差不多十一點鐘的時候，小津先生按我們家的門鈴。他要求和我見面，他看到我後，握住我的手，說道：「沒有任何辦法讓妳避免這項痛苦，芭洛瑪，我要照實告訴妳發生的事：荷妮剛剛發生車禍，差不多是九點鐘的時候。很嚴重的車禍。她已經死了。」他在哭。他把我的手握得緊緊的。嚇得不得了的媽媽問道：「天啊，誰是荷妮？」小津先生回答：「是米榭太太。」媽媽鬆了一口氣：「喔。」小津先生心中感到厭惡，轉頭不理她。他對我說道：「芭洛瑪，我有很多不是很愉快的事要處理，我們等一下再見面，好嗎？」我點頭。我也是一樣緊緊地握著他的手。我們用日本式禮儀說再見，也就是彎腰迅速地鞠了個躬。彼此都很了解，我們心中都很痛苦。

他走了之後，我唯一想做的事，就是避開媽媽。她張開嘴巴想說話，我向她做了個手勢，手心朝著她，意思是：「想都別想。」她打了個小小的嗝，不過她沒向我靠近，她讓我回到自己的房間。一到房間內，我躺在床上，將身子蜷成一團。過了半個鐘頭，媽媽輕輕地敲門。「不要。」我回應，她沒有堅持。

從得知噩耗到現在，已經整整過了十個鐘頭。大樓內發生了許多事情。我簡述一下：奧林匹斯一聽到消息後，立刻衝到門房（鎖匠過來開門），將列夫帶到她家裡安置。我想米榭太太，荷妮……我想她是希望如此的。我覺得很放心。戴博格利太太接受小津先生的指示，處理一切事宜。我幾乎覺得這個老太婆很友善，這真是很奇怪。她對變成她新朋友的媽媽說：「她在這兒工作有二十七年了。我們會很想她的。」她立刻向大樓住戶募捐買花，並且負責聯絡荷妮的家人。她有家人嗎？我不知道，但是戴博格利太太會設法去尋找。

最傷心的是羅佩斯太太。當她十點鐘來這兒做清潔工時，是戴博格利太太告訴她消息的。據說，她聽了之後，手放在嘴巴上，不明白是什麼事，呆呆地站著兩秒鐘。接著，暈倒在地上。十五分鐘後，她清醒過來，口裡只是喃喃地說道：「對不起，喔，對不起。」然後她再度披上圍巾，回家去了。

真是傷心事。

我呢？我呢？我的感受是什麼？我在描寫葛內樂街七號發生的一些小事，可是我不是很有勇氣。我害怕進入我的內心，害怕看到我內心發生的事。我也感到很慚愧。我在想，我以前想自殺好讓鴿蘭白、媽媽、爸爸受苦，那是因為我並沒有真正地受過苦。或者說，我受苦，但並沒有感到傷痛。因此，我那些小計畫只不過是無憂無慮少女的強說愁罷了。只是一個想賣弄自己的有錢小女孩的理性說辭。

可是這一次，而且是第一次，我感到傷痛，非常地傷痛。肚子被拳頭重重一擊，呼吸困難，心臟被打傷，胃部完全被壓碎。那是一種無法忍受的身軀痛楚。我那時在想，我是否還能夠恢復正常，不再感到痛楚。我當時痛得想大叫。可是我沒有叫出聲。現在痛楚仍然留在身上，但是不會影響到我走路和說話。我這時體會到的感覺是完全的無能與荒謬。難道生命就是如此嗎？一切的可能就在突然之間化為烏有嗎？一個充滿著計畫，充滿著才開始不久的討論，充滿著連欲望都沒達成的生命，就在一秒鐘的時間完全消逝，然後一切都化為烏有，毫無挽救的餘地，甚至連回過頭來的機會都沒有嗎？

這是我生平第一次體會到「永不」的意義。哎，這太可怕了。這字眼我們每天都要說它一百遍，但是在真正地面臨到「永遠不能」之前，我們都不明白自己在說什麼。追根究柢，我們一直以為我們能夠掌握面臨在眼前的事；然而沒有一件事好像是肯定的。最近幾個禮拜來，儘管我老是對自己說再不久就要自殺，我是否真的相信我會這麼做呢？這個決定是否真的讓我體會到「永遠不」

的涵義呢？一點都沒有。它只是讓我體會到我有做決定的能力。而且我在想，就在我自殺之前的幾秒鐘，「永遠」地結束對我而言仍然是個很空洞的字眼。

可是當我們心愛的人過世時……我可以告訴您，我們能深刻地體會到那是什麼意思，而且那會令人很痛，很痛，很痛。就好像煙火突然之間熄滅，一切都變得很漆黑。我覺得很孤單，身體虛弱，心中作噁，每個動作都要費很大的力氣去做。

接著發生了一些事。在這樣一個令人傷感的日子裡，這幾乎無法令人相信。下午五點，我和小津先生一起下樓到米榭太太的門房內（我是說荷妮），因為小津先生想拿一些她的衣服帶到醫院的太平間去。他按我家門鈴，問媽媽他是否可以和我說話。我一聽到門鈴就知道是他，我人已經在他面前。當然囉，我是願意陪他去的。我們搭電梯下樓，彼此都沒有開口說話。他看起來很疲倦，倒不是傷感，而是疲倦。智者的傷感就是如此，隱藏起傷感，只是給人很疲倦的感覺。我是不是也一樣，看起來很疲倦呢？

不管怎麼說，我們兩人，我和小津先生搭電梯下樓到門房去。當我們穿過院子時，我們同時停住腳步——有人在彈鋼琴，而且我們聽得很清楚，我想，那是薩提[1]的曲子，其實說來，我不是很確定（不過那至少是一首古典鋼琴曲）。

關於鋼琴曲，我沒有真正的深刻思想。再說，當自己的知己躺在冷冰冰的太平間裡時，又怎麼能夠有深刻思想呢？我們同時停住腳步，深深地吸了好幾口氣，讓陽光溫暖我們的臉頰，聽著從上面傳下來的音樂。「我想荷妮會很喜歡這個時刻的，」小津先生說道。我們站在那兒好幾分鐘，一直聽著音樂。我同意他的看法。可是那是為了什麼呢？

今晚，我身心交瘁，在想這件事時，我心想，追根究柢，生命也許就是如此：有很多的絕望，但是也有美的時刻，在這美的時刻中，時間和以前不一樣了。就好像是音符在時間中打開了一個括號，像是延長線，是在此地的外面，在「永不」裡的「永遠」。

是的，就是這個，在「永不」裡的「永遠」。

您別擔心，荷妮，我不會去自殺的，我也不會放火燒任何東西。

因為今後，我要為您在「永不」中追求「永遠」。

追求世間的美。

（全書完）

1 薩提（Satie, 1866-1925），法國作曲家。

國家圖書館出版品預行編目資料

刺蝟的優雅／妙莉葉・芭貝里(Muriel Barbery)著；商周出版：英屬蓋曼群島商家庭傳媒股份有限公司城邦分公司發行,2021.03 面；　公分. ——（獨・小說；47）經典書封版
譯自：L'élégance du hérisson
ISBN　978-986-5482-30-5（平裝）

876.57　　　　　　　　110003166

獨・小說 47
刺蝟的優雅（經典書封版）

作　　者／妙莉葉・芭貝里
譯　　者／陳春琴
責任編輯／羅珮芳
總 編 輯／黃靖卉
總 經 理／彭之琬
事業群總經理／黃淑貞
發 行 人／何飛鵬
法律顧問／元禾法律事務所王子文律師
出　　版／商周出版
台北市南港區昆陽街16號4樓
電話：(02) 25007008　傳真：(02)25007759
E-mail:bwp.service@cite.com.tw
發　　行／英屬蓋曼群島商家庭傳媒股份有限公司 城邦分公司
台北市南港區昆陽街16號8樓
書虫客服服務專線：02-25007718；25007719
服務時間：週一至週五上午09:30-12:00；下午13:30-17:00
24小時傳真專線：02-25001990；25001991
劃撥帳號：19863813；戶名：書虫股份有限公司
戶名：英屬蓋曼群島商家庭傳媒股份有限公司城邦分公司
訂購服務／書虫股份有限公司客服專線：（02）2500-7718；2500-7719
服務時間：週一至週五上午09:30-12:00；下午13:30-17:00
24時傳真專線：（02）2500-1990；2500-1991
劃撥帳號：19863813 戶名：書虫股份有限公司
讀者服務信箱：service@readingclub.com.tw
城邦讀書花園：www.cite.com.tw
香港發行所／城邦（香港）出版集團有限公司
香港九龍土瓜灣土瓜灣道86號順聯工業大廈6樓A室；E-mail：hkcite@biznetvigator.com
電話：(852) 25086231　傳真：(852) 25789337
馬新發行所／城邦（馬新）出版集團 Cite (M) Sdn. Bhd.
41, Jalan Radin Anum, Bandar Baru Sri Petaling, 57000 Kuala Lumpur, Malaysia.
Tel: (603) 90563833　Fax: (603) 90576622　Email: services@cite.my

封面設計／鄭宇斌
印　　刷／韋懋實業有限公司
經 銷 商／聯合發行股份有限公司
電話：(02)2917-8022　傳真：(02)2911-0053
地址：新北市231新店區寶橋路235巷6弄6號2樓

■2021年3月16日五版
■2024年5月9日五版3.2刷

Printed in Taiwan

定價320元

本作品係由法國文化部—法國國家圖書中心贊助出版
Ouvrage publié avec le concours du Ministère français chargé de la Culture - Centre National du Livre.